古典詩歌研究彙刊

第十八輯

龔鵬程 主編

第 6 冊

宋詞論集(上)

謝 桃 坊 著

國家圖書館出版品預行編目資料

宋詞論集（上）／謝桃坊 著 -- 初版 -- 新北市：花木蘭文化出版社，2015〔民 104〕
序 8+ 目 2+224 面；17×24 公分
（古典詩歌研究彙刊 第十八輯；第 6 冊）
ISBN 978-986-404-298-2（精裝）
1. 宋詞 2. 詞論
820.91   104014041

ISBN- 978-986-404-298-2

9 789864 042982

古典詩歌研究彙刊
第十八輯　第六冊   ISBN：978-986-404-298-2

宋詞論集（上）

作　　　者　謝桃坊
主　　　編　龔鵬程
總 編 輯　杜潔祥
副總編輯　楊嘉樂
編　　　輯　許郁翎
出　　　版　花木蘭文化出版社
社　　　長　高小娟
聯絡地址　235 新北市中和區中安街七二號十三樓
　　　　　　電話：02-2923-1455／傳真：02-2923-1452
網　　　址　http://www.huamulan.tw 信箱 hml 810518@gmail.com
印　　　刷　普羅文化出版廣告事業
初　　　版　2015 年 9 月
全書字數　307088 字
定　　　價　第十八輯 13 冊（精裝）新台幣 20,000 元

宋詞論集（上）

謝桃坊　著

作者簡介

謝桃坊，一九三五年生，四川成都人。一九六〇年畢業於西南師範學院中國語文系。一九八一年到四川省社會科學院文學研究所從事中國古代文學專業研究工作，現為研究員。著有《柳永》、《蘇軾詩研究》、《宋詞概論》、《中國詞學史》、《詞學辨》、《宋詞辨》、《中國市民學文史》、《敦煌文化尋繹》、《唐宋詞譜校正》、《詩詞格律教程》、《四川國學小史》、《國學論集》等。

提　　要

　　本集收錄作者近三十餘年來關於宋詞研究之論文三十五篇，可分爲理論探討、史實考證和作家評論三大部分。宋詞理論方面有關於宋人詞體起源說的檢討，宋人詞體觀念形成之文化條件的分析、詞爲艷科的辨說、宋詞音樂文學性質的論述、宋詞藝術特徵的探究、宋詞流派問題的商兌、南宋雅詞和江西詞派的辨正。宋詞史實方面有關於宋代歌妓和詞的演唱情況、朱敦儒詞韻、魏了翁詞編年及柳永、姜夔、吳文英和張炎等事蹟的考證。宋代詞人方面有關於晏殊、柳永、蘇軾、周邦彥、辛棄疾、朱熹、魏了翁、吳文英和張炎的評論。作者堅持詞爲艷科、詞爲音樂文學和宋詞無流派之說，提倡「律詞」觀念以切實把握詞體文學的特性；在方法上採用理論的歷史的研究，同時採用科學考證方法，因而學術個性突出，在詞學界頗有影響。此集涉及了宋詞研究中系列重要的學術問題，較能代表作者研究宋詞的成就，亦可反映一個時代的文學研究思潮。

自　序

　　我治宋詞從發生興趣、立志到從事專業研究工作，有一個漫長而曲折的過程。今此集的問世，應是我研究宋詞具有總結性的意義，此後還有一些論文，但已是緒餘了。

　　1935 年夏曆六月十三日，我出生於四川省成都市外東牛市口（得勝場）上水巷 42 號後宅。母親說在臨產前夢見有人送給一個水蜜桃，父親是火命，與木相生，遂以「桃」給我命名。我自幼體弱多病，十三歲時小學畢業後身體才漸漸好起來。在讀小學時，成績很平常，最後一學期始名列甲等之末。我報考成都縣立中學，考試完全失敗，父親不加以責備，於 1948 年秋送我到場外讀私塾。劉杲新先生字少農，早年曾爲某軍幕僚，接受過維新思想，極佩服梁任公，於西蜀則服膺趙堯生。先生晚年自耕田八畝，教數名學童。先生以學識深厚與楷書大字知名鄉里。平常先生在街上行走總是穿著舊的長袍，低著頭似在沉思，拖著沉重的腳步，顯然是落魄的文人。父親與先生相識，故我在私塾讀書時先生特別關愛。我讀廣益書局銅版《四書集注》，先生教我閱讀朱熹的注釋，偶爾講一兩段文字，不要求我背誦。半年我學完了《四書集注》，遂泛讀《古文觀止》、《唐詩三百首》、《莊子》、《左傳》、《周易》。我想讀到一本能夠指導社會人生的書，但總是失望。先生嘆息說只要精通一本書就行了，然而我卻並不滿足。先生的書架

上僅有三部書：《古今說部叢書》、《香艷叢書》和《清代八賢手札》。我讀了它們，擴大了知識範圍，產生了讀書的興趣。1949 年秋我在成都春熙路地攤上購得一部漱石齋精印的《草堂詩餘》，反復誦讀，極喜愛唐宋詞之優美典雅，又從先生學習了詩律。呆新先生開啓了我的智慧，引導我進入了廣闊的知識領域，是我最敬重的師尊。自此我將世俗的東西看得很輕，渴求知識，並產生了一種蒙朧的高遠的學術追求。1950 年因社會政治的巨大變革，我家經營的小小的糕點店難以維持全家生計，父親決定全家遷回成都外北八里莊老家務農，自耕農田五畝六分。父親屬於舊社會的人，又因年老體弱，不能做農活。我已十五歲了，自覺負起家庭的責任，遂學習農活，又開荒種地，母親勤勞地操持家務。我家屬華陽縣保和鄉農民協會第七分會，因我被認爲是文化較高的青年，遂應邀到農會工作，初任青年組組長，繼任文教委員。1951 年初夏保和鄉劃入成都市，我在農會參加了土地改革工作。1952 年秋正式參加成都市工農業餘教育工作，爲專任教員；1954 年秋轉到成都郊區第三中心小學工作，擔任語文和歷史課程。這段時期我吸收新文化知識，參加政治學習，同時自修文藝理論、史學、邏輯學和哲學，文化水平不斷提高。1956 年我獲准可以報考高等學校，遂以同等學力考入重慶西南師範學院中國語文系。學院師資力量雄厚，李景白先生講先秦文學，荀運昌先生講漢魏南北朝文學，徐無聞先生講唐代文學，林昭德先生講宋元文學，劉繼華先生講現代漢語語音，林序達先生講現代漢語語法，徐德庵先生講古漢語，潘仁齋先生講文學概論，吳宓先生講外國文學，劉兆吉先生講心理學。課堂學習使我獲得了系統的中國語文的基礎知識，但我主要致力於自學西方哲學、史學、美學、文藝理論、中外交通史、中國思想史，文獻學、詩律學等，以期建立廣博的知識結構，以爲將來從事文藝批評奠定理論基礎。然而 1957 年 7 月，我的人生道路發生了改變，遭遇到重大的政治打擊，因情節較輕，態度較好，仍留校學習，但受到監督。我原來的純樸而幼稚信仰爲無情的現實粉碎了，而從事文藝批評的志

願會變得荒唐而可笑了。在經困苦的反思之後於 1959 年初力求選擇
一個適合我學術興趣的專業，走上純學術的道路。時在中國科學院歷
史研究所的趙幼文先生來信提到我對宋詞的喜愛，我當即決定研治宋
詞，大量搜集資料，嘗試進入研究境地。1960 年秋畢業，發配到四
川省廣漢縣中學當雜工，1963 年回到成都郊區老家務農，仍受監督。
1977 年 12 月 28 日，始被宣告「改正」結束了二十年苦難屈辱的生
活。人生二十二歲至四十二歲正是奮進與創業的黃金歲月，而它於我
則是一場災難與噩夢。我悼惜我青春的年華，它像死在青條上未開的
花。1978 年秋我到成都聖燈中學代課，1979 年春重新正式工作。1980
年夏參加中國社會科學院考試，以助理研究員被錄取，1981 年初春
到四川省社會科學院文學研究所從事中國古代文學研究工作，研究方
向為宋詞。我終於在人生旅程中找到了自己理想的社會定位，可去實
現研究宋詞的夙願了。

　　在進入四川社科院之初，科研工作和學術界於我皆是陌生的，然
而憑理性的指導，我在研究所裏採取守愚藏拙的態度，不加入任何宗
派，不與人合作，不參加集體科研項目，保持獨立與自由，沉潛地去
逐鹿中原。我讀過許多專門的學術論著，知道論文的寫作必須有新材
料、新觀點、新方法和新課題，而且要有一定的學術深度，力求解決
一個學術問題。關於研究方法，我曾讀過德國現代經濟史家偉·桑巴
特的《現代資本主義》，他提倡的理論的歷史的方法為我所接受，這
樣可從歷史事實的考察進入理性的思辨，使論述的問題上昇到理論的
高度，將經驗與理論結合起來。我的第一篇論文《宋代民間詞論略》
發表於《貴州社會科學》1981 年第 3 期，迅即為《中國古代近代文
學研究》轉載。1983 年在《光明日報·文學遺產》發表《略談夢窗
詞與我國傳統創作方法》，在《中華文史論叢》發表《宋代歌妓考略》，
又在《文學遺產》季刊發表《張炎詞論略》，以及其他三篇論文，遂
在學術界產生影響，突然成名。此後，上海古籍出版社約寫《柳永》
小冊子，巴蜀書社約編《柳永詞賞析集》，上海辭書社約請為《唐宋

詞鑒賞辭典》寫宋詞賞析小文多篇。本來我是計劃系統地研究宋詞，寫一部宋詞史的，獲知已有詞學界友人在寫，遂準備重點研究對宋詞發展最有影響的詞人而完成一部宋代名家詞研究的著作，這樣可以避免史的一般性的論述，而真正進入研究的領域。我選擇了宋代十二家詞人進行較為深入的探討，他們是晏殊、柳永、歐陽修、蘇軾、周邦彥、李清照、辛棄疾、姜夔、劉克莊、吳文英、王沂孫、張炎。其中對柳永、吳文英和張炎的研究較為全面，也真正較為深入。我們對古典作家的研究，必須要找到所存在的學術問題；它不是單純從喜愛或興趣而發現的，而與個人的學術判斷有關。我雖然很喜愛李煜、晏幾道、蘇軾、秦觀、辛棄疾的詞，卻難以發現學術問題，始終找不到學術的切入點。關於宋代名家詞研究的最後成果為《宋詞概論》，它分為三編：上編宋詞的發展過程，中編論北宋名家詞，下篇論南宋名家詞。此著完成於 1987 年，於 1992 年由四川文藝出版社版。自二十世紀五十年代以來，中國學術界受到庸俗社會學觀點與方法的制約，簡單粗暴地否定與批判傳統文化成為時代的傾向，宋詞的研究因而極為冷落，尤其是對婉約詞是給予否定的。新歷史時期的來臨，學術界清算了庸俗社會學的流毒，撥亂反正，思想活躍，而對傳統文化亦重新審視和評價。我正是在此文化背景下探討宋代名家詞的，表現出對婉約詞的新的認識，適應了詞學研究的新的發展趨勢，所以現在回顧我這一時期的論著，它們仍有生命力的。

當《宋詞概論》完稿之後，宋詞研究暫告一段落，我需要調整研究方向。八十年代是宋詞作家作品研究的興盛時期，我預測詞學理論的研究將很快受到關注。《文學遺產》編輯部則估計文學史的寫作將在九十年代出現高潮，因此我決心迅即寫一部中國詞學史。這個課題是屬開拓性研究的，因我於文藝理論有些修養，亦有對詞學較為全面的認識，故寫作的進展很快，從 1978 年開始，至 1979 年底如期完成《中國詞學史》。它於 1993 年由巴蜀書社出版，2012 年修訂出版，2015 年改由四川人民出版社出版。此著雖然粗疏，但對一些詞學問

題作了重點探討，發表了系列論文，初步建構了詞學史的體系。它不同於僅關注詞學思想的詞學批評史，而是對詞論、詞籍、詞韻、詞律、詞學文獻的歷史過程的全面的論述。關於現代詞學的述評是很難處理的，我在概略述及眾多詞學家後，從新文化的觀點和詞學學科的意義著重評述了胡適、胡雲翼、龍榆生、夏承燾、唐圭璋五位詞學家，客觀地闡明他們在現代詞學發展中的貢獻，以反映詞學發展的全過程。故此著以具有全面、簡略、樸素和開創的特點而爲詞學界所關注。以胡雲翼作爲現代詞學的重要詞學家在詞學界是存在爭議的，但我認爲他是現代最早以新文化的觀點和現代白話的表述方式來研究詞學的，建立了詞學體系和詞史體系，在現代詞學的發展中產生了巨大的社會影響和積極的作用，這是應給予充分肯定的。胡雲翼對詞學理論的傑出貢獻是認爲詞是音樂文學，詞爲艷科，堅持宋詞無流派之說。我完全贊同胡雲翼理論，並在完成《中國詞學史》之後予以進一步的探究和闡發。友人洛地是戲曲史家，對中國古代音樂有精深的研究，而於詞學亦有獨特的見解。他提出「律詞」的觀念，即認爲詞體是講究格律的，每調自成格律，以之區別於其他的各體韻文。他論詞的許多意見與我和詞學界存在很大的分歧，但其「律詞」觀念則爲我完全接受，雖然我們在具體理解上尚存在差異。我持「律詞」的觀念，探討了系列的詞學問題，並認爲這是現代詞學理論的重大突破。1999年由上海古籍出版社出版我的第一部論文集《宋詞辨》，2007年繼由該出版第二部論文集《詞學辨》，其中收入的關於詞學問題的探討即是在1990年至2006年之間完成的。

在《詞學辨》裏已收入關於詞調分體，詞調分類，詞韻、詞譜、詞與聲詩等詞體問題的探討。詞體研究是困難而繁瑣的，也是現代詞學研究中最薄弱的，我有濃厚的興趣做此項工作，希望在解決系列的理論問題之後，按照我對詞體的認識而編一部新的詞譜以代替清代萬樹的《詞律》和王奕清等的《詞譜》。2008年發表的《詞譜檢論》概括了我重新編著詞譜的原則與體例。2010年試編的《唐宋詞譜粹編》

由四川人民出版社出版；此編收入詞調兩百個，適於一般喜好填詞者使用。我擬在此基礎上擴展為完備的詞譜，遂對唐宋詞調進行普查，將聲詩、元曲及宋以後新創之調清除，於 2012 年發表《唐宋詞調考實》，經核實唐五代一一五調，其中為宋人沿用者八一調；宋詞共八一七調，除去沿用唐五代者，實為七三六調；唐宋詞共有八五一調。此年我編著的《唐宋詞譜校正》由上海古籍出版社出版。此譜計收四九七調，突出律詞觀念，突出文學性，加強學術性。我期望由詞體規範的重新建立以推動詞學的進展。本來我擬編一部完備的詞譜的，因缺乏必要的外部條件，亦因個人精力不濟而只得從簡了，留此遺憾，以俟高明。

從研究宋詞，進而探討詞學史，最後完成詞譜的編訂，這過程中實現了我志於研究宋詞的初衷。回顧自 1959 年立志從事純學術研究，今已倏忽五十餘年了。每一位學者怎樣選擇學科，採取什麼觀念和方法去研究，怎樣切入學術問題，怎樣取得學術的突破，怎樣去逐步實現學術理想，這些皆與時代思潮、文化條件和個人的學術興趣、知識結構、性格、信念、生命的適應能力等因素相關。我之所以選擇詞學，因對宋詞特別喜愛，它既可以寄託與表達性靈，亦可滿足理性的追求，甚至可以臻於高遠的學術與思想的境界。如果說我在詞學研究中取得一些成就，而且二十年的苦難生活未摧毀我的意志，則是由於對學術信念的堅守，並保持著對學術獨立與自由的追求。當我回首往事時雖有不少的遺憾，仍可感到造化的公平，亦足欣慰了。

蜀中前輩學者廖平的治學歷程凡六變，我反思自己的治學歷程則大致七年一變，每一變實為學術研究的調整。當完成自設的某一重大課題之後，甚感精疲力竭，需要休息，尤需要根據學術發展的趨勢以確定下一步前進的方向。此際我總是採取學術領域的轉移，以滿足追新務奇的心理，由此而產生新的感覺與活力。這樣遂在我研治詞學的過程中產生了幾隻插曲：《蘇軾詩研究》、《敦煌文化尋繹》、《成都東山的客家人》、《成都沙河客家的變遷》和《中國市民文學史》。近年

最大的學術轉移始於 2006 年《詞學辨》即將出版之際，時值國學熱潮再度在中國興起，我迅即以主要精力投入。我從考察國學運動的歷史切入，對國學重新定義，仍採取理論的歷史的方法，更傾向於科學考證方法，發表了系列論文，於 2009 年出版《四川國學小史》，於 2011 年出版《國學論集》。我於國學研究的道路將愈益寬廣，而詞學研究亦將以餘力繼續下去。我的詞學界老友，有的已經封筆了，有的亦呈現創造力貧乏之現象。我現在尚能保持學術的活力，乃由於適當的學術領域轉移所致，這樣纔可能避免江郎才盡的不幸。

在五十餘年前，當我志於研究宋詞之時，即盼望能出版一部論文集，今《宋詞論集》的結集，它基本上可以體現我研究宋詞的主要成果。敬祈詞學界師友與讀者的教正。

謝桃坊

2015 年 1 月 11 日於爽齋

目

次

宋人詞體起源說檢討

　　詞體起源是一個相當複雜的學術問題。本世紀以來,它引起了許多學者和詞學家的興趣,自 1901 年至 1992 年的九十年間發表的專門論文共有二百三十餘篇〔註1〕。這些論文使用了新發現的敦煌曲子詞資料,從不同的視角進行探討,作出了很有學術價值的論斷;但是由於此問題涉及學術層面較廣、歷史線索錯綜迷亂和詞樂資料散佚以致迄今尙未完全地解決,而又遺下一些新的學術問題。現在,詞體起源仍是詞學界所關注的懸案之一。茲試從一個側面來進行探討,即具體考察宋人關於詞體起源的論述,或許可給我們以有益的啓迪。詞體在宋代處於繁榮興盛時期,被譽爲時代文學:詞學亦隨即興起。宋人距詞體起源時間最近,富於倚聲塡詞的經驗,能見到一些最爲珍貴的詞樂文獻資料,可以感知詞體初期發展階段:所以在他們關於詞體起源的討論之中,必定存在某些較爲合理的和較接近歷史眞實的意見。他們的意見應當引起我們的重視而加以認眞檢討。

一

　　在唐代隨著新的流行音樂而產生的一種音樂文學樣式,唐人稱它爲「曲子」、「詞」或「歌詞」,對其性質與形式,尙缺乏清楚的認

〔註1〕　參見林玫儀主編:《詞學論著總目》第一冊,第 30～46 頁,臺灣中央研究院中國文哲研究所 1995 年出版。

識。五代後蜀廣政三年（940）歐陽炯爲詞總集《花間集》作序時，他對詞體的認識亦停留在具象的階段，而且僅注意文學風格的淵源關係。詞體經過晚唐五代的發展，至宋代臻於成熟，其性質與形式特點已趨顯著，因而宋人關於詞體已有了確切的理性認識。在宋人看來，新興的詞體與古樂府辭、近體詩、聲詩、雜言詩等是有嚴格區別的，而有其自身特殊的規定性。

宋人將詞體的形式特點概括爲「長短句」，並以之作爲詞體的代稱。不少詞人逐將自己的詞集題名爲「長短句」，如秦觀的《淮海居士長短句》、米芾的《寶晉長短句》、張綱的《華陽長短句》、胡銓的《淡庵長短句》、張孝祥的《于湖先生長短句》、辛棄疾的《稼軒長短句》、魏了翁的《鶴山先生長短句》等。當然，宋人也稱詞體爲「歌曲」、「樂府」、「樂章」等，但當他們論及詞體與其他諸種詩體之區別時，特賦予「長短句」概念。例如：

> 古無長短句，但歌詩耳，今《毛詩》是也。唐此風猶存，明皇時李太白進木芍藥《清平調》亦是七言四句詩：臨幸蜀，登樓聽歌李嶠詞「山川滿目淚沾衣」，亦止是一絕句詩。今不復有歌詩者，淫聲日盛，閭巷猥褻之談，肆言於內，集公燕之上；士大夫不以爲非，可怪也。（朱翌《猗覺寮雜記》卷上）

> 韓退之云「餘事作詩人」，未可以爲篤論也。東坡謂詞曲爲詩之苗裔，其言良是。然今之長短句，比之古樂府歌詞，雖云同出於詩，而祖風已掃地矣。（朱弁《月風堂詩話》卷上）

朱翌和朱弁俱是北宋後期思想保守的文人，他們對詞體並無好感，以爲它乖離了儒家政治教化的文學主張，因而是持以否定的態度。這裏應注意他們的兩個觀念：一是「古無長短句」；二是「今之長短句」。按通常的概念，「長短句」與「雜言」是等同的，它是在一首詩裏出現了長短不齊的三、五、七，或四、六、九的句式並非單純

的四言、五言或七言。中國古代的《詩經》、漢魏樂府歌辭皆有雜言體。詞體在形式上與雜言體相似，宋人特稱爲「長短句」其意在於使它與雜言區別開來。「今之長短句」與古代雜言歌辭，它們同屬音樂文學，但卻存在實質的區別，並非同一文學樣式。宋人爲強調這種區別，還認爲詞體是中國詩歌發展過程中出現的一種「變體」。南宋詞人張鎡說：

> 《關雎》而下三百篇，當時之歌詞也。聖師刪以爲《經》，後世播詩章於樂府，被之金石管弦。屈、宋、班、馬繼是乎出。而自變體以來，司花傍輦之嘲，沈香亭北之咏，至於人主相友善，則世之文人才士，遊戲筆墨於長短句，間有能瑰奇警邁，清新閑婉，不流於蕩污淫者，未易以小技言也。（《題梅溪詞》，《宋六十名家詞》）

宋人以爲此「長短句」同以往的音樂文學或格律詩體比較而言，它是新的「變體」。其所謂「自變體以來」，即指自詞體產生以來，它是中國文學史上特定歷史階段出現的文學現象。因此，關於詞體文學淵源的問題，後世詞學家的源於《詩經》說，源於漢魏六朝樂府說，源於古代長短句說，等等，皆是對詞體之獨立意義和文學性質缺乏歷史考察而得出的片面的與膚淺的結論。

唐代安史之亂後，崔令欽於寶應元年（762）著的《教坊記》記述了唐代開元天寶時期朝廷教坊之建置及歌妓軼事。其中保存了教坊所用之「曲名」三百二十四曲，這是非常重要的早期詞學文獻。唐代兩京（長安與洛陽）教坊的建置是爲了滿足宮廷對於流行俗樂的需要，而聚集了歌舞藝人以教習。教坊曲裏的絕大多數曲名皆成爲後來常用的詞調，例如《清平樂》、《破陣曲》、《浣溪沙》、《浪淘沙》、《望江南》、《鳳歸雲》、《離別難》、《拜新月》、《大酺樂》、《伊州》、《甘州》、《采桑》、《雨霖鈴》等。令人感到惋惜的是，崔令欽當時未記下一首教坊曲辭，致使學者們對教坊曲的文學形式難以判斷，亦使詞體起源的線索迷亂了。唐代聲詩至今存一千五百餘首，都是齊言體的歌詞；

存百五十餘調，其中與詞調相同者近四十調〔註2〕。在唐代，詞體與
聲詩的關係呈現交錯的複雜情況。宋季詞學家張炎曾在《〈詞源〉序》
裏說：「粤自隋唐以來，聲詩間爲長短句，至唐人有《尊前》、《花間
集》。」近世學者梁啓超關於「詞的起源」云：

> 開元天寶間新聲迭起。崔令欽《教坊記》載三百二十
> 四調，其中所有後世詞調名不少，但其歌詞之有無不可深
> 考。郭茂倩《樂府詩集》有「近代曲詞一門，所收皆盛唐
> 以後新聲也。內中八十餘調……或與後此詞調名全同……
> 內中所載歌辭，雖半屬中唐作品，然亦有盛唐及其以前者，
> 如《回波樂》作者沈佺期、李景白，《大酺樂》作者杜審言，
> 皆中宗、睿宗時人，《億歲樂》作者張說、《清平調》作者
> 李白，皆玄宗時人；凡此聲詩——即詞之鼻祖，自初盛唐
> 之間已發生者〔註3〕。

梁氏即以爲詞起源於唐代聲詩。實際上聲詩與詞體的關係，北
宋後期詞人李清照已有明確的認識。她在其《詞論》裏首先說：「樂
府、聲詩並著，最盛於唐。」此「樂府」是宋人習慣以特指詞體的，
如歐陽修確切地稱爲「近體樂府」。李清照認爲在唐代長短句的詞與
齊言的聲詩是同屬一種音樂淵源的兩種體式，二者同時流行於社
會。因此二者是並行的，不存在淵源關係。南宋初年詞學家王灼在
《碧雞漫志》卷五考察《清平樂》的歷史淵源後認爲：

> 明皇宣（李）白進《清平樂》詞，乃是令白於《清平
> 調》中製詞。蓋古樂取聲律高下分爲三，曰清調、平調、
> 側調；此謂之三調。明皇只令就擇上兩調，偶不樂側調故
> 也。況白詞七字絕句，與今曲不類，而《尊前集》亦載此
> 三絕句，止目曰《清平詞》；然唐人不深考，妄指此三絕句
> 耳。此曲在越調，唐至今盛行。今世又有黃鐘宮、黃鐘商

〔註2〕 任半塘：《唐聲詩》下冊，第16頁，上海古籍出版社，1982年。
〔註3〕 梁啓超：中國之美文及其歷史》，《飲冰室合集》專集第16冊第180
頁，中華書局，1936年。

兩音者〔註4〕。

《清平調》與《清平樂》在唐代當是同調，而同時存在齊言的聲詩與長短句的詞體。王灼以見到這「今曲」（詞調），辨明此調是存在聲詩和詞體兩式的。其所見之曲已與聲詩是絕不相類的了。這證實了李清照的意見是正確的。

宋人積累了詞體創作的豐富經驗，關於詞體已總結出其音樂文學形式的規定性，使它在諸種音樂文學與諸種詩體間乃「別是一家」，這就是詞體之「律」。李清照在《詞論》裏關於詞律總結了協音律、分平側、辨清濁輕重和詞調用韻的規則〔註5〕。我們從她所舉《聲聲慢》、《雨中花》、《喜遷鶯》、《玉樓春》等詞調的用韻規則來看，已表明詞體是以單個詞調為單位而定律的，因此其律嚴於其他諸種詩體。南宋後期詞人楊纘《作詞五要》中「擇腔」、「擇律」、「塡詞按譜」、「推律押韻」四項，皆是關於律方面的要求〔註6〕。張炎在《詞源》裏關於「音譜」提出「按律製譜，以詞定聲」的要求，以為「不詳一定不易之譜，則曰失律」。他又論及「拍眼」時說：「蓋一曲有一曲之譜，一均（韻）有一均之拍。」宋人塡詞必須根據歌譜的音樂節奏，「倚聲」、「按譜」。此外也有詞人，因不諳音律，便只得參照名篇佳作之句數、用韻和字聲平仄來塡詞。他們都得嚴守格律。這是詞體自身的規定性，亦是詞之為詞的根本所在。

二

宋詞是唐五代詞的繼續發展，其所用的詞調（樂曲）亦是對唐五代詞調的繼承與發展，它們所配合的音樂是一個系統的。中國音樂在唐代呈現紛繁興盛的局面：古老的雅樂、南北朝的清商樂、中原的民間音樂和外來的胡樂，同時并存，互相競爭，接受文化選擇。詞體所依據的新聲，它是哪一種音樂呢？

〔註4〕 劉安遇、胡傳淮：《王灼集校輯》第58頁，巴蜀書社，1996年。
〔註5〕 參見劉桃坊：《中國詞學史》第32～33頁，巴蜀書社，1993年。
〔註6〕 楊纘：《作詞五要》見《詞源》卷下附錄。

　　自隋代以來由於外來音樂，主要是西域音樂的影響，我國音樂
發生了一次重大變革：以西域龜茲樂爲主的音樂經過漢化，與我國
舊有的民間音樂相結合而產生了新的隋唐燕樂。燕，同讌，即「宴」。
燕樂乃施於燕饗之樂。我國古代宮廷與貴族之家宴饗時所用之樂稱
燕樂。隋唐燕樂卻是當時流行的新的俗樂，它與古代燕樂在音階、
調式、旋律、樂器、演奏方式等方面都有很大區別。西域龜茲樂在
北朝時已經傳入內地。隋代初年音樂理論家鄭譯發現了它的價值，
並在理論上使之符合漢民族的音樂傳統觀念。他將古代的宮、商、
角、徵、羽五音，加上變宮、變徵而爲七音；又與古代十二律呂理
論附會，於是七音與十二律呂旋轉相交構成八十四調。這種以西域
印度系音樂爲主體而形成的新燕樂流行起來，風靡一時，造成了一
次音樂的變革〔註7〕。從唐代到宋代，燕樂的發展經歷了三個階段：
唐五代時期燕樂的胡樂成分較重，北宋時燕樂已進一步與我國民間
音樂相結合，南宋的燕樂趨於古典化而走向衰微。宋人對於這次音
樂的巨大變革尚能明顯地感受到，而且認定詞體是隨著這種新燕樂
而流行起來的。北宋中期文學家蘇軾說：

　　　　譬之於樂，變亂之極而至於今，凡世俗之所用，皆夷
　　　聲夷器也。求所謂鄭衛者且不可得，而況於雅音乎？學者方
　　　學陳六代之物，弦匏三百五篇，窾然如戛釜竈、撞盎，未有
　　　不坐睡竊笑者也。(《書鮮於子駿楚詞後》，《東坡集》卷二三)

　　蘇軾不諳音律，他對流行音樂是持否定態度的。我們從其否定
意義可見到古代雅樂在北宋幾乎不存在，流行的音樂「皆夷聲夷器」
（胡樂和琵琶）。他又嘲諷那些抱殘守闕的文人仍用似古非古的音樂
弦歌古詩，聲音怪戾沉悶，令人昏睡或發笑。學者沈括是知音的，
他論及新燕樂時說：

　　　　隋柱國鄭譯始條具之，均展轉相生爲八十四調，清濁
　　　混淆，紛亂無統，竟爲新聲……外國之聲前世自別爲四夷

〔註7〕　詳見《隋書·音樂志》。

樂，自唐天寶十三載，始詔法曲與胡部合奏。自此樂奏全
失古法，以先王之樂爲雅樂，前世新聲爲清樂，合胡部者
爲宴樂……今聲詞相從，唯里巷聞歌謠及《陽關》、《擣練》
之類稍類舊俗，然唐人塡詞多咏其曲名，所以哀樂與聲尚
相諧會，今人則不復知有聲矣。(《夢溪筆談》卷五)

沈括將唐代天寶以來音樂概括得甚爲準確，而新燕樂是以「胡
部」爲主的。他又認爲配合燕樂的歌詞，在唐代時其內容與音樂表
情是一致的，而宋人的歌詞則與音樂表情分離了。這本是正常的發
展規律，宋人塡詞已不再顧及詞調本事了。同時的音樂理論家陳暘
論及唐代新聲云：

古者樂曲辭句有常，或三言四言以制宜，或五言九言
以投節，故含章締思，彬彬可述，辭少聲則虛，聲以足曲，
如相和歌中有「伊夷吾邪」之類爲不少。唐末俗樂盛傳民
間，然篇無定句，句無定字，又間以優雜荒艷之文，閭巷
諧隱之事，非如《莫愁》、《子夜》當得論次者也……

聖朝樂府之盛，歌工樂吏，多出市廛畎畝，規避大役，
素不知樂者爲之。至於曲調抑又沿襲胡俗之舊，未純乎中
正之雅，其欲聲調而四時和，奏發而萬類應，亦已難矣。

(《樂書》卷一五七)

陳暘是從儒家樂論出發來看待新燕樂的，具有保守的傾向，但
反映了唐以來燕樂社會化的過程：唐末「俗樂」即新燕樂，已在民
間盛傳。他談到其歌詞形式特點是「篇無定句，句無定字」，這正是
新的長短句體式。它依個體詞調而定句數，不像近體詩或聲詩有固
定的句數；它是定格的長短句，各句中之字數依個體詞調而定，不
像聲詩那樣每句有固定的字數。陳暘明言新的長短句體式所配合音
樂是唐末盛行的俗樂，而且構成傳統，以致宋代音樂皆「沿襲胡俗
之舊」。南宋初年詞家鮦陽居士爲其編的詞選集《復雅歌詞》作的序
裏，追述詞樂淵源云：

五胡之亂，北方分裂，元魏、高齊、宇文氏之周，咸以戎狄強種，雄據中夏。故其謳謠，淆糅華夷，焦殺急促，鄙俚俗下，無復節奏，而古樂府之聲律不傳。周武帝時龜茲琵琶樂工蘇祇婆者，始言七均；牛洪、鄭譯因而演之，八十四調始見萌芽。唐張文收、祖孝孫討論郊廟之樂，其數於是乎大備。迄於開元、天寶間，君臣想爲淫樂，而明皇尤溺於夷音，天下薰然成俗。於是才士始依樂工拍旦之聲，被之以辭句。句之長短，各隨曲度，而愈失古之聲依永之理也。(《古今合璧事類備要》外集卷十一)

這將長短句的詞體與隋唐以來新燕樂的關係表述得至爲清晰。從宋人的論述中，可見新燕樂是外來的「胡樂」或「夷聲」〔註8〕。它始於隋代，唐代開元後盛行於世，成爲世俗喜好的音樂，於是相應地產生了長短句的新體歌詞。新燕樂與新體歌詞之間的關係是不同於古代音樂與詩歌關係的。北宋王安石發現：

古之歌者皆先有詞後有聲，故曰：「詩言志，歌永言，聲依永，律和聲。」如今先撰腔子後填詞，卻是永依聲也。

(趙德麟《侯鯖錄》卷七引)

王灼對此進行了深入細緻的論述，他說：

永言，即詩也，非於詩外求歌也。今先定音樂，乃製詞從之，倒置甚矣。而士大夫又分詩與樂爲兩科。古詩或名曰樂府，謂詩之可歌也。樂府中有歌、有謠、有吟、有引、有行、有曲。今人於古樂府，特指爲詩之流；而以詞就音，始名樂府，非古也。(《碧雞漫志》卷一)

古代樂府歌辭是先有歌詞再配以樂曲，即「以樂從詞」。新體音樂文學長短句詞，則是先有樂曲，然而配以歌詞，即「以詞就音」、「製詞從之」。詞體的出現確立了以音樂爲準度，因而可以按譜填詞，倚聲製詞；這在中國音樂文學史上是一個新發展階段。近世詞

〔註8〕 詞調音樂的來源雖然有南北朝的清商樂、道教音樂、中原民間音樂但其基本成分是華化的印度系的西域龜茲樂，即新燕樂。

學家劉堯民說：「因爲要『以詩從樂』，詩歌才會有音樂的準度，才會變成長短句，成爲詞。」〔註 9〕因此，詞體起源必定是在隋唐新燕樂流行之後，詞體必須是「以詞從樂」的長短句。

我們在探討詞體起源時，關涉到燕樂，但絕不能將古代燕樂和隋唐新燕樂混爲一談。有學者認爲「燕樂是用於房中燕私或宴筵酬唱的音樂。它從周代至六朝是歷代皆有的」「既然在魏晉六朝已經存在著這種倚聲塡詞的事實，又有與之配合的燕樂雜曲，那麼就有充分理由說：詞起源於魏晉六朝」〔註 10〕。這是在概念上混淆了新舊燕樂，亦混淆了雜言體樂府歌辭與新的長短句詞體，沒有見到它們之間的本質區別。關於詞體所配合的音樂，有學者認爲：「中原地區有豐富的民音音樂和音樂遺產。在這種情況下如果說，隋唐時代中原地區的廣大人民在音樂活動中，把土生土長的反映自己生活的民間音樂和世代繼承的傳統音樂都放在一邊，而以西域音樂爲主，那是難以想像的事情」；因而斷定「詞所配合的樂曲主要是中原地區的民間樂曲，也有傳統樂曲」〔註 11〕當我們考察了宋人關於詞體與音樂的關係之論述後，可見詞的音樂性質問題，宋人是早已正確地解決了的。唐代實行文化開放政策，吸收了外來文化而促進傳統文化的變革，從而創造了一個偉大的新文化。新燕樂的流行而帶來的詞體文學興盛繁榮即是一例。這對後世提倡傳統文化者是難於在觀念上接受的，但卻是歷史事實。宋人早已被迫地承認了它。

三

南宋中期文人張侃曾論述詞體起源，他僅從純文學的雜言形式來探討：

> 陸務觀自製近體樂府，敍云：「倚聲起於唐之季世。」

〔註 9〕 劉堯民：《詞與音樂》導言，雲南人民出版社，1985 年。
〔註 10〕 李伯敬：《關於燕樂的商榷——兼及詞之起源》，《學術月刊》，1990 年 2 期。
〔註 11〕 陰法魯：《關於詞的起源問題》，《北京大學學報》，1964 年 5 期。

後見周文忠《題譚該樂府》云：「世謂樂府起於漢魏，蓋
由惠帝有樂府令，武帝立樂府采詩夜誦也。」唐元稹則以
仲尼《文王操》、伯牙《水仙操》、齊牧犢《雉朝飛》、衛
女《思歸引》爲樂府之始。以予考之，乃虞《載歌》「薫
兮解愠」，在虞舜時，此體固已萌芽，豈止三代遺韻而已。
二公之言盡矣。然樂府之壞，始於《玉臺》雜體，而《後
庭花》等曲流入淫侈，極而變爲倚聲，則李太白、溫飛卿、
白樂天所作《清平樂》、《菩薩蠻》、《長相思》。（《張氏拙軒
集》卷五）

此論述中概念與推理是紊亂的，表現出對文學史缺乏認識。這
在宋人中是很特殊的，但後世明清詞學家時有附和者。現在我們將
考察宋人關於詞體起源的頗富學術意義的論斷。關於詞體起源的具
體時間，李清照和銅陽居士以爲是在「開元天寶間」〔註12〕，胡仔
以爲是在「唐中葉」以後〔註13〕，陳暘、李之儀和陸游以爲是在「唐
末」〔註14〕。文學史上每一種文學體裁的興起是有一個過程的。宋
人認爲長短句的新體歌詞與唐代聲詩並著，它有自己獨特的格律，
它是「以詞從樂」的，這音樂是唐以來流行的新燕樂。因此，無論
是從歷史或邏輯來推論，詞體起源都只應在唐代。他們將起源的時
間上限定在盛唐的開元、天寶間，下限定在唐末，即公元713年至
889年的百餘年之間，這都是合理的，但以開元、天寶間似更爲合
理一些。王灼的《碧雞漫志》五卷，實際上是旨在考察詞體起源及
其流變的專著，在後三卷裏具體考察了二十九個詞調。茲根據王灼
所述概括如下：起源於開元、天寶的詞調有《霓裳羽衣曲》、《涼州
曲》、《伊州》、《甘州》、《胡渭州》、《水調歌》、《夜半樂》、《萬歲樂》、
《何滿子》、《清波神》、《荔枝香》、《阿濫堆》、《念奴嬌》、《雨霖鈴》、

〔註12〕 李清照：《詞論》，《苕溪漁隱叢話》後集卷三三；銅陽居士：《復雅
歌詞序略》，《古今合璧事類備要》外集卷十一。
〔註13〕 胡仔：《苕溪漁隱叢話》後集卷三九。
〔註14〕 陳暘：《樂書》卷一五七；李之儀《跋吳思道小詞》，《姑溪居士文集》
卷四十；陸游《長短句序》，《渭南文集》卷十四。

《清平樂》、《春光好》十六調；中唐的有《六幺》、《菩薩蠻》、《文
溆子》、《望江南》、《西河長命女》、《麥秀兩岐》六調；南北朝及隋
的有《蘭陵王》、《安公子》、《後庭花》、《楊柳枝》四調；宋初的有
《虞美人》、《鹽角兒》、《喝馱子》三調。南北朝及隋的四調，在宋
代已有極大變化，殊非舊制；它們在唐代是屬「前朝新聲」的清商
樂，入詞調後已經發生變化。起於開元天寶的詞調占王灼所列詞調
半數以上，它們大都爲宋人沿用，而且屬於新的燕樂系統。所以，
李清照和鮰陽居士以爲詞起於「開元天寶間」的判斷是有依據的。
王灼說：「蓋隋以來，今之所謂曲子者漸興，至唐稍盛，今則繁聲淫
奏，殆不可數。」（《碧雞漫志》卷一）這是就新燕樂之淵源立論的，
此與詞體起源於「開元、天寶間」並無矛盾，因爲王灼考察詞調的
結果是符合李清照與鮰陽居士之論的。現代詞學家胡雲翼認爲：「詞
的起源，只能這樣說：唐玄宗的時代，外國樂（胡樂）傳到中國來，
與中國的殘樂結合，成爲一種新的音樂。這種歌詞是長短句的、是
協律有韻律的是詞的起源。」〔註15〕這當是根據宋人的意見而作出
的結論。

　　詞體是怎樣產生的？關於這個問題，宋人有兩種假說：一是和
聲說；一是倚聲製詞說。他們雙方各有理由。和聲（泛聲）說是由
北宋中期著名學者沈括提出的，他在論述隋唐燕樂興起之後說：

　　　　詩之外又有和聲，則所謂曲也。古樂府皆有聲有詞，
　　連屬書之，如曰：「賀賀賀」、「何何何」之類，皆和聲也。
　　今管弦之中纏聲亦其遺法也。唐人乃以詞填入曲中，不復
　　用和聲。（《夢溪筆談》卷五）

稍後的文人蔡居厚說：

　　　　大抵唐人歌曲，本不隨聲爲長短句，多是五言或七言
　　詩，歌聲取其辭與和聲相疊成音耳。予家有《古涼州》、《伊
　　州》辭，與今遍數悉同，而皆絕句詩也，豈非當時人之辭

<hr>

〔註15〕 胡雲翼：《宋詞研究》第 12 頁，巴蜀書社，1989 年重印。

爲一時所稱者，皆爲歌人竊取而播之曲調乎？（《苕溪漁隱叢話》前集卷二十一引《蔡寬夫詩話》）

南宋理學大師朱熹將此說表述得最清楚，他說：「古樂府只是詩，中間卻添許多泛聲。後來人怕失了那泛聲，逐一聲添個實字，遂成長短句，今曲子便是。」（《朱子語類》卷一四○）所謂「和聲」或「泛聲」是樂府歌辭中保存的無義的虛聲詞字；例如「賀賀賀」、「何何何」、「妃呼稀」等等。沈括等認爲齊言聲詩如果將其虛聲改塡爲實字，這樣便成長短了，例如《花間集》所收：

采蓮子 皇甫松

茘莒香連十頃陂舉棹，小姑貪戲採蓮遲年少。

晚來弄水船頭濕舉棹，更脫紅裙裹鴨兒年少。

竹枝 孫光憲

門前春水（竹）白蘋花（女兒），岸上無人（竹枝）小艇斜（女兒）。

商女經過（竹枝）江欲暮（女兒），散抛殘食（竹枝）飼神鴉（女兒）

這是將原曲的虛聲改塡爲有意義的實字，是爲詞體起源於和聲的有力證據。顯然《采蓮子》和《竹枝》是絕句入樂的聲詩，即使將和聲改爲有意義的實字，重複出現，也與詞體的長短句仍有性質的不同，它們未構成有獨立意義的詞律，未體現詞調的眞正意義。關於此問題，王灼曾以《楊柳枝》詞調爲例進行考察，他說：

予考樂天晚年與劉夢得唱和此曲調，白云「古歌舊曲君休聽，聽取新翻《楊柳枝》。」蓋後來始變新聲，而所謂樂天作《楊柳枝》者，稱其別創詞也。今黃鐘商有《楊柳枝曲》，仍是七字四句詩，與劉、白及五代諸子所製並同，但每句下各增三字一句，此乃唐時和聲，如《竹枝》、《漁父》今皆有和聲也。舊詞多側字起頭，平字起頭者十之一二；今詞皆側字起頭，第三句亦復側字起，聲度差穩

耳。(《碧雞漫志》卷五)

《楊柳枝》在唐代屬前朝遺存的清商樂曲，本是七言絕句的聲詩；《花間集》所收溫庭筠八首、皇甫松二首、牛嶠五首、和凝三首、孫光憲四首，它們都是七言絕句，未記錄有和聲。《花間集》又收張泌和顧敻各一首，則是新體長短句，如顧敻《楊柳枝》詞（‧仄平，下同）：

> 秋夜香閨思寂寥，漏迢迢。鴛帷羅幌麝煙消，燭光搖。
>
> 正憶玉郎遊盪去，無尋處。更聞簾外雨瀟瀟，滴芭蕉。

此詞為雙調，其中四個七字句已不能構成絕句，聲律與絕句相異；上下片首句皆是仄起句；每句下各增一個三字句，其中竟有三個是仄平平的句子：這完全是長短句的詞了。從聲律來考察是不會發現它是由聲詩的和聲演變而來的，特別是它在聲律的音譜方面與齊言聲詩已毫無關係了。《楊柳枝》的兩體同時存在《花間集》內，這可說明唐末五代此兩體是並行的。王灼懷疑此調長短句之體為「唐時和聲」，當是無根據的，但他發現宋代「今詞盡皆側（仄）字起頭，第三句亦復側字起，聲度差穩」，則實際上已與舊的絕句體無關聯了，可惜未作出明確而肯定的判斷。《楊柳枝》、《竹枝》、《漁父》等源於中國舊的清商樂，它們配合聲詩時有和聲，此固可理解；然而以為詞體起源於和聲則是極片面的。我們以《楊柳枝》為例已可證實此點。詞體所配合的音樂主要是新燕樂（胡樂），如果我們考察新燕樂的詞調如《雨霖鈴》、《甘州》、《水調歌》、《六幺》、《夜半樂》等長短句，則它們在字數、句式、聲律、結構等方面都不可能見到任何一點「和聲」的痕跡。宋人中持和聲說者都是一般的文人學者，並非當行的詞人或音樂理論家。他們由於不諳音律，不會倚聲製詞，僅從單純的文學觀點來談詞體起源，所以其結論是經不住理論和事實檢驗的。然而宋人和聲說甚代詞學家們所承襲，現代某些學者亦加以發揮〔註16〕，

〔註16〕 參見王重民：《敦煌曲子詞集敘錄》，《敦煌遺書論文集》第 55 頁，

爲探討詞體起源造成嚴重的淆亂。

　　宋代詞學家和詞人關於詞體起源是主張「倚聲製詞」說的。由倚聲填詞而產生「俗變」，創造出一種新體長短句的歌詞。李清照在《詞論》裏談到詞體起源，敘述了唐代開元、天寶間李八郎（袞）善歌新聲，「自後鄭衛之聲日熾，流靡之變日煩，已有《菩薩蠻》、《春光好》、《莎雞子》、《更漏子》、《浣溪沙》、《夢江南》、《漁父》等詞，不可遍舉」。她所說的「鄭衛之聲」是借指當時的「胡部新聲」。關於詞體起源，她認爲是「流靡之變」的結果，即流行音樂發生變化的必然。王灼考察了中國音樂文學的歷史，以爲「古歌變爲古樂府，古樂府變爲今曲子，其本一也」。「今曲子」指詞體。他詳述了「歌詞之變」的情況，引述唐人元稹《樂府古題序》後批評說：「微之（元稹）分詩與樂府作兩科，固不知事始，又不知後世俗變。」（《碧雞漫志》卷一）「俗變」即「習俗之變」。「古樂府變爲今曲子」即由習俗之變所使然。這與李清照的見解是一致的。新燕樂興起之後，歌詞怎樣由齊言變爲長短句的呢？李之儀說：「唐人但以詩句而用和聲抑揚以就之，若今之歌《陽關》詞是也。至唐末遂因其聲之長短句而以意填之，始一變而成音律。」他以爲詞人依據新燕樂曲之旋律節奏，用長短句的歌詞去配合，以己意填寫，這樣構成詞體的獨特音律。桐陽居士說：「才士始依樂工拍但之聲，被之以辭句；句之長短，各隨曲度。」他認爲詞體在最初是由於作者依照樂工所製樂曲之節拍與宮調（「但」），填寫辭句，句子的長是隨曲調的變化而定，於是創作出新體長短句了。陸遊說：「雅正之樂微，乃有鄭衛之音；鄭衛雖變，然琴瑟聲磬猶在也……千餘年後，乃有倚聲製辭，起於唐之季世。」〔註17〕他簡述了音樂文學的演變後，確認長短句詞體是新創的，它由「倚聲製辭」而產生。關於詞體的產生，若用漸進的觀點是難以解釋的，其間應有一

　　　中華書局1984年；王仲聞：《長短句盛行之時代辨析》，《文學遺產》，
　　　1988年2期。
〔註17〕　見註12、註14。

個飛躍的突變：爲適應熱烈活潑、繁聲促節的新樂曲，必須產生異於傳統習慣的新樣式。正如胡適所推論：「長短句之興，是由於歌詞與樂調的接近。通音律的詩人受了音樂的影響，覺得整齊的律絕體不很適宜於樂歌，於是有長短句的嘗試。」〔註18〕從李清照至陸游，他們關於詞體起源僅作出簡略的結論。自然這個結論是由經驗的推衍而得，尚缺乏歷史的事實、理論的分析和個體的例證。任何一種文體的興起都有一個潛隱的階段，後世學者對此階段的認識，一般都比較模糊；如果能找到一個顯著的事例或作品爲標誌，固然會更有說服力的。我們感到惋惜的是，宋人關於詞體起源的「倚聲製詞」說卻未找到作爲標誌的事例。造成這種遺憾的一個重要原因是宋人未見到早期流行於世俗社會的詞作——郭煌曲子詞。

　　20 世紀之初我國甘肅敦煌莫高窟藏經洞的發現，文書總數約四萬餘件，其中敦煌曲子詞約存一百六十餘首。敦煌卷子所題的年號之最後者是北宋太平興國（976〜983）和至道（995〜997）年間的。藏經洞的封閉約在西夏佔據敦煌（1036）之前〔註19〕。這時宋王朝建國已七十餘年。宋人之所以沒有發現敦煌文書，是因藏經洞地處西北邊陲，該地自唐末以來戰亂頻仍，而且藏經洞本身即具有神秘特色，故爲外人所難知。所以我們不應責備：「宋人眼光所及，只局限於所謂『中原』地帶，對於遠在西域的，如敦煌石室內早已沉睡著幾萬卷的古寫本文獻，雖當他們還是開國興基、百廢待舉的時代，也無一人會注意到，而肯去潛心研究。」〔註20〕敦煌文書的幸存和偶然發現，爲中國傳統文化的研究提供了非常寶貴的資料，亦爲詞體起源提供了新的文獻依據。

〔註18〕　胡適：《詞的起源》，《胡適古典文學研究論文集》第 544 頁，上海古籍出版社，1988 年。

〔註19〕　參見白濱：《試論敦煌藏經洞封閉的年代》，收入《1983 年全國敦煌學術討論會論文集》藝術編上冊第 340〜357 頁，甘肅人民出版社，1985 年。

〔註20〕　引自任半塘：《敦煌歌辭總編》第 2 頁，上海古籍出版社，1987 年。

敦煌曲子詞裏保存了不少早期的長短句形式的歌詞，例如唐明皇的御製曲子《獻忠心》見於教坊曲，它在盛唐時期已經傳播西北。今敦煌曲子詞裏存「御製」兩首，另存西北民族將領表示歸向大唐意願的兩詞：

> 臣遠涉山水，來慕當今。到丹闕，向龍樓。棄氈眠與弓劍，不歸邊土。學唐化。禮儀同，沐恩深。　見中華好，與舜日同欽。垂衣理，教化隆。盡遐方無珍寶，願公千秋住。感皇澤，感皇澤，垂珠淚，獻忠心。

> 驀卻多少雲水，直至如今。涉歷山阻，意難任。早晚得到唐國裏，朝聖明主。望丹闕，步步淚，滿衣襟。　死生大唐好，喜難任。齊拍手，奏仙音。各將向本國裏，呈歌舞。願皇壽，千萬壽，獻忠心。〔註21〕

這兩首詞產生於公元八世紀之初，它與我國以往的詩歌形式相比較，已具有新的特點：第一，句式為複雜的長短句，每首內三、四、五、六、七字句並用；第二，每首詞分為對稱的上闋和下闋；第三，每闋內共用四韻；第四，詞中字聲平仄已有規律可尋，如。表示的平聲，表示的仄聲，兩詞基本上相同；第五，兩詞係按詞調《獻忠心》的格律規定而有序地將字、句、韻、片組成一個有機的整體，個別句子雖有一二字增減，但可見到其格律仍頗嚴整。這是中國標準的律詞的產生。就詞體的聲韻格律而言，它的產生必須在近體詩聲律已經成熟的時代；就詞體所依賴的音樂準度而言，它的產生必須在新燕樂已經流行之時。中國詞學史上關於詞體起源問題之所以長期不能清楚地認識，是因缺乏「律詞」概念和缺乏早期標準的作品所致。敦煌曲子詞的發現，表明公元八世紀之初，中國已存在標準的律詞，它標誌詞體的興起。

〔註21〕　《敦煌歌辭總編》第673頁。

　　宋人認爲：音樂文學和古典格律詩體中出現了一種「變體」；它的形式特點是新的「長短句」，在音律和聲韻方面有自己獨特的規定，因此不同於古代詩歌、古樂府歌辭和唐代聲詩，乃「別是一家」——這就是詞。宋人認爲外來音樂——「俗樂」、「夷聲」或「胡樂」，始於隋代，在唐代開元之後盛行於世，它是新燕樂，於是相應地產生了「以詞從樂」的長短句歌詞。宋人雖由於歷史的斷裂而未見到流行於世俗社會的早期歌詞，但敦煌曲子詞的發現卻又證實了他們關於詞體起源的意見是符合歷史眞實的，因而他們的意見是很合理的。當然宋人對詞體起源的認識並不完全一致，但詞人、音樂家和詞學家們的認識則基本上是相同的，它代表著一種經得住歷史和事實驗證的學術意見。可惜後世詞學家大都未能認眞檢討宋人的意見，以致某些問題是宋人已經解決了的，在現代詞學家中仍爭論不休，陷入新的誤區，難以作出科學的結論。

宋人詞體觀念形成的文化條件

一

在我國文學史上賦、騈文、詩、詞、曲等都曾在某一歷史時期繁榮興盛、登峰造極而成爲一個時代的文學代表，它們又總是隨著那個時代文化的隱退逐趨於衰微而成爲一種陳舊的形式。某種文學樣式的產生發展與其特定的社會文化條件有著密切的關係，某個時代人們對一種文學樣式的性能和文體風格的認識則總是反映了那個時代的文化精神。詞作爲有宋一代之文學，這固然有其較爲複雜的原因，而宋人關於詞體的觀念對宋詞發展所產生的影響卻也不容忽視。任何觀念都置根於一定的歷史文化的土壤之中，即以宋人詞體觀念而論，它並非是一個絕對的理念，其形成與變化都是由宋代整個文化系統決定的。它表現了時代特定文化條件下人們的社會審美理想和審美趣味的一個重要方面。正因爲如此，我們便可從宋人的詞體觀念見到時代的社會文化精神的某些特質。

宋人的詞體觀念基本上是承繼了傳統的詞體觀念。五代後蜀廣政三年（940）西蜀詞人歐陽炯作的《花間集序》標誌了傳統詞體觀念的形成。詞體興起於唐代，在五代時有所發展，而且大體上存在一個總體的風格。歐陽炯以文學形象性的語言表述的對詞體的認識

是有總結意義的。他試圖說明詞的體性與南朝艷麗的宮體詩和唐代北里的淫冶風尚有著淵源的關係，而在五代新的文化條件下，這種文學樣式便成了花間尊前以相娛樂的工具。自此，長短句的形式、男歡女愛的內容、軟媚艷麗的風格、歌筵舞席以佐娛樂，遂構成對這種新興音樂文學樣式的體性觀念，并且被普遍地公認爲傳統了。從公元 960 年北宋建國以來的百年間，傳統的詞體觀念牢固地支配著詞壇，而且對它加以更具理性的認定，使原來較爲朦朧的觀念愈益明晰了。關於詞體的稱謂，宋人基本上是稱爲「歌詞」，如蘇軾說：「張子野詩筆老妙，歌詞乃其餘技耳……而世俗但稱其歌詞。」(《題〈張子野詩集〉後》) 這表明詞是入樂配歌的。通常也簡稱「詞」，如陳師道說：「子瞻以詩爲詞」，「張子野老於杭州，多爲官妓作詞。」(《後山詩話》) 此外詞的別稱甚多，如「樂章」、「倚聲」、「歌曲」、「曲子」、「長短句」、「樂府」、「詩餘」等等。其中最值得注意的是被稱爲「小詞」，如李清照《詞論》云「晏元獻、歐陽永叔、蘇子瞻學際天人，作爲小歌詞，直如酌蠡水於大海，然皆句讀不葺之詩爾」，「王介甫、曾子固文章似西漢，若作一小歌詞，則人必絕倒。」《雪浪齋日記》所引晏幾道、王安石、黃庭堅、秦湛等人詞皆稱之爲「小詞」(《苕溪漁隱叢話》前集卷五十九)。這裏「小」並非謂其體制短小，而是含有輕賤之意，因爲它與「經國之大業，不朽之盛事」的文章相比較自然是微不足道的小技了。「小詞」最能體現宋人對詞體的基本態度，它雖然在整個宋代封建文化系統中處於卑賤的地位，而實際上卻爲宋人私自所喜愛：自最高封建統治者、士大夫以至於庶人無不愛尚。小詞之所以受到喜愛是宋人很滿意於它的娛樂功能。北宋嘉祐三年（1058）陳世修作的《陽春集序》較明確地表述了詞爲娛賓遣興的工具。他說：「公（馮延巳）以金陵盛時，內外無事，朋僚親舊，或當燕集，多運藻思，爲樂府新詞，俾歌者依絲竹而歌之，所以娛賓而遣興也。」這是將《花間集序》「則有綺筵公子、繡幌佳人，遞葉葉之花箋，文抽麗錦；舉纖纖之玉指，拍按香檀。

不無清絕之詞，用助嬌嬈之態」作了概括性的理性化的表述，是宋人對傳統詞體觀念的發展，指出了詞體所具的娛樂作用。稍後，蘇軾以爲歌詞可以作「閒居之鼓吹」（《與楊元素書》）；晏幾道談其作詞的目的是「病世之歌詞，不足以析醒解慍，試續南部諸賢緒餘，作五七字語，期以自娛」（《〈小山詞〉後記》）。他們都是將詞作爲消閒娛樂工具的。南宋初年鯛陽居士在《復雅歌詞序》裏談到晚唐五代浮艷詞風對北宋人的影響時說：「溫（庭筠）李（煜）之徒，率然抒一時情致，流爲淫艷猥褻不可聞之語。我宋之興，宗工巨儒，文力妙於天下者猶祖其遺風，蕩而不知所止。脫於芒端而四方傳唱，敏若風雨，人人歆艷，咀味於朋遊尊俎之間，以是爲相樂也。」（《古今合璧事類備要》外集卷十一）可見，在花間尊前寫作或欣賞新詞艷曲，以佐清歡，遣興娛賓，這種娛樂方式已成爲宋人文化生活中一個頗爲重要的組成部分，較能滿足統治階級對於世俗享樂的需要。詞體在宋代民間也爲廣大民眾歡迎，它本是小唱伎藝的唱本。小唱藝人在都市的瓦市、歌樓、酒館、茶肆及街頭巷尾等處爲市民群眾演唱通俗的新詞，繁聲淫奏，表現市民的生活情趣。它使市民得到快樂、興奮和慰借，滿足他們審美的文化需要，其中也包含著感官的刺激。因而小唱是當時民眾所喜聞樂見的形式，以致曾出現「凡有井水飲處，即能歌柳詞」的盛況。北宋時無論在上層社會還是在民間所演唱的歌詞內容大都與男女戀情有關，甚至宮廷裏也盛傳淫艷之詞。小唱藝人本來不限男女，而到宋代逐漸都是濃妝麗質、語嬌聲顫、饒有風情的女藝人了。詞學家王灼嘆息說：「古人善歌得名，不擇男女……今人獨重女音，不復問能否；而士大夫所作歌詞，亦尚婉媚，古意盡矣！」（《碧雞漫志》卷一）因此，人們將詞歸入艷科不是沒有根據的。

　　陸游《跋〈花間集〉》云：「《花間集》皆唐末五代時人作。方斯時，天下岌岌，生民救死不暇，士大夫乃流宕如此，可嘆也哉！或者亦出於無聊故邪？」（《渭南文集》卷三十）這較爲確切地理解花

間詞人的創作心理。北宋建立後，這種文化背景消失，出現了一個
社會安定、經濟繁榮、文化高漲的新的文化背景。爲什麼這時舊的
花間詞風與詞體觀念能夠延續和發展呢？這除了作爲文學發展的內
部因素而起的作用之外，還應有更深層的文化心理的原因。詞體的
艷科性質和娛樂功能，從晚唐五代到宋代的人們都能從它得到感官
的娛樂和審美的享受，能滿足人的感性的需要。封建社會的政治、
宗族、集團、家庭，構成了一個封建的倫理系統，它排斥和否定了
個人的價值和個人的感性。然而如馬克思所說：「人作爲對象性的、
感性的存在物，是一個受動的存在物；而由於這個存在物感受到自
己的苦惱，所以它是有情慾的存在物。情慾是人強烈追求自己的對
象的本質力量。」〔註 1〕個人的情慾基本上體現在由人的自然性所
趨使的對享樂的追求。當然以爲人生的目的主要還是由享樂原則所
決定，戀愛是人類追求幸福的一種較合理的方式，文藝的創作與欣
賞是逃避苦難，這種觀點有極大的片面性，因爲它無視人的社會本
質，僅停留在較低的文化層次上來理解人的本質。人不僅是自然的
人，他還是在特定的歷史時期內作爲國家、宗族、集團、家庭的成
員之一。但在人性異化了的社會中，人的自然性受到嚴重的壓抑和
摧損，人性被扭曲了。我國從中唐以後，社會的發展進入封建社會
後期，長期受壓抑與摧損的人性有所萌發與覺醒。歐陽炯所代表的
傳統詞體觀念和北宋人的詞體觀念正表現了人們的情慾和對審美的
感性的追求，同時表現了對詞作爲音樂文學的特性的把握，尤其偏
重於它的審美價值。如果從深層的文化心理結構來理解，我們是不
能將這視爲「走上了狹而艷的邪路上去」，或者還可以認爲這是黑暗
的封建社會裏的一線光明。

　　晚唐五代的文人沉迷於花間樽前的享樂，確是在戰亂與憂患的
社會中所採取的逃避現實的方法。北宋文人在歌筵舞席的遣興娛

〔註 1〕　馬克思：《1844 年經濟學——哲學手稿》第 122 頁，1983 年人民出
　　　　　版社。

賓、閒居相樂，卻是在昇平環境裏的正常的人性追求，社會爲他們
提供了更爲充分的享樂條件。北宋開國以來，社會經濟是以較快的
速度發展的，社會財富和生產水平在絕對意義上是大大超過了歷史
上的漢唐。北宋社會經濟出現了許多新的變化，封建的商業都市經
濟發展起來，在交通發達、農產品豐富、商業和手工業興盛的地方
形成了一大批新興的都市和以生產爲主的鎮市。北宋都城東京的總
人口已達百萬之眾：「人烟浩穰，添十數萬不加多，減之不覺少；所
謂花陣酒池，香山藥海，別有幽坊小巷，燕館歌樓，舉之數萬」。(《東
京夢華錄》卷五）都市中新興市民階層的世俗享樂生活方式對統治
階級也產生了巨大的影響，所以小唱伎藝作爲都市文化生活方式也
爲上層社會樂於接受。宋王朝對士人給予了特別的優待，他們有較
爲廣闊的政治出路，科舉錄取的名額空前增大，一被錄取即踏上仕
途。宋王朝實行厚俸以養廉的政策，主張「俸給宜優」，「於俸錢、
職錢外，復增供食料等錢」(《宋史》卷一七一）。因此士大夫們可以
過著非常優裕的生活，以致名園華第遍佈京洛。而且時值「天下無
事，(朝廷) 許臣僚擇勝宴飲，當時侍從文館士大夫爲燕集，以至市
樓酒肆，皆供帳爲遊息之地」(《夢溪筆談》卷七）。這爲士大夫們的
享樂生活提供了物質的保證。宋代的歌妓制度則有利於小唱伎藝的
發展，爲人們的艷科娛樂創造了必要的條件。在宋代社會中有民間
歌妓活動於社會下層，以賣藝爲主也兼賣淫；中央和各級地方官署
有許多加入樂籍的官妓，在各種宴會上爲官員們歌舞獻藝並相互調
情；達官貴人之家則蓄有幾名或數十名家妓，供主人閒居時歌舞娛
樂。歌妓制度的存在和小唱成爲時尚的文化娛樂方式，雖然促使詞
體繁榮，也使詞體難以脫離艷科的範圍。可見，宋人是在新的文化
條件下繼承和發展了傳統的詞體觀念，他們對詞體艷科性質和娛樂
作用的認識，既有其深層的文化心理原因，也有客觀的社會文化條
件。

二

　　宋人關於詞體的純審美和純娛樂的觀念在北宋中期開始受到儒家政治教化說的干預和滲入而漸漸有所變化。北宋封建中央集權的高度完善，曾使我國封建制度得到穩定和發展。這一過程中封建統治階級逐漸加強了思想的統治，新形成的理學思想成為此後數百年中國社會的統治思想，頑強地主宰著中國的文化精神。宋初，太宗即主張「文德致治」注意強化思想統治，眞宗「尤重儒術」，仁宗則「務本理道」，這已經特別重視提倡儒家政治思想。北宋中期隨著「積貧積弱」帶來的社會危機的日益深化，最高統治集團開始採用思想專制政策，神宗時終於決定罷詩賦以經義論策取士，頒佈王安石的《三經新義》於學官，嚴重地禁錮士人的思想。這段時期，儒家政治教化說向詞體觀念的滲入已具必然之勢。歷史總是這樣：「人類不是遵守著內心的規律而是屈服於一個外來的必然性的。」〔註2〕

　　政治改革家王安石首先將古代「詩言志」的觀念以附會詞體，他說：「古之歌者，皆先有詞，後有聲，故曰『詩言志，歌永言，聲依永，律和聲』。如今先撰腔子，後塡詞，卻是永依聲也。」（《侯鯖錄》卷七）王安石對於詞體的歷史並未深究，以為頗失古法，但值得注意的是：塡詞雖「永依聲」卻似乎未違「詩言志」。「詩言志」是儒家政治教化說內容之一，強調個人的心志服從於封建的倫理規範。北宋中期興起的理學，堅決否定文學的特性和社會功能，以為文學「乃無用之贅言」，「離眞失正，反害於道」（《河南程氏文集》卷九）。理學家們主張「滅私慾則天理明」，而小詞卻是滿足人的私慾的東西，所以他們對它表示深惡痛絕。例如有儒者周行己因不能克制私慾，在酒席間對某歌妓有所屬意而辨解說：「此不害義理」。伊川先生程頤聞知此事憤然斥責說：「此禽獸不若也，豈得不害義理！」又有一次，程頤「偶見秦少游，問『天若知也和天也瘦，是公詞否？』少游意伊川稱賞之，拱手遜謝。伊川云：『上穹尊嚴，安

〔註2〕　引自黑格爾：《精神現象學》上卷第244頁，1981年商務印書館。

得易而侮之！』」（《河南程氏外書》卷十二）理學家對詞體的這種態度雖然迂腐可笑，但卻代表了一種強大的封建意識。它在南宋漸漸上昇爲統治的勢力，以致劉克莊感嘆說：

> 坡（蘇軾）谷（黃庭堅）亟稱少游（秦觀），而伊川（程頤）以爲褻瀆，莘老（劉摯）以爲放蕩。半山（王安石）惜耆卿（柳永）謬其用心，而范蜀公（范鎮）晚喜柳詞，客至則歌之。余謂坡、谷憐才者也，半山、伊川、莘老衛道者也；蜀公感熙寧、元豐多事，思至和、嘉祐太平者也。今諸公貴人，憐才者少，衛道者多。（《後村先生大全集》卷一一一）

理學家對詞體的態度產生了很消極的影響，故有人認爲小唱乃「極舞裙之逸樂，非惟違道，適以伐性」（《張氏拙軒集》卷五），作詞則被視爲「筆墨勸淫」。政治家和理學家們的意見代表了統治階級利益，以政治價值對詞體橫加干預；但這些意見的明顯的荒謬無理便遭到詞人們的譏笑和抵制，如有詞人指出這些封建衛道者乃「假正大之說而掩其不能」（《浩然齋雅談》卷下）。

當北宋滅亡後，由於民族的危機而喚醒了人們的愛國意識，文壇上的抗金救國的愛國主義運動開展起來。詞人和詞學家們自覺地改變詞體觀念，詞的創作與「詩人之旨」發生了聯繫，掀起了一個爲時甚久的尊體運動。南宋之初，胡寅高度評價了蘇軾詞的社會意義，以爲它「一洗綺羅香澤之態，擺脫綢繆宛轉之度，使人登高望遠，舉首浩歌」（《向薌林〈酒邊集〉序》）。這是從藝術感受的角度來理解詞體的社會功利目的，因而得到許多愛國詞人的熱烈響應。王灼論詞有很明確的音樂文學觀念，他以儒家傳統的詩樂論來說明音樂文學的產生。儒家關於藝術起源的自然論強調了詩、樂、舞的自然結合。王灼從古代詩樂自然論出發，認爲「故有心即有詩，有詩則有歌，有歌則有聲律，有聲律則有樂歌」（《碧雞漫志》卷一）。這說明主體心志爲詩之本源，而且它與歌、聲律和表演存在著天然

和諧的關係。王灼雖然也繼承了儒家詩教說，卻揚棄了由統治階級來施行政治教化的主張，特別指出詩的社會功能的實現是依靠藝術感染力量，而且只有音樂文學才能擔負此任。顯然他是認爲「言志」與「緣情」並重的，尤其注重「眞情」，因而反對「淺近卑俗」的詞，熱烈稱贊蘇軾「偶爾作歌指出向上一路，新天下耳目」（《碧雞漫志》卷二）。這些意見都有助於克服五代以來詞體觀念的片面性，表明宋人的詞體觀念更趨於成熟，爲尊體運動奠定了理論基礎。

在南宋尊崇詞體的過程中出現了兩種明顯的傾向：即曲解詩歌傳統的「詩人之旨」以爲情詞辯護和將詞引向典雅的發展方向。羅泌認爲歐陽修所作的許多戀情詞深得「詩人之旨」。他引述了《詩經·國風》中一些描寫男女之情的詩篇後說：「公性至剛而與物有情，蓋嘗致意於《詩》，爲之本義，寬柔溫厚，所得深矣。吟咏之餘，溢爲歌詞。」（《歐陽文忠公近體樂府跋》）曾豐認爲蘇軾詞合符社會道德規範，體現了儒家的詩教。他說：「文忠蘇公，文章妙天下，長短句特緒餘耳，尤有與道德合者。『缺月疏桐』一章，觸興於驚鴻，發乎情性也；收思於冷洲，歸乎禮義也。」（《知稼翁詞序》）這些解釋有明顯的牽強附會之處，歪曲了「詩教」的原意。宋人似乎爲了尊體，有意這樣來爲小詞辯護，使人們不便於隨意輕視。「詩人之旨」引入詞體觀念的同時也產生了「復雅」的意識。南宋初年曾慥編選的詞集名爲《樂府雅詞》，聲明不收「艷曲」和「諧謔」之詞。鮰陽居士編的《復雅歌詞》旨在發揚古代文學的典雅傳統，反對「焦殺急促」、「鄙俚俗下」，以爲詞應「韞騷雅之趣」（《復雅歌詞序略》）。這種復雅之風一直延續到宋末，如張炎說：「詞欲雅而正之，志之所之，一爲情所役，則失其雅正之音。」（《詞源》卷下）雅正是與率俗、浮艷、軟媚等對立的，它要求詞意含蘊、意趣高雅、情志合符社會倫理規範。在尊體意識的影響下，南宋詞的發展一方面擴大了題材，重視了社會功能；另一方面則走上典雅的道路，藝術表現趨於精巧工緻了。當然，南宋人的詞體觀念與其創作尚有不一致的現象，因

為實際上詞體的艷科性質和娛樂功能並未完全改變，而且也不可能完全改變。如南宋後期黃昇《中興以來絕妙詞選序》云：

> 中興以來，作者繼出，及乎近世，人各有詞，詞各有體……然其盛麗如遊金張之堂，妖冶如攬嬙、施之袪，悲壯如三閭，豪俊如五陵，花前月底，舉杯清唱，合以紫簫，節以紅牙，飄飄然作騎鶴揚州之想，信可樂也。

所以張炎在宋末仍在竭力矯正詞壇偏離雅正軌道的「澆風」。

在宋人的詞體觀念中顯然存在著政治價值和審美價值的矛盾衝突。南渡以來在新的歷史文化條件下，人們發覺將詞體僅僅作為消閒娛樂的工具是非常片面的了。一些民族情感強烈的詞人自覺地要求詞體反映社會現實生活，關注國家政治形勢和民族的命運，而以為詞體同其他文學樣式皆同具有更高的社會功能的。因此，現實的功利目的在儒家政治教化說的引導下向詞體觀念滲透。這在詞的理論和實踐方面既有積極的意義，也有消極的作用。就其積極的意義而言，標誌宋人詞體觀念上昇到了一個高級的層次；就其消極的作用而言，使某些作品出現政治概念化和叫囂粗率的作風，喪失了詞體的某些特性。只有那些在創作實踐中善於將政治價值觀念深解或轉化於審美觀念中的詞人，尊重藝術創作的特殊規律，才真正體現了詞體的最高社會功能而創作出光輝不朽的作品。但是在宋人的詞體觀念中始終未能完滿地解決政治價值與審美價值的矛盾。

三

如果我們將宋人對待詩體和詞體的態度加以比較，則能更深刻地認識宋人的詞體觀念。宋代繼唐代將詩作為科舉考試的科目之一，詩體因而較為尊貴，以為它能充分體現儒家的詩教，有利於統治階級的政治利益。詞體本起自唐代民間，在兩宋仍基本上以俚俗的形態與民間保持著一定的聯繫。小唱是市民階層文化生活內容之一，因其艷科的性質與娛樂功能而顯得地位十分卑賤。南宋時雖有

不少人將詞與「詩人之旨」相聯繫，但畢竟不敢名正言順地與詩體並重，終因自慚形穢而只能別稱「詩餘」，表明僅是詩之緒餘而已。所以詞體在兩宋都未能躋於正統文學之列，與詩體自有尊卑之別。因為宋代文學中詩體與詞體存在並行發展的情形，宋人遂將二者的職能予以較為嚴格的區分，以致詩專主言理，詞則專主言情。這樣區別的結果出乎宋人主觀的預期，如明代陳子龍說：「宋人不知詩而強作詩，其為詩也，言理而不言情，終宋之世無詩。然宋人亦不免於有情也，故凡其歡愉愁怨之致，動於中而不能抑者，類發於詩餘，故其所造獨工，非後世所及。」（《王介人詩餘序》，《安雅堂稿》卷三）當然不能絕對理解為宋詩從不言情而且毫無成就，這只能與詞相比較而言。清人毛先舒也曾懷疑宋人有詞才而無詩才，他說：「宋人詞才，若天縱之，詩才若天絀之。宋人作詞多綿婉，作詩便硬；作詞蘊藉，作詩便露；作詞頗能用虛，作詩便實；作詞頗能盡變，作詩便板。」（《古今詞論》）的確詞終於成為有宋一代之文學，而宋詩並未達到唐人的高度。這之間的原因是極為複雜的。我們考察宋人對詩與詞的矛盾態度便可發現，宋人作詞時實際上遵循了心的規律，雖然他們對此並未自覺地意識到。在人類的精神現象中，當普遍的理性與個性的感性衝突時，「如果普遍的必然性的內容與心不相一致，則普遍的必然性就它的內容來說，自身就什麼也不是，而必須讓路給心的規律」〔註3〕。文學創作是形象地表現人的感性的，當其本能地服從心的規律時也就服從了藝術的規律。這應是宋詞取得成功的主要原因。

宋人大致以為人生應努力於建功立業，在政事之餘可以作文章，文章之餘可以作詩，作詩之餘始可作詞。如強煥說：「文章政事，初非兩途，學之優者發而為政，必有可觀；政有暇餘，則遊藝於咏歌者，必其才有餘辨也。」（《題周美成詞》）王灼以為蘇軾便是「以

〔註3〕 引自黑格爾：《精神現象學》上卷第246頁，1981年商務印書館。

文章餘事作詩，溢而作詞曲」（《碧雞漫志》卷二）。關注也認爲葉夢得「以經術文章，爲世宗儒，翰墨之餘，作爲歌詞」（《題石林詞》）。顯然詞的位置是最卑末了，所以往往叫它「小詞」。因爲這個原因，許多文人作了詞在後來又感到後悔，而且亟於滅迹，即使保存一部分下來也覺不安。有的文人在顯達後頗興壯夫之悔，如胡寅說：「文章豪傑之士，鮮不寄意於此者，隨亦自掃其迹曰：謔浪遊戲而已也。」（《向薌林〈酒邊集〉後序》）有的文人在晚年爲自己詞集作序時視爲過錯的記錄以引咎自責，如陸遊說：「予少時汨於世俗，頗有所爲，晚而悔之，然漁歌菱唱，猶不能止。今絕筆已數年，念早作終不可掩，因書其首以識吾過。」（《長短句序》）趙以夫也說：「奚子偶於故紙中得斷稿，又於黃玉泉處傳錄數十闋，共爲一編。余笑曰：文章小技耳，況長短句哉！今老矣，不能爲也。因書其後，以識吾過。」（《虛齋樂府自序》）我們不難發現還有許多文人拒絕將小詞收入自己的文集裏。宋人對於作詞，其態度也極爲矛盾：如果眞的輕賤詞體，極力自掃其迹或引咎自責，那麼當初何必去作詞呢？然而事實上宋人又是私自最喜愛作詞和欣賞小唱的。晏殊眞切地表示其享樂的人生態度：「一向年光有限身，等閒離別易銷魂，酒筵歌席莫辭頻」（《浣溪沙》）。他只有在歌筵舞席間才感到人生是眞實的：「蕭娘勸我金卮，殷勤更唱新詞；暮去朝來即老，人生不飲何爲」（《清平樂》）。歐陽修說：「青春才子有新詞，紅粉佳人重勸酒」（《玉樓春》）。他經常在這種場合下陶醉和滿足：「櫻唇玉齒，天上仙音心下事；留住行雲，滿座迷魂酒半醺」（《減字木蘭花》）。蘇軾也欣賞「皓齒發清歌，春愁入翠蛾」（《菩薩蠻》），而以「江南好，千鍾美酒，一曲《滿庭芳》」（《滿庭芳》）爲樂事。這三位北宋名臣在政事和文章之餘總不能忘情於花間樽前。他們個人對於娛樂和情感的需要只有在花間樽前才得以暫時的滿足。不僅士大夫們如此，甚至「深斥浮艷」的仁宗皇帝也曾喜歡柳永俚俗的新詞，「每對酒，必使侍從歌之再三」（《後

山詩話》)。尤其是徽宗時大晟府歌詞中竟有不少民間流行的淫艷的俗詞。這些詞不僅在朝廷演唱，徽宗皇帝還下詔將它同其他燕樂歌詞一並轉賜鄰邦高麗國，因此它們至今得以見存於朝鮮《高麗史‧樂志》內。如其中竟有這樣一些句子：「到這裏，思量是我，忒煞無情」(《憶吹簫》)；「驀地被他，回眸一顧，便是令人斷腸處」(《感皇恩》)；「想風流態，種種般般媚」(《千秋歲》)；「奶兒甘甜，腰兒細，腳兒去緊，那些兒更休要問」(《解佩》)。像這樣淫艷之詞便曾爲最高統治集團所欣賞，可是徽宗又是一再下詔要禁止民間「淫哇之聲」的。這些矛盾的文化現象，反映了宋人在理性與感性之間的深刻矛盾。

　　宋王朝處在中國封建社會後期，在加強中央集權和思想統治的過程中加速了人性的异化。社會對人欲的否定與壓抑，使人的內在的自我與外在的表現分裂，出現較嚴重的表裏不一致的現象。宋人不像唐人在唐詩中表現的那樣理性與感性的和諧。宋人爲了應付更複雜的社會生活卻往往隱藏了眞實的自我而戴上幾種的人格面具，扮演種種的性格。這樣能夠有利於人在社會中的生存與競爭，有利於實現個人的目的和達到個人的成就。所以宋人在朝廷、政事、社交、家庭等不同的環境裏便以各樣的人格面具出現，只有在私人生活中如與姬妾、歌妓、好友相處時才表現出自己的本來面目。例如北宋詩文革新運動的領袖歐陽修和政治改革家王安石都以剛正立朝，謇直不回，文章爲世所矜式，具有執拗的性格；可是在他們反映自己私人生活場景的歌詞裏卻有柔婉纖麗的詞語。歐陽修眞正相信「人生自是有情痴，此恨不於風與月」(《玉樓春》)。王安石也有點兒女情態，「細寫相思多少，醉後幾行書字小，淚痕都搵了」(《謁金門》)。宋人大都這樣過著雙重的生活：一方面在社會中備受人格面具的支配，服從於理性與道義；一方面在私人生活場景中表現眞實的個性，盡情地享樂，滿足感性的需要。他們對詞體與詩體的矛盾態度正非常生動地反映了其雙重的精神生活。宋人在詞裏表現了

個人的欲望、享樂、戀情和美的感受。如尹覺說：「詞，古詩流也，吟咏情性，莫工於詞。臨淄（晏殊）六一（歐陽修），當代文伯，其樂府詞猶有憐景泥情之偏；豈情之所鍾，不能自己於言耶！」（《題坦庵詞》）當然，雙重的人格是人性異化的不正常的現象，如果人的自身缺乏綜合能力和調節能力則可能向畸形的病態的方向發展，破壞主體精神的統一性。宋人好尙思理，重視道義和氣節，但實際又並不否定感性的需要，善於安排自己的私人生活，爭取充分滿足精神和物質的享受，然而又有節制。所以，宋人既有多種人格面具，又努力保持眞實的自我，並未破壞其統一的人格，表現出人性的豐富性。例如北宋的大文學家蘇軾，是最能體現宋代文化精神的人物，而其他名臣和大文學家也大都如此。我們將宋詞放在宋代整個文學系統中，或從一位作家的全部的詩、文、詞等著作中，便可見到宋人主體精神的統一性和人性的豐富，而又總是有理性爲指導的。宋人有這樣的意識：

> 文章純古，不害其爲邪；文章艷麗，亦不害其爲正。
> 然世或見人文章鋪陳仁義道德，便謂之正人；若言及花草月露，便謂之邪人，茲亦不盡也……然余觀近世，所謂正人端士者，亦皆有艷麗之辭。（《青箱雜記》卷八）

這是以爲，作者在文章裏既可以講述仁義道德，也可在歌筵舞席抒寫艷麗之詞，且認爲艷麗之詞並不有損於「正人端士」的光輝形象。艷麗之詞是文人私人生活場景中男女私情的表露，社會對它採取了寬容和默許的態度，因而認爲正人端士的私情並不影響其政事和文章等經國之大業的。這樣的觀念，在我國歷史上是有進步意義的，它表現了在封建意識和理學思想的重壓下，人們對人性和文學性的執著追求。西方大詩人歌德在談到中國文化時發現：「雖然在這一個奇怪特別的國家有種種限制，一般人仍不斷地生活、戀愛、吟咏。」〔註4〕宋代詞人的情形尤其是這樣的。

〔註4〕 轉引自朱謙之：《中國哲學對歐洲的影響》第 348 頁，1983 年福建

　　北宋以來城市經濟的發展，出現了新興的市民階層，市民的世俗的享樂生活方式對統治階級發生了影響；士人在昇平的環境裏所享受的優厚待遇，爲他們追求世俗享樂生活提供了物質的保證；歌妓制度促使了詞體的繁榮，使小唱成爲時尚的文化生活內容，爲艷科的發展創造了必要的條件：這便是宋人詞體觀念開始形成的社會文化條件。宋人接受并發展了傳統的詞體觀念，認爲詞體是具艷科性質的小詞，它是人們在花間樽前遣興娛賓、閒居鼓吹、析酲解慍的娛樂工具。這表現了宋人對詞體性能的純審美的和純文學的認識，反映了人們深層的文化心理中的感性的需要。隨著宋代封建中央集權和思想統治的加強，代表統治階級政治價值觀念的政治教化意識開始向詞體觀念滲入。在南宋初年新的嚴峻的政治形勢和抗金救國熱潮推動下，宋人的詞體觀念發生了變化，詞與「詩人之旨」聯繫起來開展了一個尊崇詞體的運動，可是卻一直存在著政治價值與審美價值的矛盾衝突。但詞體的艷科性質和娛樂的功能仍一直潛在地支配著南宋人的詞體觀念。宋人對詩體與詞體的不同態度，反映了主體的理性和感性的矛盾，深刻地揭示了他們關於詞體的觀念，表現了宋人人格的分裂。宋人主體精神生活的雙重性，顯示了其人性的豐富性。他們在詞的創作中眞實地表現了自我的欲望。這些艷麗之詞得到社會的寬容與默許，正說明宋人是在封建意識和理學思想的重壓之下對人性和文學性的執著追求。

人民出版社。

詞爲艷科辨

　　當代詞學家們在考察唐宋詞的基本內容之後往往頗爲贊同「詞爲艷科」的觀念，如承認「過去的人把詞看成『艷科』、『小道』、『詩餘』，當然不夠全面，但也不能說毫無根據，他們很可能是從詞和詩、文對比中看問題的」；或者認爲「『詞爲艷科』這是前人論詞時常說的一句話，也是基本符合唐宋詞的主流情況的。」其實它並非古人說的一句話，從詞學文獻可以證實是現代詞學家胡雲翼先生於 1926年出版的《宋詞研究》中關於宋詞基本內容所作的理論概括。他論及宋詞產生的時代背景說：

　　　　我們看宋朝的時代背景，是不是適宜於詞的發達呢？
　　　自然是適宜的……既是國家平靖，人民自競趨於享樂。詞
　　　爲艷科，故遭時尚。

　　胡雲翼在評論宋詞描寫對象的狹隘時對此觀念作了論證。他說：「宋詞的描寫對象，不過是『別愁』、『閨情』、『戀愛』的幾個方面而已……這更可證明詞只是艷科。雖有蘇軾、辛棄疾等打破詞爲艷科之目，起而爲豪放的詞；但當時輿論均說是別派，非是正宗。」〔註1〕這是中國詞學史上第一次出現「詞爲艷科」的觀念。然而什麼是「艷科」，「詞爲艷科」有確切的文獻依據嗎？當代詞學家也有

〔註 1〕　胡雲翼：《宋詞研究》第 28 頁，第 69 頁，巴蜀書社重印本，1989 年。

的認爲「詞在民間創始時，它的內容是豐富的、多方面的。後世所謂詞爲艷科，應以婉約爲正宗的說法是沒有依據的。」可見「詞爲艷科」雖然已成爲現代詞學的重要觀念，但涉及的一些歷史的與理論的問題是很有必要進行辨析的；這有助於我們對詞的體性、宋詞的價值及詞學史上正宗與別調之爭的深入認識。

一

漢魏樂府詩和南朝樂府民歌已有「艷歌」或「艷曲」，這是指描寫有關愛情的歌辭。劉勰說：「若夫艷歌婉孌，怨志訣絕，淫辭在曲，正響焉生？」（《文心雕龍·樂府》）宋人郭茂倩以爲「艷曲興於南朝」（《雜曲歌辭序》，《樂府詩集》卷六一）。唐代中期以後以愛情爲題材的艷詩流行，元稹即作有「艷詩百餘首」（《敘詩寄樂天書》，《長慶集》卷三○）。可見自漢魏以來通俗歌辭與文人詩作裏已有」艷歌」與」艷詩」的傳統。宋代由於詩與詞的體裁分工，愛情題材便成爲詞的主要內容。宋代詞家將描寫愛情的作品稱爲「艷體」或「側艷體」，這所謂「體」是純就作品內容而言的。王灼談到詞人万俟詠的作品說：「雅言（万俟詠）初自集分兩體，曰雅詞，曰側艷，目之曰《勝萱麗藻》。後詔試入官，以側艷體無聊太甚，削去之。」万俟詠的作品大都散佚，今存的二十餘首詞裏，已見不到「無聊太甚」的側艷之詞。王灼同時還談到「次膺亦間作側艷」（《碧雞漫志》卷二）。晁端禮字次膺，政和三年（1113）以承事郎爲大晟府協律，今存詞集《閑齋琴趣外篇》六卷。其中「早來簾下逢伊，怪生頻整衫兒，元是那回歡會，齒痕猶在凝脂」（《清平樂》），「旋剔銀燈，高褰斗帳，孜孜地，看伊模樣。端相一餉，揉搓一餉，不會得、知他甚家娘養」（《殢人嬌》）：這是寫男歡女愛的幽會情形，有一些生動的細節和性愛的暗示，而且語言通俗，油腔滑調，真可算是側艷之詞了。趙師的《聖求詞序》也談到艷體，他說：「詩詞各一家，唯荊公備眾體，艷體雖樂府柔麗之語，亦必工緻。」他推崇王安石的文學才華，尤

贊賞其艷體詞之工緻。今存《臨川先生歌曲》二十餘首詞中如《謁金門》的「紅箋寄與添煩惱，細寫相思多少。醉後幾行書字小，淚痕都搵了」，詞寫離別相思之情，純用「柔麗之語」。王安石這位剛毅執拗的政治家，竟有這樣的「艷體」，令人不敢相信，而卻又是事實。這首詞雖屬艷體，卻與晁端禮之作有格調層次的區別。宋詞之「側艷體」或「艷體」之確切名稱應是「艷詞」。早在五代末年詞人孫光憲的《北夢瑣言》卷六裏已談到艷詞，他說：」晉相和凝，少年時好爲曲子詞，布於汴洛，洎入相，專託人收拾焚燬不暇。然相國厚重有德，終爲艷詞玷之。」和凝的詞今存數十首，分別見於《尊前集》與《花間集》，其中如《臨江仙》的「肌骨勻細紅玉軟，臉波微送春心。嬌羞不肯人鴛衾，蘭膏光裏兩情深」和《江城子》的「近得郎來人綉帷，語相思，連理枝。鬢亂釵垂，梳墮印山眉」，這兩詞是寫男女歡愛的，在字面上較爲含蓄雅致。由此可見艷詞包含兩個層面的內容，即兩性的戀情與性慾。在宋人的觀念裏，通常指純寫性慾的作品爲「淫冶謳歌之曲」，如吳曾說：「初進士柳三變好爲淫冶謳歌之曲，傳之四方。」（《能改齋漫錄》卷一六）柳永的這類詞如《小鎭西》的「意中有個人，芳顏二八。天然俏、自來姦點。最奇艷，是笑時、媚靨深深，百態千嬌，再三偎著，再三香滑」。稍後黃庭堅作了許多這類俚俗的淫冶歌詞，法秀道人嚴厲斥責說：「公艷語蕩天下淫心，不止於馬腹中，正恐生泥犁耳。」黃庭堅並未以此爲戒，在其爲晏幾道詞集《小山集》作序云：「余少時間作樂府，以使酒玩世，道人法秀獨罪余以筆墨勸淫，於我法中當下犁舌地獄。特未見叔原之作耶？」（《苕溪漁隱叢話》前集卷五七）黃氏以爲，如果法秀道人讀了晏幾道的詞集也會斥爲「以筆墨勸淫」的。我們遍檢小山詞，它雖有許多哀婉纏綿的情詞，卻無那種「蕩天下淫心」的艷語。由此亦可見，黃庭堅所理解的艷詞仍包含情詞與淫詞的。

「詞爲艷科」即與「艷詞」的概念有著密切的聯繫。在宋人文獻裏，只有程大昌涉及到這種聯繫。程大昌（1123～1195），宇泰

之，徽州休寧人，紹興二十一年進士，紹熙五年以龍圖閣學士致仕。大昌博學而長於考辨，亦是詞人，有《文簡公詞》，存詞47首；其詞樸質雅健，不作柔媚語。他完稿於南宋紹興年間的《演繁露》卷一六云：

> 《六州歌頭》本鼓吹曲也，近世好事者倚其聲爲弔古詞，如「秦亡草昧，劉項起吞併」者是也。音調悲壯，又以古興亡事實之。聞其歌使入悵慨，良不與艷辭同科，誠可喜也。本朝鼓吹曲止有四曲：《十二時》、《導引》、《降仙臺》並《六州》。爲曲，每大禮宿齋或行車遇夜，每更三奏，名爲警場。眞宗至自幸亳親饗太廟，登歌始作，聞奏嚴，遂詔：自今行禮罷乃奏。政和七年詔：《六州》改名《崇明祀》。然天下仍謂之《六州》，其稱謂已熟也。今前輩集中大祀大恤，皆有此詞。

程氏是嚴謹淵博的學者，所述皆有史實依據。鼓吹曲爲傳統的軍樂，宋以來通用《六州》等曲。朝廷的郊祀、奉寶冊、祔廟、靈駕發引、明堂等大禮，皆令儒臣依《六州》等四調製詞以供演唱，今《宋史》卷一四〇至一四一尙存宋代各朝樂章。其曲也用於皇帝車駕駐蹕之地作爲夜間警場。程氏所舉的」秦亡草昧，劉項起吞併」，爲宋眞宗至仁宗時詞人李冠所作《六州歌頭》之句。李冠還作有驪山懷古的《六州歌頭》一首。今此兩詞均存。陳師道《後山詩話》云：「冠，齊人，爲《六州歌頭》道劉項事，慷慨雄偉。劉潛，大俠也，喜誦之。」這兩詞及稍後賀鑄的《六州歌頭》（「少年俠氣，交結五都雄」），它們的曲調悲涼，聲情激越，雄姿壯采，不同於倚紅偎翠的柔婉作品，完全可以證實程氏所述。明代學者楊愼的《詞品》卷二談到《六州歌頭》時轉述了程氏之語的大意，亦強調它「良不與艷詞同科」；在轉述時未說明資料來源，將「艷辭」改爲「艷詞」。清代詞學家萬樹在《詞律》卷二十《六州歌頭》調後引證了程氏之語，略有改動，亦將「艷辭」作「艷詞」。辭與「詞」本可通用，程

氏因談流行歌詞的情形，其所謂「艷辭」實即「艷詞」。「科」有品類之義。程氏所謂「良不與艷詞同科」是指《六州歌頭》詞確實與艷詞是不同品類的。然而這僅是個別的情形，若就兩宋詞的基本內容而言，艷詞仍是主要的。「詞爲艷科」曾是宋人普遍意識到的。

二

中國古代文學批評家重視文體特性的探討，他們在嚴格的文體分類基礎上認識到每種文體有其獨具功能，並要求相應的表述方式；沿用既久，文體特性便穩固下來。曹丕在《典論‧論文》裏說：「蓋奏議宜雅，書論宜理，銘誄尚實，詩賦欲麗。」此四種文體的性能是不同的，作者只有把握其特性，纔可發揮其應有的功能，否則將造成相反的效應。曹丕之後，陸機的《文賦》、李充的《翰林論》、摯虞的《文章流別論》和劉勰的《文心雕龍》等均繼續探討了文體體性問題。詞體的興起較晚，經中唐以來文人的試作和五代詞人的發展，至兩宋而繁榮興盛。北宋時不少名公晏殊、范仲淹、韓琦、歐陽修、司馬光、王安石、蘇軾等，他們德行高尚，剛正立朝，文章典雅，但皆有艷麗之詞。吳處厚爲名公們辯護說：

> 文章純古，不害其爲邪；文章艷麗，亦不害其爲正。然世或見人文章鋪陳仁義道德，便謂之正人君子；若言及花草月露，便謂之邪人，茲亦不盡也……然余觀近世所謂正人瑞士者，亦皆有艷麗之詞。（《青箱雜記》卷八）

吳氏特錄了幾位名公的詩詞，其中有韓琦的《點絳唇》和司馬光的《阮郎歸》、《西江月》、《錦堂春》等詞。它們都是詞意婉約，言及兒女之情的。吳氏意在說明，名公們是可以有雙重精神生活的，某些艷麗之詞並不足以損害他們的品格。這無疑是對艷麗之詞的肯定，表現了元佑時期的社會輿論傾向。宋詞的發展雖然經歷了蘇軾以改革的態勢一掃綺羅香澤，又經歷了南宋愛國詞人以豪放的風格和悲壯的聲調唱出時代的強音，然而南宋中期詞人王炎的《雙溪詩

餘自序》云：

> 今之爲長短句者，字字言閨闈事，故語懦而意卑，或
> 者欲爲豪壯語以矯之。夫古律詩且不以豪壯語爲貴，長短
> 句命曰曲，取其曲盡人情，惟婉轉嫵媚爲善，豪壯語何貴
> 焉？

這承認了當時詞的創作「字字言閨闈事」的實情，詞仍爲艷科。
王氏所謂「爲豪壯語以矯之」，這應是指辛派詞人的豪氣詞，但以爲
詞體「惟婉轉嫵媚爲善」，因而反對豪氣詞。宋代詞學家張炎總結宋
人作詞經驗說：「簸弄風月，陶寫性情，詞婉於詩；蓋聲出鶯吭燕舌
間，稍近乎情可也。」（《詞源》卷下）詞人們深知詞體與詩體有體
性的區別：詞婉於詩，以艷麗爲特色，以表現兒女之情見長。這都
表明，就文體體性而言，「詞爲艷科」的判斷是確切的。

宋以後的詞學家研究唐宋詞時，對詞的體性的認識愈益清楚
了。明代王世貞說：「詞須宛轉綿麗，淺至儇俏，挾春月烟花於閨襜
內奏之，一語之艷，令人魂絕，一字之工，令人色飛，乃爲貴耳。」
（《藝苑卮言》附錄）沈際飛說：「詞貴香而弱，雄放者次之。」（《草
堂詩餘四集》正集卷二）李東琪說：「詩莊詞媚，其體元別。」（王
又華輯《古今詞論》）這三位詞學家都努力把握詞體特點，他們用語
雖異，而意義是相同或相近的，而以李東琪之說最爲簡明和影響最
大。清初詞學家在認識上有所加深，他們對宋詞特色作了論證。彭
孫遹證實：「詞以艷麗爲本色，要是體制使然。」（《金粟詞話》）這
發揮了宋人吳處厚的意見，明確地提出「詞以艷麗爲本色」，而且說
明這是由詞體體制決定的。從明代以來關於詞體體性的認識到彭孫
遹作了總結。同時與彭氏齊名的朱彝尊卻從尊崇詞體的觀點出發，
對唐宋艷詞作了新的解釋，因他是盛行一時的浙西詞派的領袖，遂
產生了巨大而深遠的影響。朱彝尊提出了「寄情」說，認爲「善言
詞者假閨房兒女子之言，通之於《離騷》、變《雅》之義，此尤不得
於時者所宜寄情爾」（《紅鹽詞序》，《曝書亭集》卷四○）。這是假

設艷詞的作者借艷科題材像古代詩人那樣以美人香草寓現實政治意義，其意旨是幽微深遠的。如果持此種觀點審視艷詞，則其性質完全改變了。陸必謙的《詞林紀事序》支持了朱氏的觀點，他將兒女私情的意義擴展，使之通於倫理道德規範，以爲「古來忠孝節義之事，大抵發於情，情本於性，未有無情而立天地間者」，因此，「則閨房瑣屑之事，皆可作忠孝節義之事觀，又豈特偎紅依翠、滴粉搓酥，供酒邊花下之低唱也哉」！陸氏也同意艷詞的作者是「託興男女者」，然「非盡男女之事也」。於是可能這種男女私情與社會道德情感等量齊觀，艷詞也就不再是淫冶謳歌之曲，而具有新的社會意義了。朱彝尊等這樣來解讀艷詞，雖然表現了他們醇雅的詞學觀點，卻陷入了新的理論困惑，歪曲了艷詞的性質。盡管如此，卻可見朱氏等人也不得不承認宋詞中有大量表達「閨房兒女子之言」的艷詞的存在，而且以誤解的方式對它作了肯定的評價。清代中期興起的常州詞派，其論詞標準與作詞途徑雖然與浙西詞派相異，但持寄託以解釋艷詞則是與浙西詞派相同的，而且聯想取類，穿鑿附會，有時竟達到了非常荒謬的地步，使作品之本來面目全非。常州詞派的創立者張惠言在其《詞選》裏即以寄託論詞，例如溫庭筠的《菩薩蠻》（「小山重疊金明滅」）是描寫貴家婦女晨妝的情形，並未流露任何失意的情緒，他卻斷定：「此感士不遇也」。歐陽修的《蝶戀花》（庭院深深深幾許）是一首代言體的作品，寫婦女因其夫冶遊而產生的閨怨，既傷春歸，又感到青春虛度。張惠言猜測此詞深寓了北宋慶曆新政的失敗。他說：「『庭院深深』，閨中既以邃遠也。『樓高不見』，哲王又不悟也。『章臺』、『冶遊』，小人之徑。『雨橫風狂』，政令急暴也。『亂紅飛去』，斥逐者非一人而已，殆爲韓（琦）范（仲淹）作乎？」後來常州詞派中的周濟和譚獻等雖然對寄託說作了很大的修正，而其影響竟在現代詞學中依然能見到某些痕跡。清代詞學史上尊體運動的結果是將易於明識的詞的體性，反致模糊不清了。詞體本是通俗的音樂文學樣式，它產生於特定的社會文化環境，

其社會功能與正統文學迥然不同。尊體論者卻要違反文學史事實，努力將它躋於正統文學之列，這無疑是詞學研究中的認識迷誤。二十世紀之初，胡雲翼在中國新文化思潮的推動下，以新的觀點和方法研究宋詞，以」詞爲艷科」概括了詞體文學的性質；這應是現代詞學研究中的新觀念，使我們可以擺脫某些迷誤而認識詞體文學的眞實。

三

　　自唐代中期以來，配合新燕樂的流行的通俗歌詞發展起來，西北地區曾產生過一些民間的曲子詞。這種新興的詞體文學很快爲文人所留意，他們模擬試作，以供歌者在花間尊前演唱，達到賞心悅目的娛樂效應。五代後蜀詞人歐陽炯爲唐末五代詞總集《花間集》作的序言裏即指出詞體文學與南朝艷體詩的聯繫，而此種新文學樣式乃是用於綺筵宴樂之間供歌妓們以助其嬌媚之態的。《花間集序》早用華麗的文學語言表明詞爲艷科的性質，它是傳統詞體觀念形成的基礎。宋王朝於公元 960 年建立後，社會經濟以較快的速度發展，社會財富和生產水平逐漸超過了歷史上的漢代和唐代。北宋天禧三年（1019）在我國戶籍制度中將城鎮坊郭戶和鄉村居民的戶籍第一次分別開來，反映了封建社會進入後期發展階段，城市經濟在整個國民經濟中的意義突出了，中國市民階層興起了。大約宋仁宗至和元年（1050）在都城東京（河南開封）已出現市民的遊藝娛樂場所——瓦市。北宋瓦市伎藝中演唱通俗歌詞的」小唱」是重要的伎藝之一，此外在茶肆酒樓、街頭巷尾等處也有歌妓賣藝。瓦市伎藝的出現標誌了中國市民文學的興起，小唱則是屬於市民文學範圍的。市民文學實即消遣文學，它服從於商業利益的目的，具有娛樂的性質。小唱之所以受到民眾的歡迎，因它以抒情方式表達了市民群眾的情緒和願望，尤其是當女藝人語嬌聲顫、字眞韻正地演唱起來能產生特殊的美感效果。宋代的文人和上層社會成員也喜愛世俗的娛

樂方式，所以他們在花間尊前樂於欣賞歌妓演唱小詞以遣興娛賓，滿足審美的需要與感官的娛悅。無論在瓦市酒樓或官府豪門，小唱都可起到消遣與娛樂的作用。人們在緊張勞動之後，或繁忙公務之餘，希望得到身心的休息，而以消遣娛樂來除去疲勞應是最積極的方式。在這種場合裏，人們是不願接受政治道德教化的。接受群眾基本上都是男性，於是嬌美的歌妓，艷科的內容，通俗的演唱，便最能滿足男性的審美需要。因此，詞人的創作與歌妓的演唱都圍遶著文學藝術的永恒主題——愛情。雖然愛情是永恒的主題，但各個時代的人們卻賦予它以特定的內容與特定的色彩，因而我們可以由此見到那個時代人們情感的一般的歷史，而且還可見到一種很眞實的時代精神。宋人相信「人生自是有情痴，此恨不於風與月」，時常流露「天涯地角有窮時，只有相思無盡處」的想念，表現」衣帶漸寬終不悔，爲伊消得人憔悴」的執著，留連「杏花疏影裏，吹笛到天明」的情致，當壯志未酬而期待「紅巾翠袖搵英雄淚」。自然，宋人多在小詞裏贊賞女性的體態之美，大膽地描述男歡女愛，表現心靈的顫動，歌頌甜蜜的幸福。正因爲宋人在詞體文學裏寫出了個體生命的眞實，服從了心的規律，它才成爲時代的文學。詞體文學的艷科性質與通俗特點的形成，成爲了傳統。在宋詞發展過程中雖然出現了詞體改革，以期改變詞體的艷科性質與通俗特點，使之增強社會意義並趨向典雅，但這僅局限於文人與上層社會的文化圈內。那些言志感時之作與典雅精美之作是不受歌者與大眾喜愛的。張炎曾嘆息詠節序的詞如周邦彥的《解語花》、史達祖的《東風第一枝》、李清照的《永遇樂》，」措辭精粹，又且見時序風物之盛，人家宴樂之詞則絕無歌者」（《詞源》卷下）。沈義父非常憎惡通俗歌詞，以爲「求其下字用語，全不可讀。甚至詠月卻說雨，詠春卻說秋」（《樂府指迷》）。他所指摘的詞都是宋末歌樓酒肆流行的，在文人看來很粗劣，或者竟是淫詞，卻很受市民群眾的歡迎。

　　詞爲艷科，這是詞體文學所產生的社會環境與它流行的文化條

件決定的，表明它就體性而言最適宜表達愛情的題材，而且是宋詞題材內容的基本情形。宋人思想的活躍與欲望的增強，尤其受到市民文化思潮的影響而有了明顯的個體生命意識，這在詞體文學裏表現得鮮明而深刻。人們爭取戀愛自由，努力衝破禁錮人欲的精神枷鎖，堅信愛情具有至高無上的權力與不可抗拒的力量，而且試圖爲肉慾恢復名譽，也就是爲個人恢復名譽。從這一意義而言，我們對詞爲艷科應予肯定，因爲它代表著民族文明進步的思潮，企盼著實現人性的復歸。

在艷科題材裏，作者流露了眞情實感，於是往往不自覺地表現了主體的精神品格。因此艷詞就其品格而言是存在各種等級的。近代王國維在《人間詞話》裏談到淫詞與鄙詞時說：」五代北宋之大詞人亦然，非無淫詞，讀之者但覺其親切動人；非無鄙詞，但覺其精力彌漫。可知淫詞與鄙詞之病，非淫與鄙之病，而游詞之病也。」這提出了」眞」的標準，但僅僅反映了接受者對一般文學藝術作品的最低要求。此外，主體對愛情的態度是判斷艷詞價值的重要標準。大致「人們在處理性方面的問題時，常具體而微地表現出他在生活的其他層次上的反應和態度。一個人若能對愛欲對象鍥而不捨，我們便不難相信他在追求別的東西時，也一樣能成功」〔註 2〕王國維在《人間詞話》刪稿裏同樣談到主體的態度問題，他說：「故艷詞可作，唯萬不可作儇薄語。」同是艷詞，可以表現出主體眞誠執著的態度，也可能是輕薄遊戲的。這應是判斷艷詞品格的重要標準。我們可以相信：「文學價值的等級每一級都相當於精神生活的等級。別的方面都相等的話，一部書的精彩程度取決於它所表現的特徵的重要程度，就是說取決於那個特徵的穩固程度與接近本質的程度。」〔註 3〕艷詞的價值也應是有等級的。宋詞裏許多描繪女性形體之美的作品，在兩性的精神生活等級裏是屬於極表淺的層次。一些描述

〔註 2〕 引自〔奧〕弗洛伊德：《愛情心理學》第 179 頁，作家出版社，1988
年。
〔註 3〕 〔法〕丹納：《藝術哲學》第 358 頁，傅雷譯，人民文學出版社，1963
年。

男歡女愛的作品，它們描寫單純的性愛，僅停留於肉慾的原始狀態；這類詞被人們視為淫詞，而且認為它們的品格最低下。當然，情慾是個體生命的自然力的表現，但是情慾的對象卻是一種外在的社會存在，因而要獲得它時會受到種種社會性因素的限制。人們在追求與實現情慾的過程中須要戰勝阻礙，克服困難，由此展現個人的本質力量。艷詞如果沒有表現主體的本質力量，如果沒有表現主體的盡善盡美的理想追求，那麼是不可能進入更高的精神生活層次的。宋人許多春愁閨怨與離別相思之作，雖然表現了主體蔑視禮法，衝破傳統道德觀念的束縛，爭取愛情自由，敢於向阻礙獲取幸福的種種社會因素鬥爭；但是他們並不堅決，沒有付出最大的代價，結成的是苦澀的果實，留下了永生的遺憾。他們幽會時總是「落絮無聲春墮淚，行雲有影月含羞」；他們注定緣慳：「東風惡，歡情薄，一懷愁緒，幾年離索」；他們魂牽夢縈，再見無因，「繫我一生心，負你千行淚」，只得以「兩情若是久長時，又豈在朝朝暮暮」作為相慰；他們往往辛酸地飲下人生這杯苦酒，「到頭難滅景中情」，未了今生，亦不寄希望於來生，因為「欲將恩愛結來生，只恐來生緣又短」。從這裏，可見到我們民族曾經遭受過的精神生活的壓抑與不幸。因社會性制約勢力過於強大，宋代詞人是不能充分展示個人本質力量而高唱勝利的凱歌。現在我們讀到的艷詞，其真實的具體的寫作背景已經隱沒，作者僅表現了短暫歡樂與痛苦，不願揭示他們戀愛對象的社會性質。讀者不難發現，宋詞的艷情之作，絕大多數是為歌妓而作的，而歌妓屬於賤民的身份，以出賣色藝為生。這種愛情本身便包含了貴賤的差異，隱伏著商品交換的原則，於是表面美好的關係存在著污濁的雜質，華麗的詞句掩飾不了矯情的虛偽。詞人們偶爾不自覺地泄露「風流事平生暢」的得意心理，有時也坦率地承認「謾贏得青樓薄幸名存」。雖然如此，他們在某些具體環境下與歌妓的戀情仍有真情實感，而且能引起無數讀者的共鳴。所以就宋代艷詞而言，即使其中的優秀之作，也未達到精神生活的最高等級。

因爲艷詞的價值存在種種的等級，我們不能一概而論，更不能對它作簡單的肯定或否定的評價。詞爲艷科是指詞體文學的體性及題材內容的基本特點，它並不具有價值判斷的意義。然而詞學史上卻長期以來將艷詞與詞爲艷科在概念上混淆起來，以致產生不必要的紛爭。

北宋中期蘇軾在詞作裏擴大了題材，增加了言志的內容，以詩爲詞。南宋中期辛棄疾繼承並發展蘇軾詞風，在作品裏表現重大社會題材，以文爲詞。宋人即認爲它們「非詞家本色」。所謂詞家本色是指艷情的內容與婉約的風格而言。內容與風格雖有聯繫，而實爲兩個性質相異的概念。抒寫艷情的作品必須使用婉媚的詞語，但其他的閒情逸致也可以是極婉約的。明代詞學家張綖從宋詞風格類型著眼，將詞分爲婉約與豪放兩體。清初詞家又將「詞體」改爲「詞派」，繼而又沿用了詞派的概念，而於兩大詞派有正宗與「別格」、「變調」之分別。這樣，婉約派爲詞之正宗，豪放派爲別格或變調，傳統的詞學史觀點形成了。近世詞學研究中曾在庸俗社會學思潮的影響下，以政治標準爲第一，強調作品的思想性，認爲豪放派是宋詞的主流，將婉約派與艷科相聯繫而視之爲逆流。這樣，艷科、婉約體、婉約派、逆流等幾個概念牽連糾結一起，難以分解。追溯這一段詞學史有助於我們理解詞爲艷科的觀念，使它與風格流派和文學價值判斷等概念區分開來，以便歷史地認識宋詞的文化特徵。

「詞爲艷科」是宋人不自覺地意識到的，而由現代詞學家胡雲翼對詞體文學的體性特點所作的概括。這是有宋人詞體觀念及後世詞學家關於詞體性質的認識爲依據的，較能恰當地說明宋詞題材內容的基本情形。詞爲艷科，這與文學價值判斷不屬於同一範疇，它僅僅是傳統的文學體性的判斷。詞以艷麗爲本色，或以婉約爲正宗，這是詞史已經表明的事實，所以爭辯正宗或別調的歷史地位是沒有必要的。某種文學歷史情況之造成，自有其相應的文化背景，這是不能由文學研究者的主觀意圖可以改變的。當我們接受「詞爲艷科」的觀念時，並不意味著對宋詞中蘇軾改革詞體意義的否定，也不意味著對辛棄疾及

辛派詞人等有重大社會意義的豪放詞的否定，更不意味著視豪放詞為別調便貶低它的思想和藝術的價值。從詞為艷科的特殊現象，可以使我們見到宋代文化發展的曲線運動規律，可以見到宋人文化精神中某種本質；它表明人們個體生命意識的覺醒，曾為獲得自由與追求幸福而嘗試展現個人本質力量。雖然這力量是微弱的，但終是黑暗王國裏的一線光明。宋詞之能成為時代文學，能引起許多時代人們的共鳴，其主要奧秘乃在於它之為艷科。

宋代歌妓考略

　　我國古代的歌妓與樂妓、舞妓並稱爲女樂，或稱爲聲妓、聲樂，在封建帝王的宮廷及達官顯宦之家都有，她們是封建統治階級的一種奢侈的裝飾品和玩樂的工具。自隋代以來由於外來音樂——主要是西域音樂的影響，使我國的古樂發生了一次重大的變革，以西域的龜茲樂爲主的音樂經過華化而與我國舊有的民間音樂結合產生了新的隋唐燕乐。燕樂因爲它的曲調旋律富於變化、熱烈活潑、優美動聽，而甚爲隋唐以來社會各階層人們所喜愛，所以它不僅施於宴饗、習於教坊，還廣泛地流行於民間。唐代崔令欽《教坊記》所載的三百二十四曲名，便是唐代教坊所通常使用的燕樂曲。當時爲這些新的樂曲所譜寫的長短句形式的歌詞大都散佚了，幸而敦煌石窟中保存了一部分流行於唐代西北民間的歌詞敦煌曲子詞，它可算是我國最早的燕樂歌詞了。唐詩的一部分，特別是大多數的絕句是可以入樂歌唱的，而新的長短句形式的曲子詞繁聲促節尤爲美聽。詩詞在社會上的大量入樂歌唱，促使以歌唱爲特殊職業的歌妓在唐代空前地增多，宜春院、教坊、樂營、北里和平康諸坊都是歌妓積聚之處。「妓」古作「伎」，本謂女樂。唐宋的歌妓也完全憑著她們的伎藝而得入樂籍的，這與後來娼妓以賣淫爲主的情形是大不相同的〔註1〕。宋代是詞的全盛時期，詞屬於音樂文學，它必須通過歌唱

〔註1〕　參見尚秉和：《歷代社會風俗事物考》第 517 頁，商務印書館，1939

才能充分為人們所欣賞、才能廣泛傳播。唱詞，宋代叫做「小唱」，歌妓便是從事這種特殊伎藝的。宋代詞的興盛，歌妓的眾多，是與封建商業都市的繁榮和市民階層的擴大有較密切的關係。詞的演唱作為一種通俗文藝，它不僅為封建貴族、士大夫所喜愛，也為廣大的市民所喜愛。北宋時的汴京「以其人烟浩穰，添十數萬眾不加多，減之不覺少，所謂花陣酒池、香山藥海，別有幽坊小巷，燕館歌樓，舉之萬數」〔註2〕。京瓦伎藝中的小唱（包括嘌唱）與說書、雜劇、諸宮調、雜技、影戲等比較起來是居於重要地位的，因為其他許多伎藝尚處於發展的初期，而詞的演唱在藝術上卻臻至純熟了。在群眾圍聚的瓦市中或士大夫家的華燈盛筵之前，琵琶或簫、笛，或笙、箏、五弦、篳篥的樂音徐起，一位頭梳雙螺鬢的女郎，身著綺羅衫裙，手執拍板，踏上紅茵，含羞斂袂，聲音軟美，字真韻正地唱起一曲新詞，時而伴以輕妙的舞姿，而新詞又傳達出一種優美纏綿的情意。這在宋代是一種時尚的富於美感的藝術享受。如歐陽修的《減字木蘭花》所描述那樣：

> 歌檀斂袂，繚繞雕樑暗塵起。柔潤清圓，百琲明珠一
> 線穿。　　　櫻唇玉齒，天上仙音心下事。留住行雲，滿座
> 迷魂酒半醺。

傳統的詞的創作大都是在這種花間尊前、歌筵舞席上為遣興娛賓寫成的。一些豪情詞人還能即席揮毫付諸歌妓演唱。詞人晏幾道曾追憶說：「始時沈十二廉叔、陳十君龍家有蓮、鴻、蘋、雲（四位歌妓）品清謳娛客。每得一解，即草授諸兒。吾三人持酒聽之，為一笑樂而已。」〔註3〕兩宋的詞人們對歌妓色藝的讚美、表現她們的生活，抒寫與她們的戀愛相思和離情別緒，這類作品占了宋詞很大部分。而在個別詞人如柳永、張先、二晏、歐陽修、秦觀、周邦

　　　年版；任半塘《教坊記箋訂》第19頁，中華書局1962年版；譚正
　　　璧《中國女性的文學生活》第206頁，光明書局1931年版。
〔註2〕　孟元老：《東京夢華錄》卷五。
〔註3〕　晏幾道：《〈小山詞〉序》、《彊村叢書》。

彥、姜夔、吳文英等的詞作中它們竟成了主要的題材。因此宋人將傳統的詞視爲「艷科」不是毫無理由的。詞與歌妓有著自然的親緣關係，它們互爲依存條件：沒有詞，歌妓便失去作爲特殊職業的伎藝；沒有歌妓，詞便不可能充分爲人們所欣賞，也將失去它的音樂文學的意義。宋詞的發展是與歌妓相始終的。對宋代歌妓的考查可使我們瞭解作爲一個時代的文學的詞與宋人社會生活的關係，也將使我們見到我國古代封建社會中婦女的苦難辛酸歷史的一個側面和封建社會制度反人道的可恥的罪惡本質。

宋代的歌妓，作爲一種制度它是漢唐歌妓制度的因襲，但是宋代社會是繼唐代封建社會高度發展而開始走向衰落的時期，與歌妓相聯繫的伎藝的不同而使它又有自己的特殊性。我國古代的歌妓，她們與犯罪籍沒入官的奴婢、力役於籍田屯田和礦山工場的官奴、供帝王宮廷或中央和地方官署以及富貴之家使用的雜役奴婢，全都屬於封建社會的「賤民」。「賤民」社會地位的特殊和卑下表現在：他們沒有獨立的戶口，他們的「籍」是附屬於宮廷、官署、軍隊或主家戶籍之下，他們的人身身由受著特殊法律的束縛。宋代的刑法就認爲「奴婢賤人，律比畜產」〔註4〕，主家可以將他們買賣或贈送他人。他們如果被放遣須除「籍」者，當具申牒經官府批准「除附」；如果戶主要收奴婢爲妾，也得經官府「除附」、「免賤」之後方可。今存敦煌文書中即有《放良書樣文》〔註5〕。我國封建社會中長期保存著奴隸制度的殘餘，奴婢與歌妓在性質上是相同的，但他們自兩漢以來已不具有奴隸的性質了，他們並不直接參加被迫的勞動生產，而作爲官署或主家的僕從、雜役和玩樂的工具，當然也得參加一些各種各樣的家務勞動。這樣，他們與直接強迫服役於勞動生產的奴隸有所區別，但又都屬於「賤民」。歌妓可算是有特殊伎藝的高級奴婢，她們衣著華麗，出入歌筵舞席、侍宴官府、交接達官文人，然而她們仍是身隸樂籍、

〔註4〕 竇儀：《宋刑統》卷六。
〔註5〕 中國科學院歷史所編：《敦煌資料第一輯》第448頁，中華書局1961年版。

婢籍和娼籍的「賤民」。她們之中也確有一些人深受宮廷、官府或主家的寵倖，生活優裕，甚至也有部分私有財產，如北宋「政和間李師師、崔念月二妓，名著一時……其後十許年……二人尚在而聲名溢於中國，李生者門第尤峻」，靖康元年其家財被籍沒入官〔註6〕；南宋則「惟唐安安最號富盛，凡酒器、沙鑼、冰盆、火箱、妝合之類，悉以金銀為之。帳幔茵褥，多用錦綺。器玩珍奇，它物稱是」〔註7〕。這些歌妓可算作剝削階級的附庸，過著寄生的生活，但這畢竟是歌妓中的極少數，絕大多數的歌妓都是非常不幸的。宋代的歌妓大致可分為官妓、家妓和私妓：

（一）宋代官妓包括教坊的歌妓、軍中的女妓、中央及地方官署的歌妓。其來源不同於漢唐時主要由犯罪者家屬籍沒入官，因宋代對士大夫極其愛護，籍沒者寥寥可數，所以其主要來源便是由官府指派或選定民間私妓色藝俱佳者強令其加入樂籍，如南宋臨川私妓儀珏因事便「使預樂部」〔註8〕；宋理宗「癸丑元夕，上呼妓入禁內，有唐安安者歌舞絕倫，帝愛幸之」〔註9〕，遂由「平康諸坊」的名妓〔註10〕而成為官妓了〔註11〕。官妓選自私妓，這樣可能保持官妓具有較高的藝術水準。唐代地方官妓聚居於樂營集中練習歌舞〔註12〕，宋代相沿也稱地方官妓為營妓，「命伶魁為樂營將」〔註13〕。營妓絕不是「宮營所蓄之官妓」〔註14〕，也不是在軍營中活動的倡妓〔註15〕。宋人魏泰《東軒筆錄》卷四記蘇舜欽在進奏院值節日招

〔註6〕 張邦基：《墨莊漫錄》卷八。
〔註7〕 周密：《武林舊事》卷六。
〔註8〕 洪邁：《夷堅志三補》。
〔註9〕 丁傳靖：《宋人軼事匯編》卷三引《西湖遊覽志餘》。
〔註10〕 周密：《武林舊事》卷六。
〔註11〕 吳自牧：《夢梁錄》卷二十。
〔註12〕 《教坊記箋訂》第27頁：「樂營只糾集地方官妓，不能管轄皇帝之女樂。」
〔註13〕 俞正燮：《癸巳類稿》卷十二引《演繁露》。
〔註14〕 舊版《辭源》火部《營妓》條。
〔註15〕 蕭文苑《唐詩與倡妓》：「在宮營中也常有倡妓活動……『美人』就

館閣同舍合樂會宴，「酒酣，命去優伶、卻吏史，而更召兩軍女伎」；又李綱《厚德錄》記「李和文都尉好士，一日召從官，呼左右官軍妓置會夜舞」。「兩軍女妓」和「左右官軍妓」乃指開封府衙前樂營之女妓。營妓實指地方官妓，例如：

> 趙不他為汀州員外稅官，留家邵武而獨往，寓城內開
> 元寺，與官妓一人相往來，時時取入寺宿，一夕五鼓，方
> 酣寢，妓父呼於外曰：「判官誕日，亟起賀。」倉黃而出，
> 趙心眷眷未已。妓復還曰：「我諭我父，持數百錢賂營將，
> 不必往。」遂復就枕。〔註16〕

可見地方官妓須受營將管束，以錢財賂之，可得自便。再如：

> 蘇子瞻守錢塘，有官妓秀蘭……湖中有宴會，君妓畢
> 至，唯秀蘭不來，遣人督之，須臾方至……具以髮結沐浴，
> 不覺睏睡，忽有人叩門聲，急起而問之，乃樂營將催督之。
> 〔註17〕。

這裏明言樂營將催督官妓秀蘭。以上兩例皆記地方官妓之事，可知地方官妓住於樂營，並受樂營將管束，故有時稱地方官妓作營妓。漢代官署中有官婢侍直的規定，《漢舊儀》卷下載「省中侍使令者皆官婢，擇年八歲以上衣綠曰宦人，不得出省門。置都監。老者曰婢，婢教宦人給使。尚書侍中皆使官婢是，不得使宦人」；但又禁止官吏與官婢私通〔註18〕。宋代大約是上承古制，規定「閫帥、郡守等官，雖得以官妓歌舞佐酒，然不得私侍枕蓆」〔註19〕。如果有違反者將受到朝廷處分，而首先是拷詢官妓，如：

> 熙寧中祖無擇知杭州，坐與官妓薛希濤通，為王安石

是指『營妓』。」見《天津師院學報》，1982 年 1 期。
〔註16〕 《夷堅乙志》卷十八。
〔註17〕 胡仔：《苕溪漁隱叢話後集》卷三十九引《古今詞話》。
〔註18〕 《癸巳類稿》卷二十：「古既使官婢從直，又以私通為罪，其制不可曉。」
〔註19〕 《古今圖書集成・藝術典》八二四娼妓部紀事之六十三引《委巷叢談》。

所執。希濤拷笞至死，不肯承伏〔註20〕。

如果私通事實勘實則罪在官妓，而官吏也要受到輕微的處分，如蔣堂「知益州……久之，或以爲私官妓，徙河中府」〔註21〕。當然也有官吏作得秘密就未被追究。張方平守成都與官妓陳鳳儀有私，就被其姻家王素設法遮掩了〔註22〕。宋代地方官府每有賓客或達官過境，都得開宴合樂，命官妓歌詞侑觴。儀眞的一位官妓說，她們「身隸樂籍，儀眞過客如雲，無時不開宴，望頃刻之適不得」〔註23〕。而且每「郡守新到，營妓皆出境而迎，既出，猶得以鱗鴻往返」〔註24〕。在這些侍宴侑觴或送往迎來的場合中官妓稍不如官府之意便會遭到嚴厲和殘酷的處治，如下面三例：

呂士隆知宣州，好以事笞官妓，妓皆欲逃去而未得也〔註25〕。

劉相沆鎭陳州日，鄭獬經由，丞相爲啓宴，使妓樂迎引至通衢，有朱衣樂人誤旨；公性卞急，遂杖於馬前〔註26〕。

楊誠齋爲監司時，巡歷一郡，二守宴之。官妓歌《賀新郎》詞以送酒，其間有「萬里雲帆何日到」之句，誠齋遽曰：「萬里昨日到」（楊誠齋名萬里）。守大慚，監繫此妓〔註27〕。

可見，官妓同其他奴婢賤民一樣，她們的人格是受不到尊重的，官員們可以對她們肆意凌辱，所以她們總是時常盼望脫離官府的羈絆——落籍或從良。然而落籍得由地方最高行政長官批准，而准與

〔註20〕 《古今圖書集成·藝術典》八二四娼妓部紀事之六十三引《委巷叢談》。
〔註21〕 《宋史》卷二九八。
〔註22〕 《古今圖書集成·藝術典》八二四娼妓部紀事之六十三引《墨莊漫錄》。
〔註23〕 《夷堅丁志》卷十二。
〔註24〕 田汝成：《西湖遊覽志餘》卷十六。
〔註25〕 魏泰：《臨漢隱居詩話》。
〔註26〕 《宋人軼事彙編》卷八引《東軒筆錄》。
〔註27〕 《宋人軼事彙編》卷十七引《行都紀事》。

不准又係於太守一時之喜怒。如：

> （蘇）子瞻通判錢塘塘攉州事，營妓陳狀乞出籍，公
> 判曰：「五日京兆，判狀不難；九尾野狐，從良任便。」有
> 周生，色藝爲一州最，聞之亦陳狀，判云：「慕周南之化，
> 此意雖可嘉；空冀北之群，所請宜不允。」〔註28〕

> 楊誠齋帥某處，有教授狎一官妓，誠齋怒，黥妓之面，
> 將遣之。教授酌酒與妓作別，賦《眼兒媚》云：「髻邊一
> 點似飛鴉，莫把翠鈿遮。三年兩載，千摟百就，今日天涯。

> 楊花又逐東風去，隨分落誰家。若還忘得，除非睡起，
> 不照菱花。」誠齋得詞，方知教授是文士，即舉妓送之。
> 〔註29〕。

官妓中誰要是僥幸落籍，同伴們既羨慕又祝賀，如：

> 杭妓周韶、胡楚、龍靚皆有詩名……蘇子容（頌）過
> 杭，太守陳述古飲之，召韶佐酒。韶因子容求落籍，子容
> 指檐間白鸚鵡曰：「可作一絕。」韶援筆云：「隴上巢空歲
> 月驚，忍看回首白梳翎。開籠若放雪衣女，長念觀音般若
> 經。」時韶有服，衣白。一座笑賞，述古遵令落籍。同輩
> 胡楚、龍靚有詩送之〔註30〕。

落籍官妓，的確像逃出鐵籠的鸚鵡一樣，又重得自由了。

（二）封建貴族及士大夫之家養著許多擅長歌舞的美女，她們既
非妾而又不同於一般的奴婢，被稱爲「家妓」。東晉以來士族豪侈，
縱情聲色，蓄養家妓之風遂盛〔註31〕。宋代貴族及士大夫們官餘之時
往往讓家妓歌詞侑觴，這成爲具有時代風氣的主要娛樂，因而宋代家
妓之盛足可與唐代相侔或者甚之。宋仁宗時一位宮人就說，「兩府（中
書省和樞密院）兩制（翰林學士和知制誥）家內各有歌舞，官職稍如

〔註28〕 《宋人軼事匯編》卷十二引《澠水燕談錄》。
〔註29〕 徐軌：《詞苑叢談》卷七引《貴耳集》。
〔註30〕 《宋人軼事匯編》卷十一引《侯鯖錄》。
〔註31〕 參見陳東原：《中國婦女生活史》第67頁，商務印書館1928年初版。

意，往往增置不已」〔註 32〕。至於一般貴族士大夫家蓄妓之風更是極普遍的，如高懷德「聲伎之妙，冠於當時，法部中精絕者，殆不過之」〔註 33〕；歐陽修家有妙齡歌妓「八九姝」〔註 34〕；韓琦「家有女樂二十餘輩」〔註 35〕；韓絳有「家妓十餘人」〔註 36〕；蘇軾「有歌舞妓數人」〔註 37〕；王黼有「家姬十數人」〔註 38〕；駙馬楊震「有十姬」〔註 39〕；張鎡有「名妓數十輩」〔註 40〕。家妓主要來自民間窮苦人家的女子。窮苦人家或因官府稅役錢逼迫，或因欠租負債，或遇天災人禍，往往賣女為奴，名為「養瘦馬」。「官私牙嫂及引置等人」便是以引賣奴婢為職業的〔註 41〕，而且還看人論價，買賣成交之後，得經官府立市券，有的是終身奴婢，有的是幾年為限。南宋韓子師家之善歌者鶯鶯，就屬於定期賃買的，「券滿已去」〔註 42〕。富豪之家往往不遵券約，或逾期而不送歸，或色衰而被遣逐。宋人袁宋曾對這種惡劣世風深表不滿。他說：

> 以人之妻為婢，年滿而送還其夫；以人之女為婢，年滿而送還其鄉，此風俗最近厚者，浙東士大夫多行之。有不還其夫而擅嫁他人者，有不還其父母而擅嫁與人，皆興訟之端〔註 43〕。

大多數家妓在這些主家往往遭到暴虐的摧殘，有的令人慘不忍聞，如：

〔註 32〕 《宋人軼事匯編》卷一引《曲洧舊聞》。
〔註 33〕 江少虞：《宋朝事實類苑》卷十八。
〔註 34〕 葛立方：《韻語陽秋》卷十五。
〔註 35〕 《宋朝事實類苑》卷八。
〔註 36〕 《宋人軼事匯編》卷十二引《侯鯖錄》。
〔註 37〕 《古今圖書集成・藝術典》八二四。
〔註 38〕 王明清：《玉照新志》卷三。
〔註 39〕 《詞苑叢談》卷六引《堯山堂外紀》。
〔註 40〕 《西湖遊覽志餘》卷十。
〔註 41〕 《夢梁錄》卷十九。
〔註 42〕 范成大：《范石湖詩集》卷十四《次韻平江韓子師侍郎見寄》自注。
〔註 43〕 袁宋：《世範》卷三。

> 江東兵馬鈐轄王瑜……婢妾少不承意，輒褫其衣，縛
> 於樹，削蝶梅枝條鞭之，從背至踵，動以數百；或施薄板，
> 置兩夾而加訊杖；或專捶足指，皆滴血墮落；每坐之雞籠
> 中壓以重石，暑則熾炭其旁，寒則汲水淋灌，無有不死，
> 前後甚眾，悉埋之園中〔註44〕。

封建官僚地主階級對家妓奴婢的暴虐是與其殘忍的階級性分不
開的，體現了封建社會中一種階級壓迫。作為主家奢侈裝飾品的家
妓，雖然身著綺羅，生活較其他奴婢優厚，她們的精神生活卻是極痛
苦的。如：

> 觀察使張淵，紹興中為江東副總管，居建康。每以高
> 價往都城買佳妾，列屋二十人，而御之甚嚴，小過必撻。
> 嘗盛具延客，皆環侍執樂，歌舞精妙，一坐盡傾。妾兢兢
> 自持，不敢遊目窺視，無論言談也。中席，淵起更衣，坐
> 客葉晦叔之側一妹最麗，乘間語之曰：「恭人在太尉左右，
> 想大有樂處。」妹慘容不答，但舉手指筵上燭云：「絳蠟分
> 明會得。」〔註45〕

絳蠟是伴人流淚到天明的，這位家妓的精神生活可想而知了。
家妓被無理遣逐是常有的事，家主們並不把這類事看得怎麼重要。
例如：

> 晏元獻（殊）為京兆，辟張先為通判，新得一侍，公
> 甚屬意。每張來，令侍兒歌子野（張先）詞。其後王夫人
> 浸不容，出之。一日子野至，公與之飲，子野作詞（《碧
> 牧丹‧晏同叔出姬》）令營妓歌之，末句云：「望極藍橋，
> 但暮雲千里。幾重山，幾重水。」公聞之憮然曰：「人生
> 行樂耳，何自苦如此？」亟命於宅庫支錢，復取前所出侍
> 兒〔註46〕。

〔註44〕 《夷堅志支丁》卷四。
〔註45〕 《夷堅三志辛》卷一。
〔註46〕 《宋人軼事彙編》卷七引《道山清話》。

晏殊的這種態度在宋人中是頗有代表性的。

（三）私妓指市井妓女，私妓中有以賣淫爲主的，而其中之歌妓則以賣藝爲主也兼賣淫。名噪一時的李師師、唐安安等便是這種私妓。她們「不是愛風塵，似被前緣誤」，大多數是誤入娼籍的：「有自幼丐，有或傭其下里貧家，常有不調之徒，潛爲漁獵；亦有良家子爲其家聘之，以轉求厚賂，誤陷其中則無以自脫。初教之歌令而責之，其賦甚急，微涉退怠，則鞭撲備至」〔註47〕。也有立券限期賣入娼家的，「袁州娼女馮妍，年十四，姿貌出於輩流，且善於歌舞。本謝氏女也。其母詣郡陳狀云：『賣此女時才五歲，立券以七年爲限。今逾約二年矣，乞取歸養老，庶免使以良家子終身風塵中。』」〔註48〕宋代的重要商業都市中凡歌樓、酒館、平康諸坊和瓦市等處都是私妓們集聚和活動的地方。北宋時「凡京師酒店門首，皆縛綵樓歡門，唯任店入其門，一直主廊約百餘步，南北天井皆小閣子；向晚燈燭熒煌，上下相照，濃妝妓女數百，聚於主廊檐面上，以待酒客呼喚，望之宛若神仙」〔註49〕。南宋的臨安也與北宋的汴京相似：「平康諸坊，如上下抱劍營、漆器墻、沙皮巷、清河坊、融和坊、新街、太平坊、巾子巷、獅子巷、後市街、薦橋，皆群花所聚之地。外此諸處茶肆，清樂茶坊、八仙茶坊、珠子茶坊、洛家茶坊、連三茶坊、連二茶坊，及金波橋等兩河以至瓦市，各有等差，莫不靚妝迎門，爭妍賣笑，朝歌暮弦，搖盪心目。」〔註50〕一些落魄不羈的詞人如柳永、晏幾道、秦觀、万俟詠、周邦彥、康與之、吳文英、孫惟信、張炎等，這些地方常常成爲他們留連之處，他們爲歌妓們寫作新詞，以便她們在歌樓或瓦市中演唱。因爲宋代私妓中的歌妓以賣藝爲主，社會輿論也就不以朝廷或官府招喚私妓侍宴酒席爲不

〔註47〕　《古今圖書集成・藝術典》八一九娼妓部引《北里志》。
〔註48〕　《夷堅志支丁》卷四。
〔註49〕　《東京夢華錄》卷二。
〔註50〕　《武林舊事》卷六。

名譽之事，所以凡遇朝廷御宴、官府公筵、富戶宴樂、三學齋會、縉紳同年會、鄉會等活動，都常招喚私妓們袛應〔註51〕。還「專有一等野貓兒卜慶等十餘人專充報告」，只須出帖呼之，一呼便至〔註52〕。最奇怪的是北宋熙寧間「新法既行，悉歸於公，上散青苗錢於設廳，而置酒肆於譙門，民持錢而出者，誘之使飲，十費其二三矣。又恐其不顧也，則命娼女坐肆作樂以蠱惑之」〔註53〕。身入娼籍的私妓，不僅受制於娼家，還受官府的管轄，也得供官府役使。她們要想「擺脫一切特殊法律的束縛」──要想落籍則更加困難多了。

　　官妓、家妓和私妓，她們的位置有時是互相轉換的，私妓可轉而爲官妓、家妓，而官妓、家妓也可能再淪爲私妓。無論怎樣轉換，她們依然是「賤民」，僥幸落籍從良的畢竟是少數，大多數歌妓的命運都是極悲慘的。她們受奴役、受鞭笞、遭侮辱、遭蹂躪，沒有眞正的歡樂，也沒有眞正的愛情，更不可能有正常的家庭生活，許多歌妓正當青春妙年就早早離開了人世。宋王朝同我國其他時期的封建王朝一樣，以政法措施嚴格地維持著歌妓制度。歌妓是我國古代樂舞奴隸在封建社會中的變化發展的結果，它還殘留著古代樂舞奴隸的一些特點。宋代的官僚地主及富豪之家的家妓，在實質上是我國的封建婚姻制度中「插入了男子對女奴隸的統治和多妻制」〔註54〕。供封建統治階級公開玩樂的官妓和私妓又是對家妓制和多妻制的額外補充。作爲歌妓制度來說，官妓、家妓和私妓是其三個組成部分。歌妓制度的存在不僅可以充分滿足封建統治階級將他們所擁有的大量物質財富浪費於個人生活享樂的奢侈和虛榮的心理，也可以滿足他們肆意對女性人身自由的凌辱、蹂躪的卑鄙無恥的欲望。「它使舊時的性的自由繼

〔註51〕　《夢梁錄》卷二十。
〔註52〕　《宋人軼事匯編》卷二十引《癸辛雜識》。
〔註53〕　王林：《燕翼詒謀錄》卷三。
〔註54〕　恩格斯：《家庭、私有制和國家的起源》，《馬恩全集》第21卷，第88頁、第79頁。

續存在，以利於男子。在實際上不僅被容忍而且特別爲統治階級所樂於實行。」〔註55〕這個制度充滿著可恥和罪惡，而歌妓們則是這個制度下的可憐的、不幸的犧牲品。它的反動性和反人道主義性質是很明顯的，封建主義者所提倡的什麼仁義道德都不可能掩飾其罪惡。所以，關於宋代歌妓制度的問題，在宋代的官方文獻中都避忌談到，幸而宋人筆記雜書中偶然留下一些線索。宋人筆記雜書雖非信史，然而它們所反映出的某些社會民俗的問題還是較爲眞實的；由此，我們纔可能勾畫出宋代歌妓制度的一個輪廓。

歌妓大都從小學習歌舞，她們聰明美麗，有音樂的藝術天賦和才能，如陳鳳儀、周韶、琴操、嚴蕊、樂苑等不僅兼擅歌舞，還會吟詩作詞，拈弄翰墨，曾令一些文人才子折服。宋詞中保存了許多關於歌妓優美動人的形象。柳永詞中的秀香、英英、瑤卿、蟲蟲、翠娥、心娘、佳娘、酥娘、師師、安安，小晏詞中的蓮、鴻、蘋、雲、小葉、玉簫、小玉、小蕊、小瓊、小蠻、玉眞、阿茸、小杏、小梅、珍珍等，她們在詞人筆下各具性格、體貌，各有藝術特色，栩栩如生。試看柳永筆下的秀香：

> 秀香家住桃花徑，算神仙，才堪並。層波細剪明眸，
> 膩玉圓搓素頸。　　愛把歌喉當筵逞，過天邊，亂雲愁凝。
> 言語似嬌鶯，一聲聲堪聽。（《晝夜樂》）

美麗風流、歌聲嬌軟的秀香，天眞地愛在人前夸耀自己的歌喉，而她也確實達到了歌唱的絕詣，博得柳七的贊許。再看小晏筆下的歌妓：「小蓮風韻出瑤池，雲隨綠水歌聲轉，雪繞紅綃舞袖垂」；「小令尊前見玉簫，銀燈一曲太妖嬈，歌中醉倒誰能恨，唱罷歸來酒未消」（《鷓鴣天》）；「小杏春聲學浪仙，疏梅清唱替哀弦，似花如雪繞瓊筵」（《浣溪沙》）。她們載歌載舞，熱情興奮，陶醉於藝術表演的世界，暫時忘掉了人生的一切痛苦。

〔註55〕　恩格斯：《家庭、私有制和國家的起源》，《馬恩全集》第21卷，第88頁、第79頁。

　　唱詞既是歌妓的職業，她們也因能唱詞的多少及其藝術的精熟程度而聲價不同，有的特別愛唱某一大詞人的作品而以此聲傳一時。如「唐州倡馬望兒者，以能歌柳耆卿詞著名籍中」〔註56〕；秦觀的詞爲長沙一義妓所酷愛〔註57〕；「中吳車氏，號秀卿，樂部中之翹楚者，歌美成（周邦彦）曲得其音旨」〔註58〕。歌妓們之所以愛唱某些詞人的作品，是因爲那些詞以眞正的同情表現了她們的生活、她們的精神痛苦和對生活的希望，而且欣賞、贊美她們的藝術，表達對她們的愛慕，許多詞就是爲她們而作的。柳永的《迷仙引》表達了青樓歌女要求跳出火坑的善良願望：「萬里丹霄，何妨携手同歸去。永棄卻、烟花伴侶，免教人見妾，朝雲慕雨。」晏幾道的《浣溪沙》：

　　　　日日雙眉鬥畫長，行雲飛絮共輕狂。不將心嫁冶遊郎。
　　　　潑酒滴殘歌扇字，弄花薰得舞衣香。一春彈淚説凄涼。

　　詞對歌妓的內心生活作了深刻的表現；她們表面上濃妝艷抹、輕浮無定，而實際上是有所選擇的，不會將眞心給那些浪蕩子弟，然而她們卻難得知音和眞正的同情者，她們流著眼淚來唱出自己凄涼悲苦的情感。秦觀的《一叢花》眞切地回憶著與歌妓師師的一段愛戀，寄與無盡的相思：

　　　　年時今夜見師師，雙頰酒紅滋。疏簾半卷微燈外，露華上、煙裊涼颸。簪髻亂抛，偎人不起，彈淚唱新詞。　　佳期。誰料久參差。愁緒暗縈絲。想應妙舞輕歌罷，又還對秋色嗟咨。唯有畫樓，當時明月，兩處照相思。

　　南宋末年詞人張炎在宋亡之後飄泊到了元代的大都，忽然遇見了杭妓沈梅嬌，「把酒相勞苦，猶能歌周清眞《意難忘》《臺城路》二曲」，張炎爲作《國香》贈之：

〔註56〕　《宋人軼事匯編》卷八引《侯鯖錄》。
〔註57〕　《夷堅乙志》卷二。
〔註58〕　張炎：《〈意難忘〉序》《山中白雲洞》。

鶯柳煙堤，記未吟青子，曾比紅兒。嫻嬌弄春微透，鬖翠雙垂。不道留仙不住，便無夢吹到南枝。相看兩流落，掩面凝羞，怕說當時。　　淒涼歌楚調，裊餘音不放，一朵雲飛。丁香枝上，幾度款語深期。拜了花梢淡月，最難忘弄影牽衣。無端動人處，過了黃昏，猶道休歸。

　　詞人痛切地回憶著他與沈梅嬌往日的情景，但這一切都隨著國亡家破而逝去了，異地相逢，有「同是天涯淪落人」的感慨，詞中可貴的是表現了詞人對歌妓真正平等的態度。

　　詞的歌唱，使得詞人與歌妓之間出現了一種天然的聯繫，在花間尊前、歌筵舞席都為他們提供了頻繁的交往接觸的機會。他們之間互相傾慕、互為知己。許多詞人能以平等的態度對待她們，同情她們的遭遇，尊重她們的人格。歌妓們則愛慕詞人的才華，以他們為自己的世上的知音。於是「不言而喻，體態的優美、親密的交往、融洽的旨趣等等」，使詞人與歌妓之間時常發生著愛戀的關係。這類哀艷動人的例子是多得不勝枚舉的。這裏出現了一個很奇特的社會現象：宋詞中大量的戀情詞的抒情對象不是那些正常婚姻對偶的大家閨秀或貴族小姐（她們一般都不會歌舞的），而是屬於社會底層的賤民的歌妓。兩宋詞人筆下的什麼「衣帶漸寬終不悔，為伊消得人憔悴」；「天涯地角有窮時，只有相思無盡處」；「相逢欲話相思苦，淺情肯信相思否」；「拚今生對花對酒，為伊淚落」；「留情緣眼，寬帶因春」……這些纏綿悱惻的詞句竟都是為歌妓而寫的。當我們理解了恩格斯在《家庭、私有制和國家的起源》中關於階級社會──特別是中世紀家庭和婚姻的精闢而深刻的論述之後，就會明白宋詞中所反映的這種奇怪現象在封建社會中是不可避免的。封建社會婚姻的締結是出於門閥關係、經濟利益、或作為一種政治手段來考慮的，它不是建築在男女雙方自願的愛情的基礎之上的。因此，「古代所僅有的那一點夫婦之愛並不是主觀的愛好，而是客觀的義務；不是婚姻的基礎，而是婚姻的附加物。

現代意義上的愛情關係在古代只是在官方社會以外才有」〔註59〕。詞
人與歌妓之間的愛情關係就是屬於封建時代官方社會以外的愛情。
由於雙方社會地位的懸殊和社會束縛，這樣的愛情根本不可能構成
正常婚配的對偶，所以基本上是沒有好結果的，而被損害者正是屬
於賤民的歌妓。但又奇怪的是宋代詞人以及士大夫們與歌妓的愛戀
關係，在宋代社會中輿論是默許的，因此，他們也就無庸避忌，且
引以為風雅。德高望重、位居執政大臣的晏殊、范仲淹、王安石、
司馬光、韓元吉、吳潛等人也留傳一些寫兒女私情的詞，宋人還有
為之辯護說：

　　　文章純古，不害其為邪；文章艷麗，亦不害其為正，
　　然世或見人文章鋪陳仁義道德，便謂之正人；若言及花草
　　月露，便謂之邪人，茲亦不盡也……近世所謂正人端士者，
　　亦皆有艷麗之辭〔註60〕。

　　歌妓畢竟是「賤民」，是宋代上層社會玩樂的工具，因此無論詞
人筆下將他們與歌妓的愛戀關係美化到何種程度，也依然會留下難以
掩飾的虛假的痕跡。杭妓樂苑的《卜算子》很真實地表述了詞人及士
大夫們與她們的關係：

　　　相思似海深，舊事如天遠。淚滴千千萬萬行，使我愁
　　腸斷。　　要見無由見，見了終難判。若是前生未有緣，
　　重結來生願。

　　這是揭示很深刻的。總之，詞人與歌妓的愛戀關係是不能脫離社
會階級關係制約的，歌妓也無法擺脫她們注定的悲劇的命運。她們理
想的愛情只有寄希望於來世了。

　　兩萬餘首宋詞是我國古代優秀的文學遺產之一，是一個時代的
文學。今天我們讀到這些音節抑揚有致、情感豐富、形象優美的詞
章時，不應忘記那些不幸的歌妓。由於她們的歌唱，詞的思想情感

〔註59〕　《馬恩全集》第 21 卷，第 89～90 頁。
〔註60〕　《宋朝事實類苑》卷三十八。

和內在的藝術美纔可能真正的展示出來，新的詞章才能廣泛而迅速地在社會上流傳，並為廣大的人們所喜愛和欣賞；由於他們須要不斷地演唱新的歌詞，而常於侑觴之時向詞人們索求新詞，促使了詞人為她們創作，這樣大大地推動了詞的發展；由於她們與詞人的天然的親密關係，詞人在與她們的交往中激發了才思，喚起了熱情，招來了靈感，這也促使詞人寫出大量的表現與她們愛戀的情意纏綿的、藝術精美的詞章。歌妓們曾為詞的發展作過艱苦的努力，付出過極大的代價；因此，宋詞的發展興盛不應僅僅歸功於兩宋詞人，還應歸功於那些「彈淚唱新詞」的歌妓。

宋詞演唱考略

一

詞體是配合唐以來新興燕樂的音樂文學，唐人稱它爲「曲子詞」，意即配合樂曲的歌詞。詞體經過晚唐、五代的發展，在宋代臻於繁榮興盛而成爲「一代之文學」。宋人稱它爲「歌詞」、「樂章」、「樂府」或「倚聲」，都表明與音樂的密切關係。宋代雖然各種伎藝如說唱、雜劇、說書、影戲等都得到迅速的發展，但詞的演唱卻因自己獨特的藝術生命而爲宋人所私自喜愛。在花間尊前寫作或欣賞新詞，以佐清歡，遣興娛賓；這種娛樂方式已成爲宋人文化生活中一個頗爲重要的組成部分，較能滿足統治階級對於世俗享樂的需要。詞的演唱在宋代民間也爲廣大民眾歡迎。小唱藝人爲市民們演唱通俗的新詞，曼聲促節，使聽眾得到快樂、興奮和慰借，滿足他們審美的文化需要，其中也包含著感官的刺激。詞既是音樂文學，只有當其入樂以歌時，它的藝術效應才能最充分地表現出來。所以儘管北宋中期蘇軾進行詞體改革之後，文人詞出現脫離音樂的傾向，而且由於某些詞調音譜散佚以致有的舊調在南宋時已不能歌唱，但是直到南宋末年詞的歌唱仍未絕響。詞的演唱既然在兩宋是人們重要的文化娛樂方式之一，其演出場所是極廣泛的。朝廷重大的節日或

宴會，均有教坊樂人表演歌舞百戲。皇宮內妃嬪及宮人，亦多習歌舞以供皇帝聲色之娛。中央和地方官署建立有樂營，從民間選取能歌善舞的女藝人入籍爲官妓，每遇宴會必合樂表演歌舞。士大夫及貴族之家亦有小樂隊及家妓，家宴時則令歌妓侑觴。民間的瓦市勾欄裏有專門以唱詞爲業的小唱藝人，此外茶肆、酒樓、歌館以及街頭都有專業或業餘的藝人從事小唱等活動。宋詞通過歌者在社會各階層的演唱而得以廣泛流傳，充分爲人們所欣賞，造成了一個時代文學的繁榮。

詞的演唱自入宋以來，隨著社會審美觀念的變化，出現特重「女音」的現象。南宋初年，王灼說：

> 古人善歌得名不擇男女……唐時男有陳不謙、謙子意奴、高玲瓏、長孫元忠、侯貴昌、韋青、李龜年、米嘉榮、李袞、何戡、田順郎、何滿、郝三寶、黎可及、柳恭。女有穆氏、方等、念奴、張紅紅、張好好、金谷里葉、永新娘、御史娘、柳青娘、謝阿蠻、胡二姊、寵妲、盛小叢、樊素、唐有態、李山奴、任智、方四女、洞雲。今人獨重女音，不復問能否。而士大夫所作歌詞，亦尚婉媚，古意盡矣。（《碧雞漫志》卷一）

早在北宋中期李薦便有一首嘲笑善謳老翁的詞《品令》：「歌唱須是，玉人檀口，皓齒冰膚。意傳心事，語嬌聲顫，字如貫珠。　老翁雖是解歌，無奈雪鬢霜鬚。大家且道，是伊模樣，怎如念奴。」顯然宋人要求歌者色藝俱佳，他們之所以獨重女音是爲了增強遣興娛賓的特殊效果。宋代文獻中女性歌者最多，姓名可考者有張溫卿、謝媚卿、龍靚、陳鳳儀、鄭容、高瑩、陳湘、蘇瓊、嚴麗、褚延娘、周子文、王幼玉、譚意哥、聶勝瓊、趙才卿、呂倩、蕭秀、蕭瑩、歐懿、桑雅、劉雅、歐倩、文容、王婉、楊蘭、洪惠英、王華容、段雲卿、徐楚楚、鄭玉、陳惜惜、陳憐憐、沈梅嬌、車秀卿、楊柔卿〔註1〕、

〔註1〕　見《全宋詞》，1980 年中華書局。

李師師、徐婆惜、封宜奴、孫三四、張七七、王京奴、左小四、安娘、毛團、張翠蓋、楊總惜、周壽奴〔註2〕、金賽蘭、范都宜、唐安安、倪都惜、潘稱心、梅醜兒、錢保奴、呂作娘、康三娘、桃師姑、沈盼盼、普安安、徐雙雙、彭新〔註3〕、時春春、時佳佳、何總憐、徐勝勝、余元元、錢寅奴〔註4〕等。其餘僅存小名者就更多了。在獨重女音的風氣下，男性歌者因歌唱伎藝精湛亦在某些場合內受到重視。如朝廷大合樂中的歌板色都是男性歌者，南宋教坊歌板色即有李文慶、李行高、王信等〔註5〕。南宋民間著名歌者還有俞商卿〔註6〕、何琮〔註7〕等。比起女音，男音的確未受到應有的重視。宋詞中有許多描述女音演唱的藝術效果的，如晏幾道《蝶戀花》：

> 碾玉釵頭雙鳳小。倒暈工夫，畫得宮眉巧。嫩麴羅裙
> 勝碧草，鴛鴦繡字春衫好。　　三月露桃芳意早。細看花
> 枝，人面爭多少。《水調》聲長歌未了，掌中杯盡東池曉。

人們不僅欣賞歌唱藝術，同時欣賞歌者的美艷、衣著入時、體態輕盈，往往為其在尊前的風情所傾倒。這是詞的演唱優於其他伎藝之所在，最適合宋人的審美情趣了。

二

宋詞演唱的規模、組織形式、樂器配合、演唱程序等具體情況都是較為複雜的。茲謹就大合樂中詞的演唱、家庭宴樂中詞的演唱和一般的小演唱的情況分述如下：

（一）朝廷每逢大朝會、聖節、曲宴等都須大合樂，由教坊祗應。宋代教坊分十三部，吳自牧《牧梁錄》卷二十云：

〔註2〕　《東京夢華錄》卷五。
〔註3〕　《夢梁錄》卷二十。
〔註4〕　《武林舊事》卷六。
〔註5〕　同上書卷一、卷四。
〔註6〕　姜夔：《角招·序》。
〔註7〕　馮取洽：《沁園春》詞題。

　　舊教坊有箪篥部、大鼓部、拍板部，色有歌板色、琵琶色、箏色、方響色、笙色、龍笛色、頭管色、舞旋色、雜劇色、參軍色。但色有色長，部有部頭。上有教坊使、副鈴轄、都管、掌儀、掌範，皆是雜流命官。其諸部諸色，分服紫、緋、綠三色寬衫，兩下各垂黃義襴。雜劇部皆諢裹，餘皆幞頭帽子。更有小兒隊，女童採蓮隊。〔註8〕

　　這十三部實爲樂器、歌唱、舞蹈、雜劇四類。教坊使用的樂器，北宋有箪篥、龍笛、笙、簫、塤、篪、琵琶、箜篌、方響、拍板、杖鼓、大鼓、羯鼓〔註9〕，南宋有箪篥、笛、笙、簫、琵琶、箏、嵇琴、方響、拍板、杖鼓、大鼓〔註10〕。今河南開封保存的宋代繁塔伎樂磚，菩薩樂伎使用的樂器有拍板、杖鼓、笛、箪篥、排簫、笙、銅鈸、羯鼓、雞婁鼓、琵琶、貝。其所反映的樂隊類別與兩宋教坊基本相同，屬於唐以來的龜茲部〔註11〕。教坊樂隊的規模是相當龐大的，如拍板用十串，琵琶用五十面，杖鼓用二百面，僅樂器演員即有數百人之多。在教坊十三部中衹有歌板色是專主歌唱的，所唱的可以是大曲，也可以是小詞。詞的演唱在大合樂裏並未居於顯著地位。北宋徽宗誕辰天寧節樂次爲：第一盞御酒，歌板色一名唱中腔，一遍訖，先笙與簫笛各一管和，又一遍，眾樂齊舉，獨聞歌者之聲；第二盞，歌板色唱如前；第三盞，左右軍百戲入場；第四盞，諸雜劇色打和，勾合大曲舞；第五盞，獨彈琵琶，樂部舉樂，小兒舞步前進，群齊合唱，且舞且唱；第六盞，笙起慢曲子，左右軍築球；第七盞，女童隊入場，舞《采蓮》；第八盞，歌板色一名唱踏歌，合曲舞旋；第九盞，左右軍相撲〔註12〕。南宋理宗天基節排當樂次與天寧節大致相同，但歌板色的節目有所減少，而增加了器

〔註8〕　《武林舊事》卷一所記樂部略同。
〔註9〕　《東京夢華錄》卷九。
〔註10〕　《武林舊事》卷一、卷四。
〔註11〕　參見趙爲民、黃硯如：《開封宋代繁塔伎樂磚析評》，《河南大學學報》，1988年第4期。
〔註12〕　《東京夢華錄》卷九。

樂和雜劇〔註13〕。

邵伯溫《邵氏聞見錄》卷一記述北宋眞宗時朝廷宴樂情況說：「眞宗皇帝東封西祀，禮成，海內晏然。一日開太清樓宴親王宰執，用仙韶女樂數百人。有司以宮嬪不可視外，於樓前起綵山障之，樂聲若出於雲霄間者。李文定公（迪）、丁晉公（謂）坐席相對。文定公令行酒黃門密語晉公曰：『如何得到了假山？』晉公微笑。上見之，問其故。晉公以實對。上亦笑，即令女樂列樓下，臨軒觀之，宣勸益頻。文定至霑醉。」仙韶樂由宮人組成，有數百人的規模，一般僅於宮中演出。眞宗宴親近大臣而用仙韶女樂實屬例外，但以綵屏障蔽。李迪等希望親觀宮人演唱，以便一睹後宮佳麗，這正反映了宋人獨重女音的某些心理。宮中私宴亦稱曲宴。南宋後期陳世榮記述其父陳郁在理宗朝參加宮中宴樂的詳細情形：

> 庚申（景定元年）八月，太子請兩殿幸本宮清霽亭賞芙蓉、木犀。韶部頭陳盼兒捧牙板歌「尋尋覓」一句。上曰：「愁悶之詞，非所宜聽。」顧太子曰：「可令陳藏一（郁）撰一即景快活《聲聲慢》。」先臣再拜承命，五進酒而成。二進酒，數十人已群謳矣。天顏大悅，於本宮官屬支賜外，特賜百匹……明年四月九日儲皇（度宗）生辰，令述《寶鼎兒》，俾本宮內人，群唱爲壽，上稱得體。……又明年，賜永嘉郡夫人全氏爲太子妃。賜宴畢，（太）子妃回宮，令旨俾立成《絳都春》，家宴進酒。（《隨隱漫錄》卷二）

南宋以來宮中內宴，常命詞臣即席作詞以付宮人歌唱，或韶頭獨唱，或數十人齊唱群謳，場面很大。

中央及各級地方官署也經常大合樂，當然其規模比宮廷小多了，而且樂次也有所簡化。葉夢得說：「公燕合樂，每酒行一終，伶人必唱催酒，然後樂作。」（《石林燕語》卷五）各官署遇國家重大節日和官員送往迎來，都舉行盛大宴會，由各級樂營組織樂工歌妓祇供。宋

〔註13〕 《武林舊事》卷一、卷四。

初名臣寇準素喜歌舞宴樂,「所臨鎮燕會,常至三十盞,必盛張樂,尤喜《柘枝舞》,用二十四人。每舞連數盞方畢」(《石林燕語》卷四)。北宋政和間徐伸出知常州,曾為其侍婢作有《二郎神》詞,「會開封府李孝壽來牧吳門。李以嚴治京兆,號李閻羅,道出郡下。幹臣(徐伸)大合樂燕勞之。喻群娼令謳此詞,必待其問乃止。娼如戒,歌之三四,李果詢之」。後李孝壽終於設法使其侍婢歸還(《揮麈餘話》卷二)。在大合樂中除唱小詞令曲而外,通常要表演大曲。

大曲兼歌舞之伎,其結構複雜。一曲謂之大遍,「所謂大遍者有序、引、歌、歠、嗺、攧、袞、破、行、中腔、踏歌之類,凡數十解」(《夢溪筆談》卷五)。如周密談到唐宋大曲《霓裳》說:「《霓裳》一曲共三十六段。嘗聞紫霞翁(楊纘)云,幼日隨其祖郡王曲宴禁中,太后令內人歌之,凡用三十人,每番十人,奏音極高妙。」(《齊東野語》卷十)其具體歌舞表演情形已不得其詳。宋代大曲多裁截用之,譜以新詞,進行歌舞表演〔註14〕。今存南宋初史浩的《采蓮舞》,其表演程序最為完備。這是由朝廷教坊女童采蓮隊表演的:念致語之後,樂起舞隊入場,所用歌詞有《采蓮令》一首、《漁家傲》五首、《畫堂春》一首、《河傳》一首,歌舞完畢,念遣隊詞出場。此外還有用一個詞調,伴以舞蹈反復歌唱的,如今存無名氏《九張機》,詞抒寫織婦春怨之情,共九首。詞前有勾隊詞:「《醉留客》者,樂府之舊名;《九張機》者,才子之新調。憑夏玉之清歌,寫擲梭之春怨。章章寄恨,句句言情。恭對華筵,敢陳口號:一擲梭心一縷絲,連連織就九張機。從來巧思知多少,苦恨春風久不歸。」繼而歌舞,後有遣隊詞:「歌聲飛落畫梁塵,舞罷香風卷繡茵。更欲縷成機上恨,尊前忽有斷腸人。斂袂而歸,相將好去。」這由女藝人模仿織婦的舞蹈動作,且歌且舞。《九張機》語言通俗,詞意殊怨,當是民間書會才人創作的,故稱「才子之新調」。它可能在地方官署或富人家宴中演出的。

〔註14〕 參見王國維:《宋元戲曲史》第36〜37頁,1943年商務印書館。

　　（二）北宋雍熙三年（986）編有《家宴集》五卷，收唐末五代詞。這個詞集早佚，它是供宋初士大夫及貴族舉行家宴應歌的唱本。宋代士大夫有優厚的物質條件，他們政事之餘或致仕之後，皆「多置歌兒舞女，日飲酒相歡」；因而大都有一個頗具規模的小樂隊和一些歌妓。北宋中期，吳感「仕至殿中丞，居小市橋。有侍姬曰紅梅，因以名其閣。嘗作《折紅梅》……其詞傳播人口，春日群宴，必使倡人歌之」（《中吳紀聞》卷一）。士大夫們很喜欣賞自己作的歌詞，以能表現其個人的精神生活。同時的名臣歐陽修，曾將當時流行的艷詞和自己所作之詞編為《醉翁琴趣外篇》六卷，用來為家妓們習唱。北宋後期宰相王黼，其家宴規模是很大的，而且在家宴上暗暗進行著政治交易。「李邴字漢老，任城人，崇寧間進士，為資政殿學士。漢老少日作《漢宮春》詞……一時膾炙人口。政和間丁憂歸山東，服終造朝，舉國無與談者。方悵悵無計，時王黼為首相，忽遣人召至東閣開宴，出家姬十數人，酒半唱是詞侑觴，大醉而歸。數日遂有館閣之命。」（《玉照新志》卷三）南宋時教坊的人數有所減罷，某些貴族家的歌舞足堪與教坊相比。「趙元父祖母齊安郡夫人徐氏，幼隨其母入吳郡王家，又及入平原郡王家，嘗談兩家侈盛之事，歷歷可聽。其後殿七楹，全以青石為飾，故得名，專為諸姬教習聲伎之所。一時伶官樂師，皆梨園國工也。吹彈舞拍，各有總之者，號為部頭。每逢節序生辰，則旬日外依月律按試，名曰小排當，雖禁中教坊所無也。」（《齊東野語》卷七）宋詞中有許多描述家宴之娛的作品，如劉仙倫在某太守家宴上即席為其歌姬作《江神子》詞：

　　　　華堂深處出娉婷。語聲輕，笑聲清。燕語鶯啼，一一付春情。恰似洛陽花正發，見花好，不知名。　　金甌盛酒玉纖擎，滿盈盈，勸深深。不怕主人教你十分斟。只怕酒闌歌罷後，人不見，暮山青。

　　詞裏描述了家宴中家妓歌詞侑觴的情形。南宋貴冑之後張鎡（字）功甫，號約齋，循忠烈王（張俊）諸孫。一時名士大夫，莫

不交遊。其園池聲伎服玩之麗甲天下……王簡卿侍郎嘗赴其牡丹會云：『眾賓既集，寂無所有。』俄向左右云：『香已發未？』答云：『已發。』命卷簾則異香自內出，鬱然滿坐。群妓以酒肴絲竹，次第而至。別有名姬十輩皆衣白，凡首飾花領皆牡丹，首帶照殿紅一枝，執板奏歌侑觴，歌罷樂作乃退。復垂簾談笑自如，良久香起，卷簾如前。別十姬，易服與花而出。大抵簪白花則紫衣，紫花則衣鵝黃，黃花則衣紅，如是十杯，衣與花幾十易。所謳者皆前輩牧丹名詞。酒竟，歌者樂者，無慮數十百人，列行送客。燭光香霧，歌吹雜作，客皆恍然如仙遊也。」（《齊東野語》卷二十）這較具體地描述了張鎡家宴的情況。

近數十年來發掘和整理的宋墓中有出土的幾幅壁畫伎樂圖。墓主都是宋代士大夫和貴族，墓室壁畫的伎樂較為形象地反映了墓主生前宴樂的情形，為宋詞的研究提供了非常寶貴的資料。江蘇淮安楊公佐墓（紹聖元年）壁畫，東西兩壁繪的是吹奏樂人。東壁共有四個女樂人，第一人執如意，第二人吹樂管，第三人彈五弦，第四人吹篳篥。每人均梳高髻，戴花和耳飾，著長襦。西壁共五個女樂人，第一人梳高髻，插花飾，不戴耳飾，不執樂器，作拱手狀。這當是樂部頭在作致語，兩壁樂人唯此人裝束不同，顯得端莊華貴。西壁第二人執拍板，第三人執琵琶，第四人執長笛，第五人執笙。四女均梳髻戴耳飾〔註15〕。兩壁九樂人，共為一個樂隊，東壁第一個拱手者實居中，顯示出重要的位置，由她作致語並歌唱。這形象地描繪了一個家庭樂隊。

河南禹縣白沙趙大翁墓（元符二年），前墓室壁繪墓主夫婦開芳宴和伎樂場面。伎樂圖的正中為一男藝人作舞蹈表演狀。左側五個女樂人正在演奏；前排三人，第一人吹樂管，第二人吹排簫，第三人彈琵琶；後排二人均吹樂管。右側亦五個樂人：前排男樂人三人，第一

〔註15〕 參見江蘇文管會、南京博物院：《江蘇淮安宋代壁畫》，《文物》，1960
　　　　年 8～9 期合刊。

人吹管，第二人吹笛，第三人擊腰鼓；後排二人，第一個人爲女樂人執拍板，第二個爲男樂人擊大鼓〔註16〕。在右側的五樂人中只有執拍板者爲女樂人，她當是在執板歌唱。這是一幅歌舞宴樂圖。

河北井陘縣柿莊第六號宋墓（約在政和以後），墓室西壁側繪宴樂圖一幅。圖的右部繪一株垂柳，下置桌椅，男主人袖手端坐在右椅上觀賞伎樂。主人身側立二少女，一前一後，可能是客人，正相對私語。柳樹右邊一侍女手托果盤徐步向前。圖的左部繪伎樂，位置較高。最前面一人爲舞童，戴黑色硬腳朝天幞頭，著圓領皀袍，腰繫絳帶，揚袖舞蹈。舞童後第一排四個樂人，第一男樂人擊腰鼓，第二男樂人身前亦有一腰鼓，第三男樂人吹篳篥，第四人係女子，穿絳衫，米色長裙，手執拍板，居於樂隊最顯著地位。第二排二男樂人，一擊大鼓，一吹橫笛〔註17〕。樂隊共七人，只有執拍板者爲女性，她正在執板歌唱。這是一幅家宴的全景，有樂工、歌者、舞者、賓主觀眾和侍女，歌舞正在演出。

以上三幅宋墓畫中的樂隊組織、樂器和演唱情況大致相同，很眞實地反映了宋代士大夫家庭宴樂的一般情形，可以印證宋人有關的文獻記載。

（三）詞的小唱是最普遍的演唱形式，演唱那些從大曲摘取的令詞或慢曲以及民間流行的歌曲。宋詞的絕大部分作品便是供小唱藝人演唱用的。南宋時耐得翁說：「唱叫小唱，謂執板唱慢曲、曲破，大率重起輕殺，故曰淺斟低唱，與四十大曲、舞旋爲一體。」（《都城紀勝》）這是最早關於「小唱」的界說。耐得翁試想說明：在京瓦伎藝中專從事歌唱的藝人，其職業爲「小唱」，她們執板唱詞，起音重而結尾輕柔，以便低唱侑觴；它與大曲和舞旋都屬於同一藝術部

〔註16〕　參見河南省博物館：《河南文物考古工作三十年》，《文物考古工作三十年》第 289 頁，1979 年文物出版社；宿白：《白沙宋墓》，1957 年文物出版社。

〔註17〕　參見河北省文化局文物隊：《河北井陘縣柿莊宋墓發掘報告》，《考古學報》，1962 年第 2 期。

門。稍後吳自牧說：「更有小唱、唱叫、執板、慢曲、曲破，大率輕起重殺，正謂之淺斟低唱。若舞四十六大曲皆爲一體。」（《夢粱錄》卷二十）這是鈔襲耐得翁的解釋而有不少訛誤：如「小唱、唱叫、執板、慢曲、曲破」概念之間的關係不明，語意淆混；「若舞四十六大曲皆爲一體」於義更爲不通，混亂了大曲與舞旋的區別。近世學者認爲「大曲歌舞相合，而小唱則歌而不舞」〔註18〕，或認爲小唱是「進行清唱，唱時用板打著拍子，歌唱中充分運用強弱的變化來加強抒情的效果」〔註19〕。我們從宋代有關文獻發現，以上的解釋都是較爲片面的或錯誤的。

宋人觀念中的小唱主要是指女藝人執板清唱小詞，也可伴以一二簡單樂器；或者在簡單樂器伴奏下，女藝人既唱小詞又隨之舞蹈。宋人要求小唱藝人色藝俱佳，而且風流多情，如宋詞裏對小唱藝人的贊美總是包含色與藝的。趙福元贈歌妓的《鷓鴣天》詞描繪歌妓演唱時情態。

> 裙曳湘波六幅縑，風流體段總無嫌。歌翻檀口朱櫻小，拍弄紅牙玉筍纖。　　腔子裏，字兒添。嘲撩風月性多般。伊憎聲裏金珠迸，驚起梁塵落舞簾。

贊美了這位歌妓美麗的湘裙，風流的體態，紅潤的歌唇，執板的纖手，活潑的心性，精湛的藝術。

小唱最簡單的方式是清唱，歌者執拍板唱小詞，如詞人們所描述的：「簾下清歌簾外宴。雖愛新聲，不如見花面。牙板數敲珠一串」（柳永《鳳棲梧》）；「小杏春聲學浪仙，疏梅清唱替哀弦」（晏幾道《浣溪沙》）；「畫幕燈前細雨，垂蓮盞裏清歌。玉纖持板隔香羅，不放行雲飛過」（周紫芝《西江月》）。這種清唱除拍板而外不用其他樂器伴奏，歌者僅一人，而且不舞蹈。有時歌者也可以不用拍板，以手代拍

〔註18〕　陳能群：《論宋大曲與小唱之不同》，《同聲月刊》第1卷第9號，1941年。

〔註19〕　楊蔭瀏：《中國古代音樂史稿》上冊，第303頁，1980年人民音樂出版社。

而歌，如洪邁所記明州舒信道宅中一弟子艷遇的故事：「方盛秋佳月，一舒呼燈讀書，忽見女子揭簾入，素衣淡妝，舉動嫵媚……舒甚喜曰：『留汝固吾所樂，或事泄奈何？』女曰：『姑置此慮，續爲之圖。』俄一小青衣携酒看來，即促膝共飲，三行，女斂衽起，致辭曰：『奴雖小家女，頗能綴詞。』輒作一闋，敘茲夕邂逅相遇之意。顧青衣舉手代拍而歌曰……蓋寓聲《燭影搖紅》也。」(《夷堅志補》卷二十二)許多歌妓都是能歌善舞的，她們在表演時總是載歌載舞，有「雲隨綠水歌聲轉，雪繞紅綃舞袖垂」之感。詞人張元幹的《瑞鷓鴣》描寫一位妙齡歌妓：「雛鶯初囀鬥尖新，雙蕊花嬌掌上身。總解滿斟偏勸客，多生俱是綺羅人。回波偷顧輕招拍，方響低敲更合箏。荳蔻梢頭春欲透，情知巫峽待爲雲。」她在表演開始時，回頭用眼波暗示拍板者起拍，繼而在方響與箏伴奏下輕歌曼舞了。這樣的演唱藝人是無法執拍板的，一般是手執歌扇，且唱且舞的。這種歌扇是宋代婦女們通用的紈扇，但它特別精美，扇面上記有曲名，以便聽眾點唱。晏幾道詞所謂「歌盡桃花扇底風」即是歌完扇上所記的曲子；所謂「濺酒滴殘歌扇字」即歌扇上書記曲名的文字。李呂的《調笑令》中詠歌的詩句有「錦字兩行妝寶扇，扇中鸞影迷嬌面」也說明歌扇的作用。歌扇確也有障面的妙用，如蘇軾《江城子・孤山竹閣送述古》：「翠娥羞黛怯人看。掩霜紈，淚偷彈。且盡一尊，收淚唱《陽關》。」在歡送太守陳襄離任的宴會上，這位歌妓因念舊情忍不住流淚了，自覺害羞，以歌扇掩面而偷偷彈淚。

小唱因方式簡便和能滿足宋人的審美與享樂的心理，因而自宮廷、貴家以及民間的許多場合都有廣泛的群眾基礎。南宋初胡銓記述了一次與孝宗皇帝在後殿欣賞宮妃小唱的情形：

> 隆興元年癸未歲，五月三日晚，侍上於後殿之內閣。……上御玉荷杯，予用金鴨杯。初盞，上自取酒，令潘妃唱《賀新郎》……上再三令免拜，亦且微揖。潘妃執玉荷杯唱《萬年歡》。此詞乃仁宗親製。上飲訖，自執尊坐，

謂予曰：「禮有報施，乃卿所言。」余再三辭避，蒙旨再三勸勉。上乃親唱一曲，名《喜遷鶯》，以酌酒……特令妃勸予酒，予再辭不獲。上旨謂妃曰：「胡侍讀能飲，可滿酌。」歌《聚明良》一曲。上撫掌大笑曰：「此詞甚佳，正愜朕意。」

（《玉音問答》）

孝宗對朝廷重臣特別恩眷，以致免去君臣大禮，令潘妃小唱侑觴，所以胡銓特記下此事以銘感不忘。這種環境是不需要大合樂的。

貴族之家雖然也有樂隊，可以進行小排當，但也往往喜歡小唱。如宋人話本《菩薩蠻》講述紹興年間吳七郡王家的一次小唱：「見可常聰明樸實，一府中人都歡喜。郡王與夫人解粽，就將一個與可常，教做粽子詞，還要《菩薩蠻》。可常問訊了，乞紙筆寫出一詞來……郡王見了大喜，傳旨喚出新荷姐，就教她唱可常這詞。那新荷姐生得眼長眉細，面白唇紅，舉止輕盈，手拿象板，立於筵前，唱起繞樑之聲。眾皆喝采。」

在民間，小唱更是市民群眾喜聞樂見的文藝形式。從《水滸傳》第五十一回所講述的白秀英賣藝的過程，可見瓦市勾欄裏講唱或演唱的大致程序。藝人在鑼聲中上場，參拜四方，先說一段江湖賣藝人套語，便開始演唱，唱完了拿起盤子指著說：「財門上起，利地上住，吉地上過，旺地上行。手到面前，休教空過。」聽眾便隨緣給一些賞錢。宋人話本《金明池吳清逢愛愛》講述了酒肆中小唱的情形：

北街第五家，小小一個酒肆，到也精雅。內中有個量酒的女兒，大有姿色，年紀也只好二八……上得桉兒，那女兒便叫：「迎兒，安排酒來，與三個姐夫賀喜。」無移時酒到痛飲。那女兒所事熟滑，唱一個嬌滴滴的曲兒，舞一個妖媚媚的破兒，撇一個緊颼颼的箏兒，道一個甜甜嫩嫩的千歲兒。

在酒樓裏「又有下等妓女，不呼自來，筵前歌唱，臨時以些小錢

物贈之而去，渭之『扎客』，亦謂之『打酒座』。」（《東京夢華錄》卷二）宋人話本《金鰻記》裏講述市井女子慶奴困於旅舍，暫到酒樓小唱的情形：「慶奴道：『我會一身本事，唱得好曲，到這裏怕不得羞。何不買個鑼兒，出去諸處酒店內賣唱，趁百十文，把來使用，是好也不好？』……自從出去趕趁，每日撰得幾貫錢來，便無話說。」這些非專業的藝人，因流落都市而賣藝爲生，其情境是非常可憐的。由此也可見到都市民眾對小唱的喜愛了。

三

　　宋詞的歌法由於音譜的失傳和音響資料無法保存，已不可詳考。從殘存的有關文獻裏，可推測詞調音樂有如下三個特點：第一，宋代教坊與民間的唱法有所不同，「教坊則婉媚風流，外道則粗野嘲哳，村歌社舞亦又甚焉」〔註 20〕；第二，眞正的歌唱與文人的信口吟誦是兩回事〔註 21〕；第三，同一詞牌的樂調，只能說基本相同，但實質上卻從來沒有絕對相同、分毫不差的，具體的聲腔也必然由於各具特色而有所差異〔註 22〕。宋人詞集今僅存姜夔《白石道人歌曲》中自度曲十七首旁綴有音譜，經過清代和近世學者的考釋已能破譯，但按譯譜今唱與原之歌法也只能仿佛其似。宋詞歌法的眞實情況，也只能從宋人關於歌法的描述和歌法口訣瞭解其某些特點或要求。

　　北宋時沈括曾談到歌法說：

　　　　古之善歌者有語，謂當使聲中無字，字中有聲。凡曲
　　止是一聲，清濁高下如縈縷耳。字則有喉、唇、齒、舌等
　　音不同。當使字字擧本皆清圓，悉融人聲中，令轉換處無
　　磊塊。此謂「聲中無字」，古人謂之「如貫珠」，今謂之「善

〔註20〕　曾慥：《類說》卷四引王安國語。
〔註21〕　見傅雪漪：《試談詞調音樂》，《音樂研究》，1981 年第 2 期。
〔註22〕　吳小如：《〈詞學論薈〉題記》引楊蔭瀏語，《文學評論》，1986 年第 2 期。

過度」是也。如宮聲字，而曲合用商聲，則能轉宮爲商歌
之，此「字中有聲」也；善歌者謂之「肉裏聲」。不善歌者，
聲無抑揚，謂之「念曲」；聲無含韻，謂之「叫曲」。(《夢溪
筆談》卷五)

南宋吳自牧談到小唱的歌藝要求應是「歌喉宛轉，道得字眞韻
正」，「聲音軟美」(《夢粱錄》卷二十)。張炎說：「余謂有善歌而無
善聽，雖抑揚高下，聲字相宣，傾耳者指不多屈。」(《意難忘》詞
序) 從這些評述裏我們可知，宋詞的歌唱要求歌者聲音軟美，聲中
無字，抑揚高下，字眞韻正，舉本清圓。宋代民間藝人對歌唱經驗
曾以口訣或歌訣的方式加以總結，以便記憶和傳習。南宋陳元靚編
的《事林廣記》續集卷七保存有唱賺的《遏雲要訣》，其若干規定與
小唱是有共通性的：

　　夫唱賺一家，古謂之道賺。腔必眞，字必正，欲有斀
元掔拽之聲，字有唇喉齒舌之異。抑分輕清重濁之聲，必
別合口半口之字。更忌馬嚻轡子，俗語鄉談。如時聖案，
但唱樂道，山居水居清雅之詞；切不可以風情花柳艷冶之
曲，如此則爲瀆聖。社條：不賽筵會吉席，上壽慶賀不在
此限。假如未唱之初，執板當胸，不可高過鼻，須假鼓板
攛掇，三拍起引子，唱頭一句，又三拍至兩片結尾，三拍
煞，入序，尾三拍，巾鬥煞，入賺，頭一字爲一拍，第一
片三拍後仿此，出賺三拍，出聲斤斗，又三拍煞尾，聲總
十二拍，第一句四拍，第二句五拍，第三句三拍，煞。此
一定不逾之法。

這除了對歌藝的要求外，還有歌唱的禁忌，執拍板的姿態，歌唱
與拍眼的配合。其中有些術語行話已難以考實了。

張炎《詞源》上卷保存有《謳曲旨要》歌訣八首，是較爲完整的
歌法總結。近世學者對它作了箋釋與考證〔註23〕，但由於歌法的失

〔註23〕 見任二北：《南宋詞之音譜拍眼考》，《東方雜誌》第 24 卷第 12 號。
　　　　趙尊岳：《玉田生〈謳歌要旨〉八首解箋》；饒宗頤：《玉田謳歌八首

傳，仍難對它確切地理解。在《謳曲旨要》裏，關於歌法大致談了這樣一些要點：一、停頓須在用韻處，大頓時聲音延長，小頓時短促，處理好二者之間斷續的關係；二、節奏的進行在須要帶過第二字時宜急，遇轉折處則聲韻悠長，遇高吭時歌聲特別直昇；三、處理好腔與字的關係，先道字後還腔，遇字少聲多時則助以餘音；四、要求換氣自然，取氣不亂，停聲待拍時慢而不斷。總的要求是「舉本清圓」，「含韻抑揚」。於此可見宋人關於歌法的經驗總結是大致相同的，它最能體現宋詞的藝術風格和宋人的審美趣味。

　　關於宋詞演唱的情況，由於其文化背景的消失與文獻之不足徵，我們現在很難將其真實面貌復原，僅可從宋詞作品、宋人筆記雜書以及詞學文獻和出土文物資料加以考察而能略見其大概。詞是音樂的文學，它必須入樂歌唱才能充分實現藝術效應。詞的演唱是宋人文化生活的重要內容之一，在朝廷、官署、家庭、瓦市、茶肆、酒樓、歌館等處都有其演出場所。它為社會各階層群眾所喜愛和欣賞，有其生存和發展的社會基礎。宋詞的演唱特重女音，而且要求演唱者色藝俱佳，造成特殊的美感，以滿足人們精神與感官的娛悅。宋詞演唱形式基本上有三種：一是朝廷與官署大合樂中詞的演唱，由教坊或樂營擔任，規模龐大，樂隊複雜，多表演大曲，有歌有舞；二是士大夫與貴族家庭晏樂中詞的演唱，由家庭小樂隊和家妓們表演，通常有六人或十餘人演出規模，除唱小詞而外，也演出大曲的片段，有遣興娛賓的作用；三是小唱，歌妓一人執拍板清唱，或在極簡單的樂器伴奏下且歌且舞，其適應範圍極廣泛。宋詞的歌唱，要求歌者聲音軟美，聲中無字，字真韻正，含韻抑揚，舉本清圓，以此體現宋詞婉美的特點。宋代民間藝人曾以口訣的方式總結了歌法經驗以便傳習。從宋詞演唱的粗略情況，我們可以見到宋人文化生活的一個側面，有助於理解詞體在兩宋繁榮興盛的原因，由此也可以進一步去認識宋人深層的文化精神。

字詁》，均見《詞學》第二輯，1983 年華東師大出版社。

宋詞的音樂文學性質

　　在中國文學發展過程中，韻文是特別繁盛和形式多樣的，而且它們大都同古代每一時期的音樂保持著親密的關係。這是中國文學非常顯著的特點。20 世紀初年梁啓超認爲：「凡詩歌之文學，以能入樂爲貴，在吾國古代有然，在泰西諸國亦靡不然：以入樂論，則長短句爲便，故吾國韻文，由四言而五言，由五七言而長短句，實進化之軌轍使然也。」〔註 1〕他意在說明長短句的詞體是中國詩歌配合音樂的最佳形式，具有中國詩歌進化的必然。1925 年現代詞學家胡雲翼首創「音樂的文學」概念，他說：

> 　　中國文學的發達、變遷，並不是文學自身形成一個獨立的關係，而與音樂有密接的關連。……中國文學的活動，以音樂爲歸依的那種文體的活動，只能活動於所依附產生的那種音樂的時代，在那一個時代內興盛發達，達於最活動的境界。若是音樂亡了，那麼隨著那種音樂而活動的文學也自然停止活動了。凡是與音樂結合關係而產生的文學，便是音樂的文學，便是有價值的文學〔註2〕。

　　由於使用了新的概念，胡雲翼在宋詞研究方面取得了理論的重

〔註 1〕　梁令嫻：《藝蘅館詞選·序》，清光緒三十四年（1908）刊本。
〔註 2〕　胡雲翼：《宋詞研究》第 5 頁，巴蜀書社，1989 年重印本。

大進展。1935 年著名學者朱謙之的專著《中國音樂文學史》〔註3〕問世，它系統地探討了自《詩經》以來的中國音樂文學的發展過程。1946 年詞學家劉堯民論述詞與音樂的關係時認爲：「不但要求詩歌的系統和音樂的系統相合，而形式也要求『融合』無間，才夠得上稱爲『音樂的文學』。」〔註4〕此後，中國學術界接受了這一概念：「音樂的文學」或稱「音樂文學」應是 20 世紀新興的一門學科，研究中國文學與音樂的關係及配合或依附音樂的諸種韻文。中國音樂文學史上，詞體與音樂的結合是最密切而且應是最典型的形態；唐五代詞與宋詞，它們不僅是時代之區別，從音樂文學的視角考察，則既有發展繼承的關係，亦存在性質的區別。宋詞的音樂特質，它怎樣與音樂結合，怎樣演變爲獨立的民族文學形式的？這些問題迄今仍有疑義，茲試作探討。

一

詞，或稱曲子和曲子詞，它興起於公元 8 世紀之初，即中國盛唐時期。在宋代臻於繁盛而成爲時代文學。從它與音樂的關係而言是配合隋唐以來新音樂──燕樂的歌辭。燕樂即宴樂，乃施於宴饗時的音樂。中國古代有燕樂，但隋唐燕樂卻是一種受西域音樂──胡樂影響而形成的流行音樂。自公元 4 世紀之末，中國北方的匈奴、鮮卑、氏族、羯族、羌族相繼建立政權。這些民族通過古代絲綢之路而與西域和中亞有著頻繁的經濟與文化交流。北魏是鮮卑族拓拔氏於公元 386～534 年在中國北方建立的王朝。北魏後期中亞曹國（烏茲別克的撒馬爾罕）樂師曹婆羅門已在中原傳播琵琶伎藝，引入了印度系的音樂。北周爲鮮卑族宇文氏於公元 557～581 年在中國北方建立的王朝。周武帝（宇文邕）的皇后阿史那是突厥可汗之女。

〔註3〕 朱謙之：《中國音樂文學史》，商務印書館，1935 年初版；北京大學出版社，1989 年重印。

〔註4〕 劉堯民：《詞與音樂》，雲南大學出版社，1946 年初版；雲南人民出版社，1982 年重印。

這位突厥公主到中原時帶來了西域歌舞。中亞撒馬爾罕的安國和康國音樂因此傳入中國。西域龜茲（新疆庫車）樂師蘇祇婆即是隨突厥公主到中原的。隋代開皇二年（582）朝廷議樂時，鄭譯將其從蘇祇婆演奏琵琶曲所用七音以附會中國的五音六律而形成的燕樂八十四調理論提出討論。雖然朝廷未採納鄭譯的意見，但龜茲樂卻在諸種音樂內的地位愈益顯著，終於形成以龜茲樂為基礎的新音樂。這樣，中國殘存的清商樂被改造，而中亞及西域的康國、安國、疏勒、高昌、龜茲等印度系音樂成為燕樂的主體。新燕樂在音階、調式、旋律、節奏、樂器、風格等方面皆异於中國低緩單調的傳統音樂，因而受到世俗和朝廷的欣賞，廣為流行，風靡一時，宣告了中國音樂古典時代的來臨。

新燕樂在初期基本上是以舞曲形式流行的。中亞與西域的胡姬在琵琶、篳篥、五弦、箏、箜篌、笛、方響、拍板等樂器的伴奏下，隨著節奏明快的樂曲，表演熱烈優美的舞蹈。這在當時是能滿足人們的社會審美需要的。如果給燕樂曲配上歌辭以供藝人演唱，則是更為完美的藝術形式。因此初唐逐漸有詩人試給流行樂曲配辭，而樂工歌伎則選取流行的七言絕句和五言絕句的名篇作為歌辭；它們都是齊言的詩，因其入樂而稱為聲詩。盛唐時期格律詩體（近體詩）的藝術形式已經成熟，燕樂已經盛行，這為長短句的格律化的新體燕樂歌辭的產生創造了必要的條件，它很快成為中國新體音樂文學樣式〔註5〕。唐五代是詞體文學發展的初期，今存詞1945首〔註6〕。它與宋詞部屬燕樂歌辭。然而從唐代到宋代，燕樂已發生了很大的變化；因而從音樂文學的角度來考察，唐五代詞與宋詞所依附的音樂是各具特性的。

（1）唐代燕樂是受印度系的中亞與西域音樂影響而形成的，所

〔註5〕 謝桃坊：《宋人詞體起源說檢討》，見《宋詞辨》第1～18頁，上海古籍出版社，1999年。
〔註6〕 《全唐五代詞》，中華書局，1999年。

以不僅內部因素具有胡樂性質，同時還有許多胡曲。天寶十三載
（754）朝廷將太樂署常用樂曲十四調二二二曲中《蘇羅密》《舍佛
兒胡歌》《須婆栗特》《婆羅門》等六十胡曲改名，使之符合中國習
俗。崔令欽的《教坊記》所錄盛唐時期京都教坊習用的三二四曲名，
其中如《南天竺》《毗沙子》《蘇合香》《獅子》《女王國》《團亂旋》
《柘枝》《曹大子》《婆羅門》《菩薩蠻》《胡醉子》《穆護子》《綠腰》
《薄媚》《何滿子》《安公子》等四十餘曲屬於胡曲。隋唐燕樂雖然
受胡樂影響，但畢竟是與中國俗樂結合而產生的。其初期的胡樂成
分很重，在發展過程中不斷變化並不斷吸收民間音樂，必然導致變
異而完成華化。北宋初年燕樂系統的民間新聲呈現興旺態勢。《宋史》
卷一二四《樂志》：太平興國（976～983）時「民間作新聲者甚眾，
而教坊不用也。」這「民間新聲」即民間藝人創作的樂曲，朝廷教
坊對它們是排斥的。沈括指出：「唐人樂學精深，尚有雅律遺法。今
之燕樂，古聲多亡，而新聲大率皆無法度。樂工自不能言其意，如
何得其聲和？」（《夢溪筆談》卷六）可見唐代的樂曲至宋初已大量
散佚，而流行的燕樂曲多是新聲，在法度上與唐代頗異；宋人在審
美趣味方面崇尚纖細婉約、高雅之美。他們不滿足於唐人舊曲，而
出現追新務奇的傾向。然而由於中國與西方經濟文化交流的通道─
─絲綢之路在宋初已不暢通並漸漸閉塞，致使中亞與西域的新樂曲
不能在中原流傳，因此宋人對音樂的追新務奇只能轉向於中原民
間。蔡居厚說：「近時樂家，多為新聲，其音譜轉移，類以新奇相勝，
故古曲多不存。」（《苕溪漁隱叢話》前集卷十六引）宋詞所配合的
音樂主要是這種新聲。著名詞人柳永是第一位採用民間新聲作詞
的，如《玉女搖仙佩》《尾犯》《看花回》《金蕉葉》《惜春郎》《慢卷
紬》《佳人醉》《一寸金》《殢人嬌》《擊梧桐》《滿江紅》《迷神引》
等。柳永因採用民間新聲作詞，故能受到都市民眾廣泛的喜愛：我
們可以說，宋詞的音樂文學特色是在柳永作品中最初體現的，它影
響了一個時代的文學。

（2）中國古代音樂的「宮調」是包涵音高、調式和結聲的一個概念，它由音階與律呂相配而成。隋唐燕樂與傳統音樂的區別主要在於宮調。漢代用六十宮調，隋初鄭譯創燕樂八十四調，這都屬理論的推演，與音樂實際脫離的。唐代燕樂實用二十八調，見於段安節《樂府雜錄》，又見於《新唐書・禮樂志》記載。宋代燕樂，朝廷大宴「所奏凡十八調」（《宋史》卷一四二），柳永《樂章集》用十五調；周邦彥《片玉集》亦用十五調；南宋末張炎《詞源》卷上保存雅俗常用宮調七宮十二調，共十九調：黃鐘宮、仙呂宮、正宮、高宮、南呂宮、中呂宮、道宮、大石調、小石調、般涉調、歇指調、越調、仙呂調、中呂調、正平調、高平調、雙調、黃鐘羽、商調。這可見宋人宮調範圍比唐代狹小，即調式較少。然而宋代樂律的標準音的絕對高度是高於唐代的。北宋初年樂律比唐代高五律，北宋中期教坊燕樂比唐代高二律〔註7〕。朝廷多次議樂，欲降低樂律音高，而且相繼製定了音律，但熙寧九年（1076）教坊使花日新建言：「樂聲高，歌者難繼，方響部器不中度，絲竹從之，宜去噍殺之急，歸嘽緩之易。請下一律，改造方響，以爲樂準，絲竹悉從其聲。」（《宋史》卷一四二）這表明民間新聲的律很高，教坊樂工不適應，故請求改律。可見北宋民間新聲的律度是高於唐代的，而且高於朝廷教坊樂律。由於宋代燕樂的音高，這直接影響到樂曲旋律，因而若由宋人演奏唐曲，其旋律亦與舊曲不同。唐代燕樂合樂時以胡琵琶定音——起音，成爲眾樂之首。宋代合樂用管樂器定音。沈括說：「今之調琴須先用管色合字定宮弦。」（《夢溪筆談》卷六）當時習用的管樂器是篳篥，音樂理論家陳暘解釋說：「一名觱管，以竹爲器，以蘆爲首，狀類胡笳而窱，後世樂家者流，以其旋宮轉器，以應律管，因譜其音爲眾樂之首；至今鼓吹，教坊用之以爲頭管。」（《樂書》卷一三〇）宋人度曲定音，皆以管樂器爲準，合樂以管樂器爲

〔註7〕 邱瓊蓀：《燕樂探微》，見《燕樂三書》第 454～456 頁，黑龍江人民出版社，1986 年。

主；這樣使宋樂具有柔和與優雅的美感效應。從上可見，唐宋兩代燕樂在宮調、音高和主要樂器方面是存在差異的；因此宋樂是自具特色的，表明隋唐燕樂已被改造，一種新的音樂已經形成。

（3）唐代的燕樂曲名見於文獻記載的約一千有餘，而配有律化長短句歌辭的不到十分之一。凡是配有律詞的樂曲，在宋代稱爲詞調。唐代教坊習用的三二四樂曲，唐五代獨用爲詞調的有《長命女》《紗窗恨》《摘得新》《喜秋天》《山花子》《贊普子》等五十四曲，唐宋同用爲詞調的有《清平樂》《破陣樂》《楊柳枝》《浣溪沙》《浪淘沙》《望江南》《二郎神》《歸國遙》《定風波》《木蘭花》《更漏子》《菩薩蠻》《臨江仙》《虞美人》《長相思》《西江月》《鵲踏枝》《蘇幕遮》《南歌子》《酒泉子》《南鄉子》《河滿子》等六十九曲，宋人獨用的有《天下樂》《隔簾聽》《鴨頭綠》《下水船》《留客住》《薄媚》《萬年歡》《曲玉管》《蘭陵王》《雨霖鈴》《安公子》《迎仙客》等四十五曲，總計一六八曲。唐代教坊曲爲宋人詞調者僅爲百分之二十一，宋人變舊聲而改制者僅爲百分之十四，兩項合計爲一一四曲。今存詞調以八百計，則唐代詞調一六八，宋人所創者爲六百餘調。今存宋詞兩萬餘首，其大半以上詞調是宋人創製的。它們是宋代的新聲，在音樂與文學方面皆具有新的特色。宋詞是依附宋代燕樂新聲的音樂文學。

二

中國音樂與文學的關係，具體表現爲樂曲與歌辭配合的方式，即二者配合時是以樂曲爲準度或以歌辭爲準度，亦即以音樂爲準度或以文學爲準度。中國音樂文學由此呈現出發展的階段性。北宋中期陳暘向神宗皇帝論述了自古代以來音樂文學發展的重大變化。他說：

> 臣竊嘗推後世音曲之變，其異有三。古者樂章或以諷諫，或導情性，諸儒炫采，並擬樂府，作爲華辭，本非協

律，由是詩樂分爲二途。其間失傳謬述，去本逾遠。此一
異也。古者樂曲辭句有常，或三言四言以制宜，或五言九
言以投節，故含義締思，彬彬可述，辭少聲則虛，聲以足
曲，如相和歌中有夷吾邪之類爲不可少矣。唐末俗樂，盛
傳民間，然篇無定句，句無定字，又間以優雜荒艷之文，
閭巷諧隱之事，非如《莫愁》《子夜》尚得論次者也。故自
唐而後，止於五代，百民所記，但誌其名，無復記辭，以
其意襃言慢，無取苟耳。此二異也。古者大曲，咸有辭解，
前艷後趨，多至百云。今之大曲，以譜字記其聲，折慢迭
甚，尾遍又促，不可以辭配焉。此三異也：〔註8〕。

陳暘的音樂思想是保守的，志於恢復古代儒家的詩樂教化，所
以對唐以來的音樂文學現狀給予嚴厲的批評。他認爲古代辭與樂是
結合的，東晉以後辭與樂分離；古代歌辭：無論齊言或雜言皆有固
定的字句，以虛聲去適應樂曲旋律，唐以來則歌辭爲自由的長短句
而破壞了古法；古代大曲皆以辭爲主，唐以來大曲則爲樂曲，節奏
與旋律複雜，不可配辭。這些現象反映了古代音樂文學是以辭爲主
的，即以樂從辭；唐代聲詩雖是燕樂歌辭，卻是由樂師歌伎選辭（絕
句詩）配樂的；新體燕樂歌辭（曲子詞）是以辭從樂，所以產生了
依曲定位的長短句形式。

隋唐燕樂在相當長的時期內是以有聲無辭的舞曲或器樂曲的形
式在中原流行、這些樂曲的作者是音樂家，他們創作一隻樂曲時必須
獲得音樂的靈感，以音符、節奏、旋律構成音樂的形象，寄託某種思
想情感：這形象和思想情感又具抽象性和模糊性，因此可以喚起受眾
種種美的想像，從而產生純粹的美感。在此過程中要求作曲家具有有
關曲學、調式、和聲、賦格、樂器等專門的音樂知識，還須有美的感
受、優雅的情感和藝術的天賦。如果某隻樂曲是民間藝人創作的，它
在流傳過程中可能不斷被修改和豐富，最後成爲民族的傳統樂曲。如

〔註8〕　〔宋〕陳暘：《樂書》，卷一五七。

果作曲家是依據歌辭或選用詩篇為它們譜曲，則有文學的內容、情感、音節等為準度，這比作舞曲與器樂曲容易，雖然亦有優秀與平庸之分。盛唐某些精通音樂的文人選擇流行美聽的燕樂曲為之譜辭，這在中國音樂文學史上是一個變革，開始了以辭從樂，創造了新型的音樂文學——曲子詞。1990 年敦煌文獻被發現，因其中保存了近兩百首盛唐至五代的曲子詞，證實了詞體的創始者並非中唐白居易、劉禹錫等人，而是盛唐時代未留下姓名的文人。在敦煌曲子詞裏，我們見到了這些長短句形式的作品是以唐代燕樂曲標為曲子（歌辭）名的，例如《鳳歸雲》《菩薩蠻》《蘇幕遮》《獻忠心》《酒泉子》《定風波》等。它們同調之各詞在句數、字數、句式、分片、字聲平仄、用韻等方面相同或大致相同，已形成規律。這些作者雖未留下姓名，但決非普通文化水平低下的民眾，而是掌握了唐代格律詩體（近體詩）的技巧並熟諳燕樂的文人。當他們意欲表達某種情感時，首先在許多燕樂曲中選擇與之相應的樂曲，根據樂曲的節拍、旋律、高低、抑揚、表情等因素，配以適當的字句，斟酌聲韻的和諧，求得文學與音樂的完美結合。這樣的歌辭是以音樂為準度的，每曲自有規範，形成格律，是為「律詞」。律詞的創作是受音樂和聲韻束縛的，是中國音樂文學的新樣式，乃音樂與文學發展到古典時代的產物，在一切韻文體式中屬於藝術形式最精美者。

詞人們為燕樂曲譜寫歌辭時是否依據其樂曲的樂譜——音譜呢？敦煌文獻 P3808 頁（背）琵琶譜二十五曲，有《傾杯樂》《西江月》《心事子》《伊州》《水鼓子》等燕樂曲，以燕樂譜字（牛字譜）鈔錄，分為散曲子、急曲子和慢曲子三類，是有「板」有「眼」的器樂曲琵琶伴奏的分譜」〔註9〕。由此我們可以推斷文獻所載唐代太樂署和教坊所用樂曲是皆有樂譜的。詩人劉禹錫於《憶江南》詞題云：「和樂天春詞，依《憶江南》曲拍為句。」（《劉夢得外集》卷

〔註9〕 何昌林：《敦煌琵琶譜之考解譯》，《1983 年全國敦煌學術討論會論文集》，石窟藝術編，甘肅人民出版社，1987 年。

四）這表明作者作此詞時是依據《憶江南》樂譜的曲拍而塡寫爲長短句的。《宋史》卷二〇二《藝文志》載沈括《三樂譜》一卷、蔡攸《燕樂》三十四冊、趙佶《黃鐘徵角調》二卷、鄭樵《繫聲樂譜》二十四卷，無名氏《大樂署》三卷和《歷代歌詞》六卷，它們爲宋代樂譜，皆佚。宋初的《韶樂集》、南宋修內司刊行的《樂府渾成集》、宋季張樞旁綴音譜的《寄閑集》，這些歌譜亦佚於戰火之中。宋人樂曲所用的譜字——音名是承襲敦煌的俗字譜草體，朱熹的《琴律說》、陳元靚的《事林廣記》和張炎《詞源》均存，但未成譜。今存南宋詞人姜夔《白石道人歌曲》保存其自度曲十七首，旁綴燕樂譜字。我們可推知宋代教坊歌譜如此，《寄閑集》亦如此。宋人按譜塡詞所依據的新聲是有聲無辭的音譜。蔡居厚述及北宋初年「樂家多爲新聲，其音譜轉移，類以新奇相勝」（《苕溪漁隱叢話》前集卷十六），王灼言北宋大晟府「新廣八十四調，患譜弗傳，雅言請以盛德大業及祥瑞事跡製詞實譜」（《碧雞漫志》卷二），毛幵說周邦彥《蘭陵王》「其譜傳自趙忠簡家」（《樵隱筆錄》），這些「譜」即是宋人倚聲製詞的依據。張炎於《詞源》卷下專節論述音譜與作詞的關係，他說：「詞以協音爲先，音者何，譜是也。……蓋一曲有一曲之譜，一均有一均之拍。」可見塡詞必須求得辭語與音樂的和諧，這只有按譜塡詞。歌辭只有體現樂曲的旋律節奏才適於歌者演唱。宋人是怎樣按譜塡詞的？詞人李之儀說：

> 長短句於遣詞中最爲難工，自有一種風格，稍不如格，便覺齟齬。唐人但以詩句，而用和聲抑揚以就之，若今之歌《陽關》詞是也。至唐末，遂因其聲之長短而以意塡之，始一變以成音律〔註10〕。

這說明唐代的聲詩與曲子詞同爲燕樂歌辭，但曲子詞與樂曲的結合更和諧，而創作更爲困難。詞人是依據樂曲的音譜的節奏以表達主體情志而形成長短句形式的，從而使音譜藉詞以傳。南宋初年

〔註10〕　〔宋〕李之儀：《姑溪居士文集》卷四十。

铜陽居士說：

> 迄於開元、天寶間，君臣相為淫樂，而明皇尤溺於夷音，天下薰然成俗。於是才士始依樂工拍但之聲，被之以辭句：句之長短各隨曲度，而愈失古之「聲依永」之理也〔註11〕。

　　這說明塡詞是依樂工所用音譜的節拍和聲調（音高），而配以辭句，而且句子的長短是隨樂曲旋律而變化的。此屬以辭從樂，所以铜陽居士以為頗失古法。宋人是依據自己「倚聲製詞」或「按譜塡詞」的經驗推測唐代文人以辭從樂的創作情形的。這與唐人劉禹錫的經驗是相同的，然而宋人塡詞卻進一步講究規範，努力使文學與音樂的結合更為完美。這樣，曲子詞的長短句不同於占古代詩歌的雜言，它是依每個詞調的聲韻特點而格律化的。

　　我們可以相信宋詞詞調都有樂譜，但是否存在「一致」的或「統一」的譜呢？關於這個問題，王灼在《碧雞漫志》第三至五卷裏分別對唐代燕樂二十九曲在宋代的變化所作的考察已經解決了。例如《婆羅門》為印度樂曲，在唐代用黃鐘商，敦煌曲子詞 S4578 存詞四首，單調，34 字體；柳永詞在雙調，兩段，82 字體。《涼州》為唐代大曲，宋代七個宮調皆有此曲，其中三調屬唐曲；柳永詞在中呂宮，兩段，55 字體；歐陽修詞為 104 字體，晏幾道詞為 50 字體。《六幺》為唐代大曲，宋人翻為新聲詞調者甚多，柳永詞兩段，94 字體，為仙呂宮，已非唐代羽調曲。《甘州》為唐代大曲，五代顧夐的《甘州子》和毛文錫的《甘州遍》，宋初柳永的《八聲甘州》，它們是摘取大曲某一片段而為詞調的。上例可以說明從唐代到宋代有的樂曲宮調發生變化，有的舊曲已被改製，有的由單調演為雙調，因而我們很難簡單地斷定每一詞調有統一的音譜，然而詞調的每一體式（令詞或慢詞）必然是有統一的音譜，否則不可能形成格律。

〔註11〕　〔宋〕铜陽居士：《復雅歌詞序略》《古今合璧事類備要》外集卷十一。

宋代三百二十年間詞人所用的音譜容易變化和散佚，也有新譜不斷產生，而某些流行頗廣的詞調的音譜則是相對穩定的統一的，它們一直為宋人所傳唱。樂譜僅樂師和音樂家才能認識，離開樂譜的樂曲是無法流傳的，但當樂曲配以歌辭之後，其流傳便可能很廣泛，受眾聽歌伎演唱流行歌曲，樂曲憑藉歌辭傳播，於是人們只要記住歌詞及其旋律，稍加練習即可歌唱，並不一定去識譜審音。當然在流傳中有的唱得準確一些，有的則略有變易。因為歌唱時遵循了一定規則，即使用不同的方音亦可依據音高、節奏、旋律歌唱。柳永在北宋初年使用了民間新聲而填寫表達市民情緒的通俗歌詞，經歌伎們演唱之後深受民眾歡迎，於是很快在社會上流行。宋詞因有廣大的社會基礎而成為時代文學的。

三

　　當一支優美的燕樂曲被精通音律的詞人選用為詞調時，他倚聲製詞，第一次譜出歌辭。它是為「始辭」，詞學界稱之為創調之作，即因有它才使某一個樂曲成為詞調的。「始辭」概念見於《碧雞漫志》卷一。在詞史上很重視始辭，因它往往是此調的典範，是此調格律的建立者。顯然始辭的作者必須具備文學與音樂兩方面的才華，其成就與影響是巨大的：柳永的《雨霖鈴》《木蘭花慢》《二郎神》《望海潮》《滿江紅》《八聲甘州》，蘇軾的《水調歌頭》《念奴嬌》《沁園春》《賀新郎》，周邦彥《蘭陵王》《瑞龍吟》《六醜》《意難忘》《浪淘沙慢》，李清照《聲聲慢》《鳳凰臺上憶吹簫》，陸游的《釵頭鳳》，姜夔的（揚州慢）《暗香》《疏影》，史達祖的《雙雙燕》，吳文英的《鶯啼序》等等，它們都是始辭，亦是宋詞名篇。某詞調的始辭在社會上流傳，其藝術效果甚佳，便有文人根據始辭的句式、字數、平仄、用韻等規則模擬作詞。這樣雖非倚聲製詞，卻仍然可付諸歌喉；於是即使不懂音樂的文人也可作詞了。茲以蘇軾的《念奴嬌》為例，模仿之作如次韻或用韻者便有葉夢得的《念奴嬌·次韻東坡

赤壁懷古》、胡世將《酹江月・秋夕興元使院用東坡赤壁韻》、辛棄
疾《念奴嬌・用東坡赤壁韻》、石孝友《念奴嬌・上洪帥王子道生辰
正月十六日用東坡韻》、葛長庚《念奴嬌・次韻東坡餞別》、劉辰翁
《念奴嬌・趙氏席間即事再用東坡韻》等作。南宋方千里《和清眞
詞》、楊澤民《續和清眞詞》、陳允平《西麓繼周集》，三家皆以北宋
詞人周邦彥的《清眞集》作品爲標準和其詞。夏承燾說：「逮方千里、
楊澤民、陳西麓諸家之和清眞，於其四聲，亦步亦趨，不敢逾越，
則律呂亡而桎梏作矣。」〔註12〕南宋以來，一般的詞人是選擇典範
之作而模擬的。沈義父說：

> 腔律豈必人人皆能按簫塡譜，但看句中用去聲字最爲
> 緊要。然後更將古知音人曲（詞），一腔兩三支參訂，如都
> 用去聲，亦必用去聲。其次如平聲，卻用得入聲字替。上
> 聲最不可用去聲字替。不可上、去、入，盡道是側聲便用
> 得，更需調停參定用之。（《樂府指迷》）

這爲不懂音樂的文人指示了一條作詞的途徑，即以同調的作品
兩三首，進行聲韻格律的比較參訂，注意字聲的平仄，便可作出一
首可供歌伎演唱的詞。爲了使詞的創作在失去倚聲之義後仍可歌
唱，張炎說：「述詞之人，若只依舊譜之不歌者，一字塡一字，而不
知以訛傳訛，徒費思索。當以可歌者爲工，雖有小疵，亦庶幾耳，」
（《詞源》卷下）他此處所說的「譜」實爲詞選集之類，並非音譜。
作詞者若選擇了不可歌唱的作品模仿塡寫，不如選擇仍可歌唱的作
品爲模式，可使自己的作品勉強可歌唱。宋代常用詞調的使用率是
很高的，例如：

浣溪沙 775	水調歌頭 743	鷓鴣天 657	菩薩蠻 598
滿江紅 549	念奴嬌 535	西江月 490	臨江仙 482
沁園春 423	蝶戀花 416	賀新郎 361	清平樂 335

〔註13〕

〔註12〕 夏承燾：《唐宋詞論叢》第 77 頁，古典文學出版社，1956 年。
〔註13〕 王兆鵬：《唐宋詞史論》第 107～108 頁，人民文學出版社，2000 年。

　　我們如果通檢上述諸調作品，它們基本上是與清代萬樹等學者編訂的詞譜所總結的聲韻格律是一致的。自創調詞人之後，其餘眾作大致是參照始辭的字數、句式、句數、分段、字聲平仄、用韻而填寫的，實際上已不再是「倚聲」之作，但卻又有「倚聲」之效。這種情況在唐代敦煌《雲謠集》和五代《花間集》裏已經出現，至宋代特別是南宋以來愈甚。顯然還不能得出詞與音樂的關係在唐宋時已經淡化或分離的結論。我們可以設想，例如《念奴嬌》和《滿江紅》經過許多詞人的填寫，歌伎們反復地唱著舊調新詞，缺乏新的音樂美感，必然讓群眾感到厭倦；所以總是不斷有詞人為新的樂曲倚聲製詞的，而某些舊調漸被淘汰了。詞體文學的發展過程，亦總是在外部與內部因素的作用下矛盾地運動的，而具體情況是錯綜複雜的。由於詞人的倚聲製詞或按譜填詞可以形成一種長短句體式的格律，而格律又能體現音樂的某些美感因素，於是詞體文學在其初期即具有與音樂分離的傾向而向純文學的道路前進。無論《雲謠集》《花間集》和《草堂詩餘》，它們都是文學作品集，但它們在當時的文化環境裏，因作品有詞調名，歌伎對始辭的音樂是熟悉的，遂可選擇佳作以歌唱。當某些詞調的音譜失傳之後，該調作品不能歌唱了，某詞與音樂的關係才真正地脫離了。南宋時，唐五代和北宋的許多詞已無法歌唱，而宋亡以後，詞樂遺音，墜緒茫茫，難以考尋了。現在我們回顧宋詞，它的音樂文學性質已經模糊，它的音樂價值已經消失，然而它的文學價值仍然存在，被譽為時代文學，成為中國珍貴的文學遺產。詞作為中國古典格律詩體之一，其體式的多樣豐富，聲韻的和諧優美，音節的靈活變化，格律的嚴密精整，都充分體現了中國韻文形式的精致和漢語語音美妙的特點。這是因其曾為古典的音樂文學而將某些音樂性轉化為文學語言因素所致的。

　　宋詞是以辭從樂的，但作為音樂文學的宋詞在發展過程中出現背離以辭從樂而退回到以樂從辭的故轍。這種情況出現於北宋後

期，例如：

> 政和癸巳（1113）大晟樂成。嘉瑞既至，蔡元長以晁
> 端禮次膺薦於徽宗。詔乘驛赴闕。次膺至都，會禁中嘉蓮
> 生，分苞合趺，夐出天造，人意有不能形容者，次膺效樂
> 府體屬詞以進，名《並蒂芙蓉》〔註14〕。

晁端禮作的《並蒂芙蓉》是此調始辭。他當時「屬詞以進」，隨意長短其句。樂曲是稍後配上的。同時，「政和中一中貴人使越州回，得辭於古碑陰，無名無譜，不知何人作也。錄以進御，命大晟府填腔，因中語賜名《魚遊春水》」（《苕溪語隱叢話》後集卷三九）。這是先有辭，再譜曲的。自此開始，以樂從辭的創作風尚終於在南宋中期演變爲自度曲。作者既是詞人又是音樂家，自己創作歌詞，配以樂曲。自度曲的創始者是姜夔，其詞集《白石道人歌曲》裏今存旁綴音譜的自度曲十七首。他在《長亭怨慢·序》云：」予頗喜自製曲，初率意爲長短句，然後協以律，故前後闋多不同。」作者在爲長短句時，實際上借用了格律詩體的經驗，既有率意之處。又有精整之處。茲以《暗香》爲例，起句、過變、結句的字數與句式相異，但中間上下片對應的句子：

> 喚起玉人，不管清寒與攀摘。
> 翠尊易泣，紅萼無言耿相憶。
>

> 何遜而今漸老，都忘卻春風詞筆。
> 長記曾攜手處，千樹壓西湖寒碧。
>

它們的字聲平仄是有規律的，是律化的句子。詞人爲之配曲時，以詞的音節、聲韻、情緒爲準度，使音樂從就文學，姜夔自度曲的音譜經現代音樂家譯出後已經可以歌唱〔註15〕。它們的風格相同，

〔註14〕　〔宋〕吳曾：《能改齋漫錄》卷十六。
〔註15〕　楊蔭瀏，陰法魯：《宋姜白石創作歌曲研究》，人民音樂出版社，1957
　　　　　年。

柔婉優雅，某些旋律有雷同現象，而且詞意晦澀。這樣，它們不爲廣大民眾欣賞，只能在狹小的文化圈裏流行。南宋後期詞人吳文英的自度曲《霜花腴》《玉京謠》和《西子妝慢》等也如姜夔那樣以樂從辭，因過於雅致，難以流傳，僅數十年間其音譜便散佚了。宋詞發展到自度曲，表明它與音樂固有的關係改變，也失去了固有的音樂文學意義了。

中國盛唐以來興起的長短句的格律化的新體燕樂歌辭，被稱爲曲子詞或詞，它所結合的燕樂是受中亞和西域的印度系的音樂影響下形成的俗樂，詞體文學發展至宋代而臻於繁盛。宋詞雖屬於燕樂歌辭，但其胡樂的成分基本上喪失，它所結合的音樂是燕樂系統的民間新聲，表現爲燕樂已經完成華化。宋詞同唐五代詞一樣是以辭從樂的，但宋人倚聲製詞建立了規範，由此創造了眞正的律詞，從而使中國音樂文學進入古典時代。宋詞發展過程中雖然不斷採用新聲以豐富自己的音樂性，但又不斷出現模仿典範的聲韻格律而創作的傾向，致使倚聲製詞轉變爲依詞調格律塡詞。自度曲的出現更使詞體退回到以樂從辭的古法，偏離了音樂的準度。這樣，宋詞由音樂文學逐漸發展爲一種獨立的民族文學形式。由於宋詞畢竟同燕樂有過親緣的關係，所以當其詞樂消失之後，由倚聲製詞所積累的經驗而具有詞調豐富、格律嚴密、句式複雜、聲韻和諧、形式精巧、表情細緻的藝術特色而成爲中國古典格律詩體之一。宋詞作爲一種音樂文學的典型而具有時代文學和民族文學形式的意義，其歷史經驗尚值得我們認眞總結。

論宋詞之詞調與宮調的關係

　　宋代詞人選擇某一樂曲倚聲製詞，此樂曲即成爲詞調。凡樂曲皆有音高與調式——宮調的規定；因此詞調與宮調是存在一定關係的。這是詞學的基本常識，然而若將它作爲學術問題探討時，便需要對宋詞有關現象的考察並參證歷史文獻而進行科學的分析，以求得問題的解答，由此從常識而進入複雜的學術層面。20 世紀 30 年代之初詞學家夏敬觀在《詞調溯源》的專著裏詳細匯列了燕樂二十八調可考之詞凋。他特別強調「溯詞調之源流，必先明白它所配合的律調（宮調）」，在系統考察之後「以欲證明二十八調之外，無所謂詞」〔註 1〕。由此可見詞調與宮調之密切關係。最近戲劇史家與詞學家洛地先生於《西華師範大學學報》2012 年第 1 期發表《宋詞調與宮調》，他考察了宋人標記其詞作使用宮調的資料，經過對資料的綜合，進而探討「律詞」與「宮調」的關係，最後得出結論：（一）宋詞中 96.6%的詞作者，其 96.75%的詞作，71%的詞調是無宮調標記的，因此，宮調對於詞調作（的唱）並無決定性意義；（二）宋詞中至少有 73 詞調可以使用兩種以上不同宮調，表明詞調並沒有、不能有確定的或穩定的旋律；（三）律詞根本不是什麼「音樂文學」，誰能告訴「音樂文學」的定義，在中國古代壓根兒就沒有「音樂文

〔註 1〕　夏敬觀：《詞調溯源》，商務印書館，1931 年。

學」這個東西。洛地先生的結論所涉及的詞學與音樂的問題是很重要的並很有學術意義的。竊以爲他僅由宋詞表層現象的計量而作的結論是值得商榷的。茲試從詞是否爲音樂文學、詞調是否有穩定的旋律和詞調與宮調有無關係，略述一得之見，以就教於洛地先生及詞學界師友。

一

詞是「音樂文學」，準確地說應是「音樂的文學」。此概念固然不見於中國古代文獻，但「歌辭」、「曲辭」、「聲詩」、「樂章」等概念卻常見於古代文獻之中，它們均指某種配合樂曲的歌辭。「音樂文學」是中國新文化運動以來出現的新概念，概括丁中國歷史上凡與音樂有密切關係的文學，這給研究中國文學史提供了一種新的視角。現代詞學家胡雲翼於 1925 年出版的《宋詞研究》裏第一次提出「音樂文學」概念。他認爲中國文學的發展與變遷並非是文學自身獨立發展的，而是與音樂有關連。因此「以音樂爲歸依的那種文學活動，只能活動於所依附產生的那種音樂的時代，在那一個時代內興盛發達，達於最活動的境界。若是音樂亡了，那末隨著那種音樂而活動的文學，自然停止活動了。凡是與音樂結合關係而產生的文學便是音樂的文學，便是有價值的文學。」〔註 2〕胡雲翼認爲盛唐時期配合新音樂的歌辭，它是長短句的協樂而有韻律的詞即是新體音樂文學。詞體在宋代特別發達，因爲：「音樂是發生詞的淵源，也就是發達詞的媒介。原詞爲歌辭，多可歌。故當代詞人的詞，每新聲一出，便傳播於秦樓楚館了。」〔註 3〕從音樂文學觀念來理解宋詞，這爲認識宋詞的藝術特徵和研究宋詞的發展過程，開拓了一條現代學術的道路。胡雲翼的音樂文學觀念迅即受到學術界的重視，1935 年朱謙之的《中國音樂文學史》問世，它系統地講述了中國音樂文學的發展過程。關於音樂與詩的關

〔註 2〕 胡雲翼：《宋詞研究》，巴蜀書社，1989 年。
〔註 3〕 胡雲翼：《宋詞研究》，巴蜀書社，1989 年。

係，朱謙之說：「無情感便無文學，並且那情感還必須和音樂合為一體，情感、音樂、詩歌汪然一片在人人心裏，燃燒著，跳舞著，於是而有悲哀有歡樂。」〔註4〕他由此得出結論：「真正的詩，在最顯著的意義上都是音樂的，是以純一語言的音樂為作品的生命的。」〔註5〕朱謙之詳細考察了唐宋詞與音樂的關係，就音譜、譜字、樂器等方面論述了唐代與宋代音樂的區別，重申了以音樂為歸依的歌詞的活動，只能活動於所依附產生的這個音樂的時代。1946 年出版的劉堯民的《詞與音樂》，是研究詞與音樂的專著。他不贊成將文學史上只要合樂的東西均稱之為「音樂的文學」。他認為：「自古詩以至於近體詩，以至於詞，便是一貫的趨向著音樂的狀態。古詩和音樂的距離相差得遠，到近體詩已經漸漸近於音樂的狀態，到了詞便完全成音樂的狀態；所以詞才夠得上稱為『音樂的文學』。」〔註6〕為什麼詞才是真正的音樂文學呢？劉堯民說：「倚聲填詞的先樂後詩的辦法，不惟使音樂得自由的發揮它的特色，而詩歌卻並不為著模仿音樂而受音樂的拘束，卻反得到了音樂的標準，確定了詩歌構成的路向。」〔註7〕從上述三位學者關於音樂文學的論述，可見他們均對音樂文學給予定義，並探討了詞與音樂的關係。他們的論述體現了以現代學術觀念對中國文學史的新認識，已為學術界所接受，並使宋詞研究進入了一個更為深邃的境界。因此，以為「音樂文學」本無定義，而且中國根本沒有這個東西，此種質疑顯然是由於未見到胡雲翼、朱謙之和劉堯民的著述而產生的。這樣的質疑並無堅實的理論和事實的依據。

宋詞既然屬於音樂文學，它與其他音樂文學是有區別的，由此表現出它的體性特徵：這就是以詞從樂、倚聲製詞和律化的長短句體式。

〔註4〕 朱謙之：《中國音樂文學史》，北京大學出版社，1989 年。
〔註5〕 朱謙之：《中國音樂文學史》，北京大學出版社，1989 年。
〔註6〕 劉堯民：《詞與音樂》，雲南人民出版社，1982 年。
〔註7〕 劉堯民：《詞與音樂》，雲南人民出版社，1982 年。

中國古代的《詩經》、《九歌》、樂府詩和唐代的聲詩都是先有歌辭、然後配以音樂。這是以歌辭的內容、表情和體制爲準度，它決定所配之音樂的藝術走向。唐代以來燕樂興盛，它最初是以器樂曲形式流行的，詞人們選擇某隻樂曲，以音樂爲準度，使文學與音樂高度結合，產生了眞正的音樂文學，這便是唐人所稱的「曲子詞」，意即配合樂曲的歌辭。以辭從樂的曲子詞改變了古代音樂與文學的關係，因而在宋代受到一些守舊文人的指責。王安石說：「古之歌者皆先有詞後有聲，故曰：詩言志，歌永言，聲依永，律和聲。如今先撰腔子後塡詞，卻是永依聲也。」〔註8〕他所說的自唐代以來出現的「先撰腔子」即先有樂曲，「後塡詞」即依據樂曲而製詞。南宋初年詞學家王灼雖然對唐代以來燕樂的歷史作了考察，但他堅持傳統音樂觀念，也是反對以辭從樂的。他論歌曲——曲子詞的起源時，引述了《尙書‧樂記》所論詩與樂的關係後認爲：「故有心即有詩，有詩則有歌，有歌則有聲律，有聲律則有樂歌；永言即詩也，非於詩外求歌也。今先定音節，乃製詞從之，倒置甚矣。」〔註9〕唐以來曲子詞的創作是依據某樂曲的音節，後然製詞以配樂曲，這種情況與古代比較，王灼以爲是本末倒置了。由於以辭從樂纔可能產生新的韻文體式——詞體。

以辭從樂的情形，大體上可分爲嚴式與寬式。曲子詞的以辭從樂是屬於最嚴密的方式，它是嚴格倚聲製詞的。精通音樂的文人依據所選定的樂曲，按照它的音域、節奏、旋律爲準度而譜寫歌辭。唐代詩人劉禹錫《憶江南》詞題云：「和樂天春詞，依《憶江南》曲拍爲句。」〔註10〕他是依照樂曲的節拍爲準度而譜寫歌辭的。這樣倚聲製詞的情形在宋代文獻中有不少的記述。李清照在《詞論》裏談到詞體起源，敘述了唐代開元、天寶間李袞善歌新聲，「自後鄭衛之聲日熾，流靡之變日煩，已有《菩薩蠻》、《春光好》、《莎雞子》、

〔註8〕 趙德麟：《侯鯖錄》卷七。
〔註9〕 王灼：《碧雞漫志》（卷一）。
〔註10〕 劉禹錫：《劉夢得外集》卷四。

《更漏子》、《浣溪沙》、《夢江南》、《漁父》等詞，不可遍舉。」，
〔註11〕關於詞體起源，她認為是胡部新聲「流靡之變」的結果。即
流行音樂發生變化的必然趨勢。李之儀談到詞的創作說：「唐人但以
詩句而用和聲抑揚以就之，若今之歌《陽關》詞是也。至唐末遂用
其聲之長短句而以意填之，始一變而成音律。」〔註12〕唐代自燕樂
流行以來，樂工或伶人選取唐人絕句名篇以配合樂曲演唱，有時加
上和聲，這便是唐人的聲詩。李之儀以為到了唐代末年始有人依照
燕樂曲之樂聲節拍之長短，以己意作詞以填譜，由此改變了歌辭與
音樂的關係，構成詞體獨特的音律。銅陽居士論及詞的創作說：「才
士始依樂工拍但之聲，被之以辭句，句之長短各隨曲度。」〔註13〕
他以為詞體最初是由於才士依照樂工所製樂曲的節拍和宮調（但）
填寫辭句，句子的長短隨曲調的變化而定，於是產生了新體的長短
句歌辭。陸游記述古今音樂的發展變化，確認長短句的詞體是新創
的，它是由「倚聲製詞」創造的。他說：「雅正之樂微，乃有鄭衛之
音，鄭衛雖變，然琴瑟聲磬猶在也……千餘年後，乃有倚聲製辭，
起於唐之季世。」〔註14〕以上李之儀、銅陽居士和陸游均明確地談
到倚聲製辭，它表明詞與音樂相依存的密切關係。所以詞的創作自
宋以來通稱為「填詞」，即依樂曲之音譜而配以歌辭。

　　按照音譜而倚聲製辭的結果是形成了格律化的形式精美的長短
句樣式的「律詞」。它是指合格律的詞，或具格律規範的詞作。凡律
詞必須具備的條件是：（一）依調定格，以每個詞調為單位構成獨特
的格律規定；（二）每個詞調的字數和句數有限制；（三）詞調的分
段有單調、雙調、三疊、四疊之別；（四）長短句的形式，從一字句
至九字句，它們在每個詞調內均有各自的組合規則；（五）每個詞調

〔註11〕　胡仔：《苕溪漁隱叢話》後集卷三十三。
〔註12〕　李之儀：《跋吳師道小詞》，《姑溪居士文集》卷四十。
〔註13〕　銅陽居士：《復雅歌詞序略》，《古今合璧事類備要》外集卷十一。
〔註14〕　陸游：《長短句序》，《渭南文集》卷十四。

的字聲平仄皆有嚴格的規定，有連用數個平聲字或仄聲字的句子，在詞中形成獨特的「律句」；（六）詞的用韻，每個詞調有自己的規定，存在平聲、仄聲和人聲三個韻類〔註15〕。詞體格律的形成是因倚聲製詞時，以詞從樂，爲求得文學與音樂的準度，在配合樂曲的結構、樂句、聲情、節拍、旋律而使文學潛在的音樂性能得以充分發揮。每個詞調之作品遵從詞調格律，遂能保證樂曲的某些特徵通過文學而傳達出來。詞人們在倚聲製詞時總結了豐富的經驗，而以格律固定下來，所以詞體所配合的音樂散佚之後，我們還能從每調之作品感受到獨特的音樂性。「律詞」概念的產生是現代詞學的重大成就，由此可將詞體與古詩、樂府詩、近體詩、聲詩、元曲及其他各種韻文體式相區別，以促進對詞體的深入研究。「音樂文學」雖是現代詞學家提出的新的學術概念，但它是有歷史和理論依據的，因而是可以成立的；詞正是音樂文學的典型形態〔註16〕。

二

倚聲製詞的「聲」是指音譜，即作詞是依據音譜而填寫歌辭的。音譜是用符號和特別方法記錄樂曲的音階和音高，樂工按譜即可演奏樂曲。南宋詞學家張炎在《詞源》下卷論作詞與音譜的關係說：「詞以協音爲先。音者何？譜是也。古人按律製譜，以詞定聲，此正『聲依永，律和聲』之遺意。」這表明作詞必須與音樂協和，「音」即是音譜。每個詞調是一隻樂曲，它是有音譜的。盛唐時期協律郎徐景安《歷代樂儀》卷十《樂章文譜》云：「樂章者，聲詩也，章明其情，而詩言其志。文譜，樂句也，文以形聲，而句以局言。」〔註17〕徐

〔註15〕 「律詞」概念是洛地首次提出的，見其《詞之爲『詞』在其律——關於律詞起源的討論》，《文學評論》，1994 年第 2 期；又見《詞樂曲唱》人民音樂出版社，1995 年，第 232 頁。參見謝桃坊《律詞申議》，《詞學辨》，上海古籍出版社，2007 年，第 3～17 頁。

〔註16〕 謝桃坊：《宋詞的音樂文學性質》，《東南大學學報》，2003 年第 4 期。

〔註17〕 王應麟：《玉海》卷一〇五引。

氏所言「文譜」即音譜,「文」指記音的符號。五代前蜀國花蕊夫人
《宮詞》描述蜀宮音樂:「御製新翻曲子成,六宮才唱未知名。盡將
羯篥來抄譜,先按君王玉笛聲。」這反映了宮女們鈔錄新樂譜的情
形。唐代燕樂記音符號用的是俗樂半字譜(工尺譜)。敦煌文獻(伯
3080)存燕樂分段半字譜二十五首,每首曲譜皆有曲名,依次為:《品
弄》、弄、《傾杯樂》、又慢曲子、又曲子、急曲子、又曲子、又慢曲
子、急曲子、又慢曲子、佚名曲子、《傾杯樂》、又慢曲子、《西江月》、
又慢曲子、慢曲子、《心事子》、又慢曲子、《伊州》、又急曲子、《水
鼓子》、《急胡相向》、《長沙女引》、佚名曲子、《撒金沙》、《營富》、
《伊州》、《水鼓子》等;它們被考知為今存最早的燕樂琵琶譜。其
中的《品弄》(《品令》)、《傾杯樂》、《西江月》皆是詞調。詞人若選
用《西江月》作為詞調,按其音譜而配詞,詞字旁以燕樂半字譜記
音,此是為歌譜或詞譜。樂工與歌妓有了這種詞譜便可合樂歌唱。
現在我們見到的敦煌琵琶譜是未配詞的,而唐宋時期的歌譜今已無
存。《宋史》卷二〇二《藝文志》著錄沈括《三樂譜》一卷,蔡攸《燕
樂》三十四冊,趙佶《黃鐘徵角調》三卷,鄭樵《繫聲樂譜》二十
四卷,無名氏《大樂署》三卷和《歷代歌詞》六卷,它們為宋代樂
譜,均佚。宋初的《韶樂集》、南宋修內司刊行的《樂府渾成集》、
宋季張樞旁綴音譜的《寄閑集》,這些歌譜亦佚於戰火。宋人樂曲用
的譜字見存於朱熹的《琴律說》、陳元靚的《事林廣記》和張炎的《詞
源》,但未成譜。

今存南宋音樂家兼詞人姜夔自度曲十七首,見於其《白石道人
歌曲》。自度曲即詞人自己創作的樂曲而配以歌詞。姜夔的自度曲皆
於詞字之右旁綴有燕樂半字譜,這是完整的宋人歌譜,但非當時廣
泛流行的歌譜。他在《玉梅令》詞序裏說:「石湖家自製此聲,未有
語實之,名予作。」南宋詩人范成大晚年居於蘇州石湖,自號石湖
居士。范成大家製有《玉梅令》樂曲,尚無詞以配,特請姜夔作詞

實譜。姜夔又於《霓裳中序第一》詞序云：「丙午歲留長沙，登祝融，因得其祠神之曲曰《黃帝鹽》、《蘇合香》，又於樂工故書中得商調《霓裳曲》十八闋，皆虛譜無詞……予不暇盡作，作中序一闋傳於世。」他所得到的商調《霓裳曲》僅是音譜，於是選擇了《霓裳中序第一》譜以詞。以上兩詞旁綴有音譜，向被認為姜夔自度曲，但實係他依據他人所度之曲和古曲之音譜而配以詞的。此可見詞人作詞是據音譜而製的。北宋蔡居厚曾談到當時音譜變化的情況，他說：「近時樂家多為新聲，其音譜轉移，類以新奇相勝，故古曲多不存。頃見一教坊老（樂）工言，惟大曲不敢增損，往往猶是唐本。」〔註18〕這反映了北宋以來人們喜好新的流行樂曲，創製之音譜多以新奇而受到欣賞，以致古曲之音譜漸漸失傳。音譜多散佚或失傳，這與時代社會審美觀念的變化有很大的關係。許多音譜因無詞以傳而漸被淘汰，如唐代燕樂曲的總數將近七百曲，而被選用為詞調者僅七十餘曲〔註19〕。宋人新創之樂曲用為詞調者即有七百餘曲。唐五代許多詞調，宋人不用，而北宋新創的一些詞調，至南宋已不用。詞屬於流行歌詞，其所配之樂曲亦是流行樂曲，由於時尚的不斷變化，而流行歌曲也在不斷變化。然而在音樂的變化過程中有許多樂曲——詞調又逐漸成為傳統的精晶而保存下來，這就是唐宋常用的詞調。唐宋詞調的總數為851調，唐五代計115調，常用者90調；宋代計817調，常用499調〔註20〕。這裏的「常用者」是指一調有兩首詞以上的詞調，而宋詞中最常用的詞調如分調類編《草堂詩餘》收有小令46調，中調45調，長調103調，總計194調。唐宋詞最常用之詞調，皆是詞人們倚聲製詞時所據之樂曲。在詞體發展的過程中，某樂曲之作為詞調，這是只有精通音樂的詞人才可能作到的。凡某調之始詞，被稱為創調之作。因有創調之作，於是許多不懂音樂的

〔註18〕 胡仔：《苕溪漁隱叢話》前集卷十六引《蔡寬夫詩話》。
〔註19〕 劉崇德：《燕樂新說》，黃山書社，2003年。
〔註20〕 謝桃坊：《唐宋詞調考實》，《文學遺產》，2012年第1期。

文人便可模擬創調之作的字數、句數、字聲、分段、用韻等規則而填詞，這樣的作品也可付諸歌唱的。所以在宋詞中除柳永、張先、周邦彥、李清照、姜夔、吳文英、周密、張炎等精通音樂的詞人而外，大多數的詞人皆是據創調之作或選取常用調之作品為標準而作詞的。雖然如此，但倚聲製詞畢竟是構成詞體的根本條件。

當我們談到宋人倚聲製詞，或談到宋詞可以付諸歌唱，一般只能以姜夔自度曲旁綴之音譜為證。姜夔自度曲經現代數位音樂家對於音譜的考釋，已譯成今譜可以演唱了，但它多為孤調，並未在社會上廣為流行，故不能代表宋人通用之歌譜。

宋季詞人周密，在《齊東野語》卷十談到南宋宮廷編的歌譜，他記述：「《渾成集》，修內司所刊本，巨帙百餘。古今歌詞之譜，靡不備具。只大曲一類凡數百解，他可知矣，然有譜無詞者居半。」由此可知南宋時由內府將作監下屬機構修內司刊行的《渾成集》匯編了唐以來的歌詞譜，極為完備，其中大曲即有數百曲。《渾成集》或稱《樂府渾成集》，此巨帙在宋以後散佚。所幸的是在明代萬曆三十八年（1610）戲曲家王驥德於《曲律》卷四保存了有關《渾成集》的一點資料：

> 予在都門日，一友人携文淵閣所藏刻本《樂府大全》，又名《樂府渾成》一本見示，蓋宋元時詞譜。止林鐘商一調，中所載詞至二百餘闋，皆生平所未見。以樂律推之，其書尚多，當得數十本。所列凡目，亦世所不傳。所畫譜，絕與今樂家不同。有《卜算子》、《浪淘沙》、《鵲橋仙》、《摸魚兒》、《西江月》等，皆長調，又與詩餘不同。有《嬌木笪》，則元人曲所謂《喬木查》，蓋沿其名而誤其字者也。中有佳句「酒入愁腸，誰信道、都做淚珠兒滴」，又「怎知道、恁地憶，再相逢、瘦了才信得」，皆前人所未道。以是知詞曲之書，原自浩瀚。

王驥德所見之《樂府大全》，又名《樂府渾成》，即周密所記南宋

修內司刊本《渾成集》。他所見的僅是林鐘商之譜一冊，存詞二百餘首，實爲宋人詞譜。其中《卜算子》等四調，本有小令和長調兩類；此爲長調。其中之《嬌木笪》即是唐代教坊曲中之大曲《木笪》。譜中的譜字與明代習用者有異。由此本可見詞譜是按宮調分類編訂的，因此估計全書有數十本之多。此本在林鐘商下再按詞調音樂性質分類，王驥德記下了目錄：

林鐘商目——隋呼歇指調

　　娟聲　品（有大品小品）　歌曲子　唱歌
　　中腔　踏歌　引　三臺　傾杯樂　慢曲子　促
　　拍　令　序　破子　急曲子　木笪　丁聲長行
　　大曲　曲破

他特錄了「小品譜」兩例：

　　正秋氣凄涼鳴幽砌向枕畔偏惱愁心盡夜苦吟
　　戴花殢酒酒泛金尊花枝滿帽笑歌醉拍手戴花殢酒

〔註21〕

此兩段詞譜詞字之右旁皆綴有燕樂半字譜，爲宋人之通用者。由此兩段「小品譜」，可見到宋代歌譜——詞譜的一斑，彌足可貴，證實了宋人確實倚譜製詞的。這種歌譜既有宮調，又有音譜，完全可以付諸樂工與歌妓演唱的。

宋人製詞既然是選用某樂曲而有音譜爲音樂準度的，自然每一詞調皆有音譜。這音譜即規定了樂曲的音高、節奏和旋律，因而每個詞調都有確定的和穩定的旋律。

三

我們如果肯定詞是「音樂的文學」，它是詞人選取某樂曲而倚聲製詞的，在此前提下是不難認識詞調與宮調的關係。中國古代的「宮

〔註21〕　王驥德：《典律》卷四，《中國古典戲典論著集成》（四），中國戲劇出版社，1959 年。

調」是包涵音高、調式和結聲的一個概念，它由音階與律呂相配而成。唐宋燕樂與傳統的音樂的區別主要在於宮調。漢代用六十宮調，隋初鄭譯創燕樂八十四調，這些是屬於理論的推演，與音樂實際脫離的。唐代用二十八調，宋代用十九調：黃鐘宮、仙呂宮、正宮、高宮、南呂宮、中呂宮、道宮、大石調、小石調、般涉調、歇指調、越調、仙呂調、中呂調、正平調、高平調、雙調、黃鐘羽、商調。宋人使用的宮調少於唐人，但樂律的標準音的絕對高度是高於唐代的。唐代燕樂曲是按宮調分類的。《唐會要》卷三十三所錄「天寶十三載七月十日改諸樂名」，匯列了十四調二百二十二曲。十四調為：太簇宮、太簇商、太簇羽、太簇角、林鐘宮、林鐘商、林鐘角調、黃鐘宮、黃鐘商、黃鐘羽、中呂商、南呂商、金風調。它們是雅樂宮調名，又註明燕樂宮調名。每宮調下所列之樂曲實為胡曲，其中的《長壽樂》、《蘇莫遮》、《破陣樂》、《安平樂》、《安公子》、《宋虞》、《太平樂》、《長命西河女》、《三臺》、《大白紵》、《十二時》、《傾杯樂》、《婆羅門》、《思歸》、《大酺樂》、《感皇恩》等均被選用為詞調，它們皆是各有宮調的。唐人《冥音錄》記述中唐時期廬江尉李侃之私生女，夢其亡姨傳授唐宮之樂：「聲調哀怨，幽幽然鴉啼鬼嘯，聞之者莫不歔欷。曲有《迎君樂》（原注：正商調，二十八疊）、《槲林嘆》（分絲調，四十四疊）、《廣陵散》（正商調，二十八疊）、《行路難》（正商調，二十八疊）、《上江虹》（正商調，二十八疊）、《晉城仙》（小石調，二十八疊）、《絲竹賞金歌》（小石調，二十八疊）、《紅窗影》（雙柱調，四十疊）。」〔註22〕其中有些調名和曲名是很怪异的，但每曲均標明宮調。五代詞人孫光憲《北夢瑣言》記述前蜀國黔南節度使王保義之女善琵琶，夢異人傳授三十二調，「其曲名一同人世。有《涼州》、《伊州》、《胡渭州》、《甘州》、《綠腰》、《莫靼》、《傾盆樂》、《安公子》、《水牯子》、《阿濫泛》之屬，凡二百以上曲。

〔註22〕 《太平廣記》卷四八九引。

所異者徵調中有《湘妃怨》、《哭顏回》——常時胡琴不彈徵調也」。
〔註23〕孫光憲所述二百餘曲，它們是隸屬各宮調的，特舉出罕見的
徵調中的兩曲。以上三例可見唐五代樂曲是以宮調分類的。此種分
類方法爲宋代所沿用。

　　《宋史》卷一四二《樂志》記載北宋教坊演奏的樂曲，凡十八
調，四十大曲。此十八調皆爲燕樂宮調：正宮調、中呂宮、道調宮、
南呂宮、仙呂宮、黃鐘宮、越調、大石調、雙調、小石調、歇指調、
林鐘商、中呂調、南呂調、仙呂調、黃鐘羽、般涉調、正平調。各
調下分列曲名，其中《梁州》、《齊天樂》、《萬年歡》、《薄媚》、《大
聖樂》、《石州》、《清平樂》、《泛清波》、《綠腰》、《長壽仙》、《滿宮
春》等大曲，均被詞人選取片段以爲詞調。《樂志》又記載北宋初年
因舊曲造新聲者五十八曲，它們是將唐五代之舊曲加以改製而爲新
樂曲的。其中《傾杯樂》、《三臺》、《朝中措》、《撤破拋球樂》、《醉
花間》、《小重山》、《洞仙歌》、《菩薩蠻》、《瑞鷓鴣》、《拜新月》等
皆是用爲詞調的，它們分屬於各宮調。此外如南宋的《樂府渾成集》
從殘本所收林鐘商之詞譜二百餘曲，亦可證此集詞譜之編排是按宮
調分類的。詞調來源於燕樂曲，它是有宮調歸屬的，因此詞調怎能
與宮調沒有關連呢？

　　今存宋人詞別集中北宋詞人柳永的《樂章集》和張先的《張子
野詞》，其中的詞均是按宮調分類的。柳永計用十六宮調，張先用十
四宮調，兩家相同的十二宮調爲：中呂調、高平調、仙呂調、般涉
調、中呂宮、仙呂宮、正宮、雙調、小石調、歇指調、商調、大石
調。這兩種詞集是詞人自己編訂的，因每詞有了調名和宮調名，樂
工和歌妓是熟悉其音譜的，因而該詞便可以演唱了。詞人註明詞的
詞調和宮調，其集子在當時已是簡易的歌譜，無須再於詞字之旁綴
以燕樂譜字。今傳之周邦彥《片玉集》，乃按詞題內容編排，詞調下

〔註23〕　此爲《北夢瑣言》佚文，存於《太平廣記》卷二〇五。

　　註明宮調，它非詞人手訂者。吳文英《夢窗詞》，結集時間不同，偶於詞調下註明宮調。它們如果由詞人手訂，則亦當按宮調分類的。姜夔《白石道人歌曲》中的自度曲，皆註明宮調，並於詞字旁綴有音譜；因為這些詞是詞人新創的，若僅標明宮調而不注譜字，則樂工與歌妓是無法演唱的。宋詞別集中有的詞人偶然使用生僻的詞調，則於詞調下註明宮調，如王雱的《倦尋芳慢》標明為中呂宮，周密的《玉京秋》標明為雙調，趙以夫的《龍山會》標明為商調，蔣捷的《翠羽吟》標明為越調，而其他常用詞調則概不標注。從宋人詞集以宮調分類和對某些詞調標注宮調的情形來看，詞調與宮調存在密切的關係，即當歌詞付諸演唱時，宮調可以確定該詞調酌音高、調式和結聲，給樂曲以音樂的規範。

　　我們在對詞調與宮調關係的探索中存在兩個頗難解釋的現象：（一）宋人詞作中出現一個詞調有數個宮調，這似可證實詞調並無確定的穩定的旋律；（二）宋詞中96%的作品、71%的詞調是無宮調標記的，這似可證實詞調與宮調是無關連的。

　　關於一詞調存在數個宮調的現象，這不是詞調出現的問題，而是因某樂曲存在幾種不同的音譜，這些音譜的宮調也是不同的。敦煌琵琶曲譜，即有不同宮調不同音譜的《傾杯樂》九譜〔註24〕。柳永《樂章集》內的《傾杯樂》即有歇指調（散水調）、林鐘商、黃鐘羽、大石調之各體，它們的體制是互不相同的。這種情況只能說明《傾杯樂》因有不同宮調不同音譜的樂曲，故詞人倚聲製詞時所作之詞的體制是不同的，但它們各有自己穩定的旋律。此種情況在其他詞調中也存在，例如《蘭陵王》有越調、大石調，《虞美人》有中呂調、中呂宮、黃鐘宮，《西河》有大石調、小石調，《安公子》有中呂調、般涉調，《河傳》有南呂宮、越調、仙呂調，《荔枝香》有歇指調、大石調，《念奴嬌》有道調宮、大石調，《清平樂》有越調、

〔註24〕　劉崇德譯譜，見《燕樂新說》第158～210頁。

黃鐘宮、黃鐘商〔註25〕。這些情形對於不懂音樂的詞人是難以分別清楚的，因此在宋詞發展過程中某些有數個宮調的詞調，經過逐漸淘汰而以某一宮調之音譜作爲穩定的詞調流傳，而且以始詞作爲範本使體制格律固定下來。柳永的《安公子》有中呂調和般涉調兩體，此後詞人選擇了般涉調者之體制爲正體。周邦彥《蘭陵王》爲越調，乃創調之作，此後亦成爲該調體制之範本。在宋人詞調中使用兩種以上宮調的詞調僅七十餘調，這畢竟是少數的現象，它們由於宮調的相異，音譜亦相異，它們是各有自己穩定旋律的，否則便不可能演唱。

　　關於宋詞中絕大部分的作品皆不標注宮調，這在當時是不難理解的，例如晏殊和歐陽修，他們的詞集便不標宮調，因爲他們使用的是流行的詞調。他們不像柳永那樣多用新聲爲詞調，所用之詞調基本上一調僅有一詞或兩三詞，而他們往往一調有許多首詞，例如晏殊《浣溪沙》十三首、《蝶戀花》八首，歐陽修《采桑子》十三首、《漁家傲》十七首、《玉樓春》二十二首。這些詞調皆是樂工與歌妓極熟悉的，舊調新詞，當即可以演唱，並不需要註明宮調。南宋詞人陳郁之子陳世榮記述：度宗爲太子時，「庚申八月，太子請兩殿幸本宮清霽亭賞芙蓉、木犀。韶部頭陳盼兒捧牙板歌『尋尋覓』（李清照《聲聲慢》）一句。上曰：『愁悶之詞，非所宜聽。』顧太子曰：『可令陳藏一（郁）撰一即景快活《聲聲慢》。』先臣再拜承命，五進酒而咸。二進酒，數十人已群謳矣。龍顏大悅，於本宮屬支賜外，特賜百匹。」〔註26〕，次年四月九日太子生日，陳郁又奉旨作《寶鼎兒》（《寶鼎現》），第三年又奉旨作《絳都春》。這三個詞調是當時流行的，陳郁很熟悉，奉旨即席揮毫而成，迅即由宮女歌唱了。陳郁此調之三詞今存，它們不需標注宮調，因是習見的常用詞調。唐五代的詞調，或北宋的詞調，到了南宋後期，有的因音譜失傳而不可

〔註25〕　王灼：《碧雞漫志》卷四、卷五。
〔註26〕　陳世榮：《隨隱漫錄》卷二。

付諸歌妓歌唱，甚至數十年間有的詞調之音譜已佚。張炎《西子妝慢》詞序云：「吳夢窗自製此曲，余喜其聲調妍雅，久欲述之而未能。甲午春寓羅江，與羅景良野遊江上，綠陰芳草，景況離離，因填此解。惜舊譜零落，不能倚聲而歌也。」詞人們作詞為了應歌者之需，所以宜選擇在當時還能歌唱的詞調；如果選擇了當時已不能歌的詞調而依其體制聲韻填寫，這樣的詞僅具文學的性質，喪失了音樂性，自然與宮調——音譜等無關了。在南宋後期詞與音樂的關係漸漸淡化，純文學之詞增多了，倚聲製詞者已少，所以詞人楊纘感嘆說：「自古作詞，能依句者已少，依譜用字者百無一二。詞若歌韻不協，奚取焉。」〔註27〕雖然宋詞的發展過程中存在許多不可歌的純文學作品，但就宋詞的基本情況而言，它仍是音樂的文學，是倚聲而製的，而且有穩定的旋律，也就與宮調有密切的關係。

　　從以上的探討可證實，宋詞之詞調，不僅每個詞調有宮調，也有穩定的旋律，但在具體歌唱時雖根據音譜，但情調又可能有異。吳小如曾於20世紀50年代就此問題請教過中國音樂史家楊蔭瀏，其回答是：「同一詞牌的樂調只能說基本相同，但實質上卻從來沒有絕對相同、分毫不差的……比如《念奴嬌》，蘇軾的『大江東去』和辛棄疾的『野棠花落』，內容既不一樣，情調又各不相同，唱起來自然不能刻板雷同，毫無區別。范仲淹的《漁家傲》和李清照的《漁家傲》，也勢必不能唱成一種風格、一種情調。因此具體的聲腔也必然由於各具特色而有所差異。」〔註28〕據此，每個詞調雖有自己的音譜和旋律，但在具體演唱時，因詞的情調不同而有藝術風格的差異。從宋詞之詞調與宮調關係的探討，使詞的音樂文學性質愈益顯著了。

〔註27〕　張炎：《詞源》下卷附錄，《楊守齋作詞五要》。
〔註28〕　吳小如：《詞學論薈》，《文學評論》，1986年第2期。

論宋詞的藝術特徵

一

　　在中國文學史上，宋詞被譽為時代文學；這意味著它不僅在詞體文學和宋代文學中達到了高度的藝術成就，成為後世難以企及的典範，而且它在中國幾種時代文學之間具有自己獨特的藝術性質，以區別於其他的時代文學。某種文學的獨特的藝術性質，我們可以稱之為藝術特徵。宋詞今存之兩萬首作品，它是一個藝術體系，若分析其內部因素，探討詞人們在創作時將文學性和主體的現實感受是怎樣的融合，並表達到何種程度，以及臻於何種的藝術境界，這是非常困難的；然而這卻又是研究宋詞不應避開的問題。詞學史上曾有詞學家們注意或探討過此問題。宋季詞人吳文英傳授的詞法強調的是雅致、含蓄和柔婉〔註1〕；張炎論詞法主張「近雅」、「命意」、「造語」〔註2〕：這對認識宋詞藝術皆有啟發意義。元人陸文圭嘗試從文字的意義以認識詞體性質，他說：「『詞』與『辭』通，《釋文》云：『意內而言外也。』意生言，言生聲，聲生律，律生詞，故曲生焉。」〔註3〕清代詞學家張惠言發揮「意內言外」之說，固屬迂腐之

〔註1〕　沈義父：《樂府指迷》引，見《詞話叢編》第277頁，中華書局，1986年。

〔註2〕　陸輔之：《詞旨》引，見《詞話叢編》第301頁。

〔註3〕　陸文圭：《玉田詞題辭》，吳則虞校輯《山中白雲詞》第165頁，中

見，缺乏文學體裁的觀念，但他說：「其緣情造端，興於微言，以相感動，極命風謠里巷男女哀樂，以道賢人君子幽約怨悱不能自言之情，低徊要眇以喻其致。」〔註4〕他以感悟的方式探索了詞體創作構思的特點。近世學者王國維認為：「詞之為體，要眇宜修，能言詩之所不能言，而不能盡詩之所能言。詩之境闊，詞之言長。」〔註5〕這亦從感悟的方式對詞體特點有深刻的理解，但未作具體闡述；顯然若要具體闡述會遇到諸多矛盾的問題。現代詞學家們關於宋詞藝術特徵進行了認真的探討，主要有四種意見：一、意境情感之美，字面的美和音律的美；二、除掉在每個曲調的音節態度上去探求，除掉在句法和韻位的整體結合上去探求，是很難把「上不似詩，下不類曲」的界線劃分清楚的；三、抒情與寫景的結合，結構布局的層次，比興寄託的運用，虛實、濃淡、琢煉與自然、寄託的有無等關係的處理，發展了詩的語言；四、詞較詩更適於描寫愛情，章法每多綿密，詞意常有寄託，不適於做政治、社會工具，不常觸及仙界之情事〔註6〕。這些意見皆使問題的探討深入具體了，其中某些意見把握住了宋詞的藝術特質，但某些意見則偏離了文學的因素。

　　詞人在創作時將文學內部因素——語言、字面、句法、修辭、意象、設色、章法、表現技巧、敘述方式、風格等等選擇並集中以表現在現實的獨特感受，這些因素是受詞體形式制約的，必須符合詞體的規範。詞人們正是在這中國古典格律詩體和新體音樂文學形式的規範裏表現出個人的文學特質的。我們若考察某位詞人的藝術特徵，顯然

　　　　華書局，1983 年。
〔註4〕　張惠言：《詞選序》，見《詞話叢編》第 1617 頁。
〔註5〕　王國維：《人間詞話刪稿》，見施議對《人間詞話譯註》第 124～125頁，廣西教育出版社，1990 年。
〔註6〕　參見胡雲翼：《詞的意義及其特質》，《胡雲翼選詞》第 219～220 頁，華東師範大學出版社，2004 年；龍榆生《談談詞的藝術特徵》，《龍榆生詞學論文集》第 58 頁，上海古籍出版社，1992 年；萬雲駿《詞話論詞的藝術性》，《學術月刊》，1962 年 2 期；劉若愚《詞的若干文學特質》，《古典文學知識》，1988 年 4 期。

是較容易把握的；當我們將宋詞作品視爲一個整體而認識其共同藝術特徵時，很難處理整體與個體、傳統與變異、正宗與別凋等對立與差異的關係。我們只有從詞體文學的體性及其發展規律以抓住宋詞發展過程的主流，而捨棄許多非本質的現象與偶然的因素；這樣，可以集中考察那些最具文學個性的、富於藝術創新的著名詞人的作品，去發現它們新的藝術特點。在綜合名家名篇的藝術成就時，我們便可見到某些共同的基本的特徵，它們是經久的、穩定的和深刻的，並在中國文學史上是具有新的特色的，在宋詞發展過程中起著支配的作用。由於它們的存在，宋詞作爲時代文學的特徵才能顯露出來。

二

　　意象是中國古代哲學的概念，三國時王弼在《周易略例・明象》裏提出「立象以盡意」的命題，南朝劉勰在《文心雕龍・神思》論述了「意象」於構思過程的作用。意象是文學藝術的基本要素，它包含客觀的物象與主觀的心意，是主體感知事物而得的直接的經驗，是感性的形象。意象的形成體現了主體巧妙地組合意與象，展示了奇異的想像和藝術化的構思。它可能是不合常理的邏輯，但卻具有特殊的藝術魅力。宋詞在意象方面是有獨創性的，它與詞法中的句法和字面有密切的關係，凡是很好的句法和字面其中有特殊而優美的意象。清人王士禎在《花草蒙拾》裏特舉晏殊的名句「無可奈何花落去，似曾相識燕歸來」（《浣溪沙》）爲例以說明詩詞的分界，以爲它雖然華美且是律句，但「定非香奩詩」。這兩句實爲兩個意象。「花落」與「燕歸」是客觀的物象，「無可奈何」與「似曾相識」乃主體之意，於是客觀物象便著附主體情感色彩而成爲意中之象了。這兩個意象構思纖巧，表達的情感極爲含蓄細緻並富於象徵的意義，寄託了詞人對亡妻的思念與幻覺。在此前的詩歌裏是未出現過如此婉美而纖巧的意象，故雖爲律句，卻不是詩的風格。

　　從字面而言，宋詞有很多富於創新的簡單的意象。柳永的「三秋

桂子，十里荷花」是《望海潮》中的名句。南宋羅大經說：「此詞流播，金主亮聞歌欣然，有慕於『三秋桂子，十里荷花』，遂起投鞭渡江之意。」（《鶴林玉露》卷一）此屬傳聞，但可說明柳詞的兩個意象表現西湖美景典型而優美，以致流傳很廣。葉夢得說：「蘇子瞻於四學士中，最善少游，故他文未嘗不極口稱善，豈特樂府。然以氣格爲病，故嘗戲云：『山抹微雲秦學士，露花倒影柳屯田』。」（《避暑錄話》卷下）「山抹微雲」是秦觀《滿庭芳》的意象，「露花倒影」是柳永《破陣子》的意象。它們都是新創的，與詩比較氣格過於纖弱，所以蘇軾藉以諷刺秦觀。此外宋詞中的「艷杏燒林，湘野綉野」（柳永《木蘭花慢》），「綠肥紅瘦」（李清照《如夢令》），「破暖輕風，弄晴微雨」（秦觀《水龍吟》），「鵝黃嫩綠」（姜夔《淡黃柳》），「柳昏花暝」（史達祖《雙雙燕》），「蒨霞艷錦」（吳文英《遶佛閣》），「雲映山輝，柳分溪影」（張炎《法曲獻仙音》）；這些意與象的簡單組合構成字面的工巧華麗。

宋詞中還有很多意象是採用某種修辭手段構成的，發展了古代的「比興」手法，使句意趨於含蓄，體現出高妙的藝術水平。李清照《醉花陰》的名句「人比黃花瘦」，表現女性相思憔悴之態。秦觀《浣溪沙》的「自在飛花輕似夢，無邊絲雨細如愁」是表現閨中春愁的奇語。周邦彥《玉樓春》的「人如風後入江雲，情似雨餘沾地絮」，表達愛情失落的情緒，含蘊著深沉的人生感悟。它們都是採用比喻的修辭手段。宋人晁以道讀到蘇軾咏梅的《西江月》「素面翻嫌粉涴，洗妝不褪唇紅」，「便知此老須過海」，因爲以如此意象比喻梅花兼懷朝雲，實爲「古今人不曾道此，須罰教遠去」〔註 7〕。這是採用隱喻的手段創造的新意象。晏幾道的「當時明月在，曾照彩雲歸」（《臨江仙》），以彩雲喻所喜愛之歌妓；蘇軾的「一朵芙蓉，開過尚盈盈」（《江城子·湖上與張先同賦》），以「芙蓉」喻湖上所見的婦人；賀鑄的「紅衣脫盡芳心苦」（《踏莎行》），以「紅衣」喻荷

〔註 7〕 郭紹虞：《宋詩話輯佚》第 80 頁，中華書局，1980 年。

花；辛棄疾的「簾底纖纖月」（《念奴嬌‧書東流村壁》），以「纖纖月」喻女子的小腳；姜夔的「相思血都沁綠筠枝」（《小重山令》），以「相思血」喻紅梅：這些都是隱喻的，構思更藝術化了。太平州（安徽當涂）有磯名新婦，池水（安徽貴池）有浦名女兒，黃庭堅《浣溪沙》有「新婦磯頭眉黛愁，女兒浦口眼波秋」，以表現漁父的江湖之趣。「子瞻聞而戲曰：『才出新婦磯，便入女兒浦，志和得無一浪子漁父耶？』人皆傳以爲笑。」（葉夢得《岩下放言》卷上）這是詞人採用擬人的手段創造的新意象，故傳爲詞壇佳活。類似的尚有蘇軾的「細看來不是楊花，點點是離人淚」（《水龍吟》），以「離人淚」擬楊花；周邦彥的「夜來風雨，葬楚宮傾國」（《六醜》），以楚國宮女擬薔薇；李清照的「記取樓前流水，應憐我終日凝眸」（《鳳凰臺上憶吹簫》），將「流水」人格化；姜夔的「千萬縷藏鴉細柳，爲玉尊起舞回雪」（《琵琶仙》），將柳條擬爲舞女。宋詞中某些意象是具象徵意義的，寄託著主體的某種思想情感。秦觀晚年貶謫處州（浙江麗水）作的《千秋歲》結句是「春去也，飛紅萬點愁如海」，以奇麗的意象象徵人生的絕望。黃庭堅的和詞有「波濤萬頃珠沉海」，以象徵友人的死亡：辛棄疾的「斜陽正在煙柳腸斷處」（《摸魚兒》），以春歸意象寄託政治感慨。吳文英的「夜深怨蝶飛狂」（《惜黃花慢》），以「怨蝶」爲主體精神的外化，表達悲憤的心情。這些意象是較爲複雜的，意與象較爲具體而蘊藉了。

北宋詞壇有一則流傳甚廣的佳話：「張子野郎中，以樂章擅名一時，宋子京尚書奇其才，先往見之。遣將命者，謂曰：『尚書欲見雲破月來花弄影郎中乎？』子野屛後呼曰：『得非紅杏枝頭春意鬧尚書邪？』遂出，置酒甚歡。」（《苕溪漁隱叢話》前集卷三八）「雲破月來花弄影」是張先《天仙子》名句；「紅杏枝頭春意鬧」是宋祁《玉樓春》名句。它們由多個物象以意組合爲一個複雜的意象。王國維說：「『紅杏枝頭春意鬧』，著一『鬧』字，而境界全出。『雲破月來花弄影』，著一『弄』字，而境界全出矣。」（《人間詞話》）因此兩

字是動詞，而且是俗語，遂使意象新鮮而生動了。秦觀的「微波渾不動，冷浸一天星」（《臨江仙》），表現瀟湘幽靜夜色中產生的奇妙聯想，所以宋人讚嘆說：「詞語超妙，非少游不能作。」（吳坰《五總志》）類似的複雜意象例如：「春風不解禁楊花，濛濛亂撲行人面」（晏殊《踏莎行》），「夜深風竹敲秋韻，萬葉千聲皆是恨」（歐陽修《玉樓春》），「剩水殘山無態度，被疏梅料理成風月」（辛棄疾《賀新郎》），「二十四橋仍在，波心蕩冷月無聲」（姜夔《揚州慢》），「飛紅若到西湖底，攪翠瀾總是愁魚」（吳文英《高陽臺》），「東風且伴薔薇住，到薔薇春已堪憐」（張炎《高陽臺》）。詞的長短句形式可以自由地創造意象，使它精細而豐滿，往往達到情景交融的境界，突破了詩體的局限。王灼評李清照詞說：「作長短句能曲折盡人意，輕巧尖新，姿態百出。」（《碧雞漫志》卷二）「輕巧尖新」是指漱玉詞的用語，更確切地說是指其詞的意象。輕巧即纖細工巧，尖新即特出、新穎而富於創意：這應是宋詞意象的特點。

三

關於怎樣作慢詞，張炎說：「作慢詞看是甚題目，先擇曲名，然後命意；命意既了，思頭如何起，尾如何結，方始造韻，而後述曲。最是過片不要斷了曲意，須要承上接下。」（《詞源》卷下）沈義父關於詞的作法說：「作大詞先須立間架，將事與意分定了。第一要起得好，中間只鋪敍，過處要清新：最緊是末句，須是有一好出場方妙。小詞只要有些新意，不可太高遠，卻易得古人句，同一要煉句。」（《樂府指迷》）他們皆總結了作詞的章法的經驗。現代詞學家唐圭璋在《論詞的作法》裏專門講述了章法，發揮了張炎的意見〔註8〕。吳世昌在《論詞的讀法》裏關於章法說：「小令太短，章法也簡單，可是慢詞卻不同了。不論寫景、抒情、敍事、議論，第一流的作品都有謹嚴的章法。這些章法有的平鋪直敍，次序分明的。這是比較

〔註8〕 唐圭璋：《詞學論叢》第 825～861 頁，上海古籍出版社，1986 年。

容易看出來的。有的卻迴環曲折，前後錯綜。」〔註 9〕章法是文學結構的方法。結構是文學作品複雜的組織或構造，將作品各部分的材料按某種方式組合爲一個整體。雖然作品的藝術結構是不可分割的，但可從其組成的因素與方式進行分析。綜觀宋詞結構可分爲點型、線型和面型三種基本型式。點型結構是作品表現主體在具體的時間與空間的瞬息的感受，所描寫的情、景或事，均似凝聚於一個焦點。詩裏的絕句和詞裏的小令大都爲點型的藝術結構。晏殊的《踏莎行》（小徑紅稀），表現「一場愁夢酒醒時」的片時的閒適幽靜之感。歐陽修的《玉樓春》（別後不知君遠近），以代言方式抒寫貴婦於秋夜「夢又不成燈又燼」的離愁。秦觀的《浣溪沙》（漠漠輕寒上小樓），表現深鎖閨中的女子於清曉的愁緒，渴望著像飛花一樣的自由。姜夔的《杏花天影》（綠絲低拂鴛鴦浦），抒寫於金陵舟行之際忽生懷舊的苦澀之情。吳文英的《浣溪沙》（門隔花深夢舊遊）描寫黃昏的深院裏與戀人忽然相聚的美好而哀傷的印象。這些詞是主體在現實生活中一點最深最美的感受，具有濃郁而凝煉的詩意，體現了作者敏銳的藝術感覺。線型結構一般在古體詩和歌行體詩裏常見，以敘事爲主，平鋪直敘，用賦的手法；所敘之事有頭有尾，層次清楚，存在事理的線索，結構較爲單一。柳永詞即以平鋪直敘見長，例如其《木蘭花慢》（拆桐花爛熳）描敘京都市民到郊外踏青的過程；《迷仙引》（才過笄年）以代言體表述一位歌妓的身世與從良的願望：它們有頭有尾，易於爲民眾接受。晏殊的《山亭柳‧贈歌者》描述一位歌妓的伎藝和在民間賣藝的感受，敘事的層次很清楚。周邦彥的《風流子》（新綠小池塘）表述對鄰居一位彈琴的婦女的愛慕與思戀，想像她待月西廂，欲前去與之相會。面型結構主要在五言律詩和七言律詩裏常見，對時間與空間的跨度很大，場景隨之轉換，表現的生活面較爲廣闊，各部分之間的關係不是十分緊密的。

〔註 9〕 吳世昌：《羅音室學術論著》第二卷《詞學論叢》第 52 頁，中國文
　　　　聯出版公司，1991 年。

宋詞中這種結構的作品較少，最典型的是辛棄疾的《賀新郎·賦琵琶》，如近代梁啓超評論云：「琵琶故事，網羅臚列，亂雜無章，恰如一團野草，惟其大氣足以包之，故不覺粗率。」〔註10〕辛棄疾的《賀新郎·別茂嘉十二弟》使用古代王昭君、李陵、荊軻的離別恨事，隨意組合。周邦彥的《西河·金陵懷古》檃栝唐代詩人劉禹錫《石頭城》、《烏衣巷》二詩而成，描繪了金陵的幾個畫面。吳文英的《風入松》（聽風聽雨過清明）全詞六韻，每韻一個情景，結構鬆散錯亂。宋詞中懷古與咏物之作大都採用此種結構。以上點型、線型和面型三種結構皆見於古代詩作，它們尙不能眞正體現宋詞的藝術個性。

宋季詞學家所說的「大詞」，即明代詞學家稱的「長調」，是指九十一字以上的作品。長調最早見於敦煌曲子詞，宋代始大量出現，成爲宋詞的主要樣式。宋詞中長調的數量是：北宋時期用 193 調，爲後世循用者 92 調，詞作 574 首；兩宋之交用 129 調，始用者 64 調，詞作 634 首；南宋時期用 195 調，始用者 75 調。詞作 3301 首；宋元之際用 143 調，始用者 12 調，詞作 1029 首〔註11〕。宋代是長調最繁盛的時期，建立了藝術範式，最能體現宋詞的特色。它與小令和中調比較，因篇幅增大，新的詞調不斷涌現，表現方法趨於複雜。長調的創作由於虛字的使用、情節的穿插和長句的出現，使詞體的藝術表現力大大增強，亦使它區別於詩體和唐五代的小詞，其結構產生了新的變化。

宋詞藝術結構的獨創表現爲複雜性，它不是簡單的點型、線型或面型，而是多種型式和多種表現手段的綜合。這可概括爲兩種新的結構即點線結合的和網狀的型式。長調中將情、景、事融爲一起，按照詞意發展順序而進行抒寫，意脈的線索清楚，所表現的是主體在特定時間與空間的感受，以鈎勒的方法使時空關係較爲明顯；這

〔註10〕　引自梁令嫻《藝蘅館詞選》丙卷，廣東人民出版社，1981 年。
〔註11〕　洛地：《「律詞」之唱，「歌永言」的演化》，《浙江藝術職業學院學報》，2005 年 2 期。

是以點為核心的線型結構。柳永的《雨霖鈴》寫深秋長亭的離別情景，從環境、場面、離愁情緒均作線型的描述，達到情景的交融。秦觀的《滿庭芳》（山抹微雲）是於郊外即將舟行時與戀人分別的情景，寫景、敘事和抒情的有序組合，插入優美的情節，離情感人而線索清楚，故廣為人們傳唱。李清照的《念奴嬌》（蕭條庭院）寫臨近寒食的一個早晨在閨中的疏懶情緒，表現晨起的慵倦與春遊的猶豫心理，意脈貫串而有層次。周邦彥的《大酺》寫春雨中旅行之愁，體物精細，長於鋪敘，章法謹嚴，以「行人歸意速」為鈎勒，全詞的主旨便突出了。此外如辛棄疾的《念奴嬌‧書東流村壁》，姜夔的《揚州慢》和劉克莊的《賀新郎‧席上聞歌》亦是此種結構。這樣解決了抒情的集中性與長調容量較大的矛盾，既使全篇主旨突出、線索可尋，而又將某種思想情緒鋪敘展衍地表達。由此突破了詩體的局限，使詞體較易為當時的民眾接受與欣賞。宋詞中最複雜的結構是網狀的，它在寫景、抒情、敘事、時間、空間、場景等關係的處理出現交互、錯綜、反復、迴環的現象，詞意的表現是曲折含蘊的。柳永的《浪淘沙慢》（夢覺透窗風一線）第一段寫現實情景，極力描寫夜半夢醒的孤寂感；第二段追憶往昔的情景，與現實的憂感形成強烈的對比，突出留戀之情；第三段寄意抒懷，表達相思之意。此同時空關係富於變化，但詞意很有層次。辛棄疾的《摸魚兒》（更能消幾番風雨）承襲《離騷》的表現藝術，以香草美人寄託政治感受，詞意反復曲折而又晦澀。匆匆春歸，暗寓南宋中興事業很快消散。朝臣之失寵與宮嬪之失寵頗有相似之處，他們寵倖一時，結果如趙飛燕與楊玉環一樣以悲劇結局。詞寫盡失寵者之心態，以春歸為象徵表現反復纏綿之意。吳文英的《鶯啼序‧春晚感懷》是悼念西湖戀人之作，從西湖的現實景物追溯十載前的一段艷遇，重尋舊踪又泛起最後一次的悲傷離別，再於現實中抒發懷念與哀思。詞的今昔時間跨度很大，空間亦幾經轉換，思緒反復曲折。此外如周邦彥的《瑞龍吟》（章臺路）、姜夔的《探春慢》（衰草愁煙）、蔣捷的

《賀新郎》(夢冷黃金屋)、劉辰翁的《蘭陵王‧丙子送春》、張炎的《長亭怨慢‧舊居有感》等皆是複雜的網狀結構。此種作品的藝術性很高，體現的構思非常巧妙，充分發揮了詞體長調的靈活自由與表現力豐富的特點。長調的點線結合的和網狀的結構，使宋詞結構特具一種複雜性，呈現精巧綿密的特點，以之區別於其他諸種韻文體式。

四

　　詞屬於中國古典格律詩體之一，它與音樂的關係特別密切，屬於中國新體音樂文學樣式。它作為古典格律詩體，必然因藝術性的不斷增強而逐漸趨於典雅；它作為音樂文學則因付諸歌唱必須為廣大受眾接受而具有通俗的性質。典雅與通俗是一對美學範疇，它們是主體創作時兩種不同的審美傾向的選擇。詞人面對詞體的文學性與音樂性時，往往處於兩難的境地；詞體發展過程中亦因此處於矛盾的狀態。宋詞的發展始終處於雅與俗的對立與矛盾中。我們探討宋詞的藝術特徵，應怎樣看待這兩種審美傾向呢，即哪一種傾向更能體現宋詞的藝術特徵呢？詞體文學最早的作品──敦煌曲子詞是通俗而樸質的，其中有許多作品使用民間口語，是當時流行的通俗歌辭。唐末五代的詞集《花間集》已出現纖細的感受和雅致的情趣，但大半作品較為通俗，可以稱為「白話詞」的。北宋初年柳永的作品明顯的分為俗詞與雅詞兩類，其俗詞是留連坊曲時的應歌之作，流傳極廣；雅詞大都是入仕後之作，但它們與後來的雅詞比較仍有區別。李之儀論及北宋詞說：

> 至柳耆卿始鋪敘展衍，備足無餘，形容盛明，千載如逢當日，較之《花間》所集，韻終不勝。由是知其為難也。張子野獨矯拂而振起之，雖刻意追逐，要是才不足而情有餘。良可佳者晏元獻、歐陽文忠、宋景文，則以其餘力遊戲，而風流閒雅，超出意表，又非其類也。(《跋吳師道小詞》，

《姑溪居士文集》卷四十）

這見到了從柳永的俗詞到晏殊、歐陽修和宋祁詞的變化。晏殊等的詞也屬於「白話詞」，但意象、情感、趣味已是士大夫的「風流閑雅」，而非柳詞所表現的市民的情趣了。宋詞的重大變化是蘇軾對詞體的改革，以詩爲詞，擴展題材的社會因素，使用事典，引導詞體向純文學的方向發展。這樣詞體具有詩體的性能，而詞意詩化之後很適合士大夫文人抒情言志的雅趣了。自此以柳永爲代表的俗詞受到詞壇的抵制與批評，但它又在民間盛傳不衰。南宋以來無論婉約詞人和豪放詞人都主張復雅，詞體繼續向純文學的方向推進〔註12〕。豪放詞人大量使用事典、古語成句，以文爲詞，以議論爲詞，表現爲淵博儒雅的傾向，例如辛棄疾的《賀新郎·同甫又和再用前韻》、《永遇樂·京口北固亭懷古》、《哨遍·秋水軒》，陳亮《念奴嬌·登多景樓》，陸游《大聖樂》。詞學家爲這些詞作注釋已經較困難，例如劉克莊《賀新郎·蒙恩主崇禧再用前韻》中所用事典即有「茅君洞」、「黃符」、「賀監」、「天隨」、「邯鄲夢」、「鳳兮鳳」、「灌園」、「織屨」、「陳仲」、「灃泉」、「太乙」、「捷徑」、「藏用」、「徂徠」。作者逞才炫博，堆垛典故，意義艱深；讀者難以解讀，更不可付諸歌喉。婉約詞人一般主張融化事典，雕琢詞語，詞意騷雅而晦澀，例如姜夔《翠樓吟》的「月冷龍沙，塵清虎落，今年漢酺初賜」，《石湖仙》的「松江煙浦，是千古三高，遊衍佳處，須信石湖仙，似鴟夷翩然引去」；吳文英《瑣窗寒》的「紺縷堆雲，清頲潤玉，汜人初見，蠻腥未洗，海客一懷淒婉」，《解連環》的「弄微照素懷，暗呈纖白，夢遠雙成，鳳笙杳、玉繩西落」：這些都是頗費解的。此外如史達祖的《綺羅香，咏春雨》，周密的《獻仙音·吊雪香亭梅》，王沂孫的《天香·龍涎香》，張炎的《高陽臺·西湖春感》等也是很典雅的，詞意皆深隱晦澀。

詞在宋代是雅俗共賞的文藝形式，民間的瓦舍、歌樓、酒肆、街頭巷尾的小唱藝人們所演唱的仍然是通俗的歌詞。張炎在《詞源》裏

〔註12〕 謝桃坊：《南宋雅詞辨原》，《文學遺產》，2000 年 2 期。

談節序詞說：「昔人咏節序，不惟不多，付之歌喉者類皆率俗，不過爲應時納祜之聲耳。所謂清明『拆桐花爛熳』，端午『梅霖初歇』，七夕『炎光謝』，若律以詞家調度，則皆未然。」他指的咏節序的俗詞是柳永的《木蘭花・清明》、《二郎神・七夕》和吳禮之的《喜遷鶯・端午》。他又舉了咏節序的雅詞如周邦彥《解語花・元夕》、史達祖《東風第一枝・立春》、李清照《永遇樂・元宵》，但嘆息說：「如此等妙詞頗多，又且見時序風物之盛，人家宴樂之同；則絕無歌者。」南宋時經過許多詞學家和詞人提倡復雅，典雅的追求已是主要的傾向。然而這與詞的音樂文學性質相違，促使詞體與音樂關係的弱化並加速了詞體的衰微。如果不是由於南宋王朝的滅亡，詞體的衰微亦是必然的命運。俗詞與雅詞是宋詞發展的兩個極端，它們皆不能恰當地體現詞的體性。宋詞中只有那些兼顧文學性與音樂性的、爲雅俗共賞的、在社會上廣爲流傳的作品，它們才能代表宋詞的藝術特色。這樣的作品例如柳永的《雨霖鈴》（寒蟬悽切）、《八聲甘州》（對瀟瀟暮雨灑江天）、晏殊的《玉樓春・春恨》、張先的《青門引・春思》、歐陽修的《踏莎行》（侯館梅殘）、《玉樓春》（尊前擬把相思說）、王安石的《桂枝香》（登臨送目）、晏幾道的《臨江仙》（別後樓臺高鎖）、魏夫人的《定風波》（不是無心惜落花）、蘇軾的《水龍吟・和章質夫楊花詞》、《江城子・乙卯正月二十日夜記夢》、《蝶戀花》（花褪殘紅青杏小）、秦觀《滿庭芳》（山抹微雲）、《鵲橋仙》（纖雲弄巧）、僧仲殊《南歌子》（十里青山遠）、《柳梢青・吳中》、周邦彥《浪淘沙慢》（晝陰重）、《蘭陵王・柳》、葉夢得《賀新郎》（睡起流鶯語）、李清照《一剪梅》（紅藕香殘玉簟秋）、《聲聲慢》（尋尋覓覓）、辛棄疾《祝英臺近・晚春》、《滿江紅》（家住江南）、《念奴嬌・書東流村壁》、劉過《賀新郎》（老去相如倦）、張炎《南浦・春水》等名篇。

　　宋季詞學家張炎於晚年向門人傳授詞法時，深感「夫詞亦難言矣」，其奧旨是：「正取近雅，而又不遠俗。」（《詞旨》卷上）這要求創作時直接表現典雅的審美興趣，但又必須較爲通俗，故主體構思時

應遵從雅而近俗的審美原則。唐詩雖有通俗的，其主旨是雅致的；元人散曲雖有雅致的，其主旨是粗俗的。宋詞無詩之雅，亦不類曲之俗，故有自己獨特的個性。凡是眞正的藝術作品必須是典雅而又通俗的，它將高尚的優雅的思想情趣以較爲通俗的方式表現出來，讓廣大民眾可以接受和欣賞。宋詞眾多的傳世名篇正是這樣的作品。

五

在敦煌曲子詞裏本有關於邊塞、戰爭、民族、功業等重大社會題材的風格樸質剛健的作品，但它們隨著敦煌文化的隱沒而從詞體文學傳統中消失了。宋詞是沿襲《花間集》的艷麗柔婉風格，而且以爲這是詞的體性。從北宋中期蘇軾開創新詞風以來，宋詞明顯地存在兩大類型風格。柳永的《雨霖鈴》抒寫纏綿悱惻的離情別緒，蘇軾的《念奴嬌‧赤壁懷古》表達對歷史上英雄人物的仰慕和對建功立業的向往；二者的風格是完全不同的。北宋後期周邦彥的《瑞龍吟》描敘重到京都的淡淡的惆悵，詞意婉曲含蘊；賀鑄的《六州歌頭》則表現遊俠飛揚跋扈的粗獷豪情。南宋初年李清照的《聲聲慢》表達離亂後的愁苦，構思纖巧，詞語尖新；張元幹的《賀新郎‧送胡邦衡待制赴新州》以激烈慷慨的詞語表達悲憤不平的心情和對現實的批判。宋季張炎的《高陽臺‧西湖春感》以清空雅致的筆調抒寫黍離之悲與桑梓之感；文天祥的《酹江月‧驛中言別友人》以氣衝斗牛之慨表現愛國志士義無反顧的激烈情懷。我們從宋詞的發展可見，這兩種迥異的風格確實是存在的，它們是豪放與婉約。

從詞體文學的發展來看，蘇軾的改革是必要的，其豪放作品的藝術成就建立了一種範式。然而從詞的音樂文學性質來看，則這種改革屬於變體，破壞著詞的體性，所以蘇門六君子的陳師道說：「退之以文爲詩，子瞻以詩爲詞，如教坊雷大使之舞，雖極天下之工，要非本色。」（《後山詩話》）南宋以來，豪放詞在特殊的歷史條件下得到發揚，中興詞人以悲壯激烈的情感高唱愛國主義的強音，其意

義是不容否定的，但詞人王炎說：「夫古律詩且不以豪壯語爲貴，長短句命名曰曲，取其曲盡人情，惟婉轉嫵媚爲善，豪壯語何貴焉？」（《雙溪詩餘自序》）詞學家張炎將豪放詞稱爲「豪氣詞」，他說：「辛稼軒、劉改之作豪氣詞，非雅詞也，於文章餘暇戲弄筆墨，爲長短句之詩耳。」（《詞源》卷下）宋代大多數本色當行的詞人是以婉約爲正宗的。吳文英傳授的詞法是：「音律欲其協」、……下字欲其雅」、「用字不可太露」、「發意不可太高」（《樂府指迷》）。張炎傳授的詞法是：「周清眞之典麗，姜白石之騷雅，史梅溪之句法，吳夢窗之字面。」（《詞旨》卷上）這兩家克服了個人的審美偏見，總結了婉約詞人們的創作經驗。從宋詞的文學現象和理論批評，可見豪放與婉約兩類風格的存在，而且宋詞發展過程中婉約詞是居於主導地位的。因此明代詞學家張綖在《詞餘圖譜・凡例》後附的按語云：

> 按詞體大略有二：一體婉約，一體豪放。婉約者欲其詞情蘊藉，豪放者欲其氣象恢宏。蓋亦存乎其人，如秦少游之作，多是婉約；蘇子瞻之作，多是豪放。大抵詞體以婉約爲正，故東坡稱少游今之詞手，後山評東坡詞雖極天下之工，要非本色。

張綖表述了四點意見：詞分爲婉約與豪放兩體，體即風格的含義；二、婉約指「詞情蘊藉」，相對的豪放則語意直露，豪放指「氣象恢宏」，相對的婉約則境界狹小；三、此兩種風格在某些詞人作品中同時存在，但以一種爲主；四、婉約爲詞的正體。張綖的概括是合理的，所以此論一出即爲詞學界所認同。在中國諸種韻文體裁中，只有宋詞才出現婉約與豪放兩種風格。詞本是宋代盛行的配合流行音樂的通俗歌詞，基本上屬於艷科。在遣興娛賓、析酲解憒時，小唱藝人歌唱的是文學的永恒主題——愛情，其文學風格是婉約優美而感人的。這決定了詞的體性，也決定了婉約詞在詞史上的正宗地位。因此，宋詞雖存在兩大類型風格，卻以婉約最能體現宋詞的藝術特徵。

　　時代文學的藝術特徵是由這個時代最優秀的最富創新意義的作家們在作品中體現的。他們的個性雖然不同，但他們作為一個整體則又顯示出與其他時代和其他體裁相區別的某些特色。藝術特徵是由文學內部因素構成的，主體在創作構思時自覺或不自覺地考慮到體性的規範，意象的創造，組織結構方式，審美趣味的選擇和藝術風格的表現。宋詞為中國時代文學之一，它以輕巧尖新的意象，複雜而綿密的結構，近雅而不遠俗的審美取向和婉約為主的風格，表現出自己的藝術特徵。關於時代文學特徵的認識，並不等於思想和藝術的價值判斷，它們是不同文學層面的。然而我們卻可在優秀作家作品中見到某種基本特徵的支配，而所表現的某些特徵愈突出愈穩固，則其藝術生命會愈益旺盛的。

宋詞流派及風格問題商兌

　　自二十世紀之初新文化運動以來，詞學界嘗試以新文學的觀點重新分析宋詞流派，但因宋詞與宋詩比較而有其特殊性，以致盡管發表了六十餘篇專題的論文〔註1〕，而這一問題並未獲得較爲滿意的解決。宋詞發展過程中是否存在流派，將宋詞劃分爲豪放與婉約兩派是否恰當，其他關於宋詞風格流派的種種劃分是否有一定的合理性，我們應當怎樣從歷史的理論的視角來看待這些問題？在本世紀將終之時，非常有必要對它作一個清理與回顧。

一

　　文學流派概念在宋代詩人中已形成了一種自覺的意識，使宋詩在發展過程中流派紛呈，此起彼伏，爭奇鬥勝，不斷實現藝術創新。這是宋代詩人面對他們之前的唐詩所取得的輝煌成就，而不得不如此選擇。他們只能在求奇求新中以形成自己獨特的藝術風貌，否則便會導致自身特色的喪失。所以在宋詩發展過程中曾出現過西崑派、革新派、江西派、四靈派和江湖派。當然，關於宋詩派別也曾有更細緻的劃分，也有某些爭議，但關於幾個主要詩派的存在則爲

〔註1〕　見林玫儀主編：《詞學論著總目》第一冊第68～74頁，臺灣中央研究院中國文哲研究所，1995年出版。

不爭的事實；而且宋詩的文學流派具有很典型的特徵，故能經受現代文藝理論的檢驗。宋詞的情形異於宋詩，我們絕不能就風格流派而將這兩種同時異體的文學作簡單的比附。如果我們擯棄傳統的詞學觀念去考察宋詞，將不難見到宋代詞人並無流派意識，宋詞發展過程中也未出現一個真正的流派。這與詞爲艷科的體性和詞體特定發展階段有著密切的關係。

唐代中期以來，配合新燕樂的長短句體歌詞開始流行。此種新體文學樣式乃是用於綺筵宴樂之間供歌妓演唱的。五代後蜀詞人歐陽炯在《〈花間集〉序》裏最初以華麗的文學語言表明詞爲艷科的性質，形成傳統詞體觀念的基礎。詞體在宋代以小唱的方式而爲市民群眾所喜愛，上層社會成員也習慣於在花間尊前淺斟低唱，遣興娛賓，以滿足審美的需要和感官的愉悅。無論在瓦舍酒樓或官府豪門，小唱都可起到消遣娛樂的作用。小唱的聽眾基本上是男性，於是嬌美的歌妓、香艷的題材內容、通俗的演唱，在當時便最能滿足男性的審美需要。因此，詞人的創作與歌妓的演唱都圍遶著文學藝術的永恒主題——愛情。今存宋人詞話如《時賢本事曲子集》、《古今詞話》和《能改齋漫錄》、《苕溪漁隱叢話》、《詩人玉屑》等，它們記載的本事大都是關於詞人與歌妓的戀情，證實了詞之爲艷科乃是宋人牢固的觀念。由於詞的體性和創作對象的特殊，遂使此種文學樣式見斥於正統文學而被目爲「小道」或「小技」。文人偶爾染指於詞體僅因娛樂消遣、聊抒綺懷而已。詞人作詞是遵循「詞家體例」的，即使到了南宋末年，詞爲艷科的傳統仍然保存著。張炎說：「簸風弄月，陶寫性情，詞婉於詩。蓋聲出鶯吭燕舌間，稍近乎情可也。」（《詞源》卷下）沈義父說：「作詞與詩不同，縱是花卉之類，亦須略用情意，或要入閨房之意，然多流淫艷之語，當自斟酌。如只直咏花卉而不著些艷語，又不似詞家體例，所以爲難。又有直爲情賦曲者，尤宜宛轉回互可也。」（《樂府指迷》）「詞家體例」即是詞人們應謹遵的詞的體性規範。所以他們沒有必要去樹立宗派的旗幟，

結爲同盟，掀起某種新文學思潮，倡導某種新穎的風格，企盼重大的社會效應。宋代詞人所面臨的長短句形式的歌詞，它雖經唐末五代的發展，但尚未建立範式，不必像宋詩作者那樣去從唐詩裏找到風格的淵源而形成某種獨特的藝術面目。他們有很大的創作自由，不受正統文學觀念的束縛，任意抒寫花間尊前的感受，表現個體生命的眞實；於是在不自覺的狀態下促進了詞體文學的繁榮，建立了詞體文學的範式。清詞能形成鮮明的詞派——浙西詞派和常州詞派，即因其是在詞體範式建立之後，猶如唐詩之後的宋詩一樣，不得不在刻意的創新中求得自己存在的價值。這是服從文學發展內部規律的。早在 20 年代，詞學家胡雲翼關於宋詞流派問題即發表了精闢的意見。他說：

> 宋詞人作詞是很隨意的，有時高興做白話詞，有時高
> 興做古典詞；有時候很豪放，有時候很婉約；沒有一定的
> 派別。我們絕不能拿一種規範的派別來限制他們。〔註2〕

宋詞的實際情形確實如此。宋代詞人雖無流派意識，卻存在著風格類型、個體風格和群體風格的概念。南宋初年詞學家王灼談到大晟府詞人万俟詠自編詞集時將作品分爲兩類「曰雅詞，曰側艷」（《碧雞漫志》卷二）。這是從典雅與俗艷的兩類風格而劃分作品的。「雅詞」實爲含蓄而優美的傳統詞作，它屬於艷科，卻與「側艷」之詞有別。所謂「側艷」即王灼所說的「側詞艷曲」，也即柳永等的「淫冶謳歌之曲」，它俚俗淫艷，故爲詞論家所鄙薄。張炎說：「辛稼軒、劉改之作豪氣詞，非雅詞也。於文章餘暇，戲弄筆墨，爲長短句之詩耳。」（《問源》卷下）這是從優雅含蓄的觀念來否定南宋中期以來詞壇出現的粗豪作風的。「豪氣詞」是指辛棄疾和劉過等詞人那種以詩爲詞或以文爲詞的粗率豪壯的遊戲之作。它與「雅詞」傳統風格是背離的，屬於變體或別調。我們可見，宋人以「雅詞」

〔註2〕 胡雲翼：《宋詞研究》第 62 頁，巴蜀書社據 1926 年版於 1989 年重印。

爲宗，將它與「側艷」和「豪氣」之作區別開來，這表示他們認爲
宋詞是有風格類型的。王灼在評論北宋詞人時已具有了群體風格的
概念，例如：

> 沈公述、李景元、孔方平、處度叔侄，晁次膺、万俟
> 雅言，皆有佳句，就中雅言又絕出。然六人者，源流從柳
> 氏來，病於無韻。

> 晁无咎、黃魯直皆學東坡，韻制得八九。黃晚年閑放
> 於狹邪，故有少疏蕩處。後來學東坡者，葉少蘊、蒲大受
> 亦得六七，其才力比晁黃差劣。蘇在庭、石耆翁入東坡之
> 門矣，短氣跼步，不能進也。(《碧雞漫志》卷二)

王灼從風格源流評述了柳永和蘇軾兩家詞分別所產生的影響。
當時學習此兩家的詞人力圖求得風格的相似，其成就雖然參差不
齊，卻有藝術淵源的關係而構成柳體和蘇體兩個群體風格。王灼所
述乃是北宋後期詞壇的眞實，可惜這些線索在後世變得模糊了。南
宋時辛棄疾、姜夔和吳文英在詞壇的影響很大，學習此三家的詞人
亦眾，分別在風格上形成了三個詞人群體。這在今存南宋詞中尚可
見到它們的風格淵源的關係。

宋詞發展過程中詞人個體風格是多種多樣的，例如王安石的
「雍容奇特」，晏殊和歐陽修的「溫潤秀潔」，李清照的「輕巧尖新」，
周邦彥的「縝密典麗」，秦觀的「婉美」，陸游的「敷腴俊逸」。宋
代詞論家們已經善於把握詞人的風格特徵，如晁補之、李清照和王
灼歷評北宋諸家詞皆能細緻而確切地作出藝術風格特徵的判斷。某
些詞人由於具有獨創的藝術風格，於是在詞壇上自成一家，如張炎
所說：

> 舊有刊本《六十家詞》，可歌可誦者，指不多屈。中間
> 如秦少游、高竹屋、姜白石、史邦卿、吳夢窗，此數家格
> 律不侔，句法挺異，俱能特立清新之意，刪削靡曼之詞，
> 自成一家。(《詞源》卷下)

宋詞名家當然不止於此。名家或大家，他們的審美趣味、抒情方式、表現技巧和藝術作風皆有特點，形成了穩固的個體風格，宋人稱之爲「體」。王灼評柳詞云：「柳耆卿《樂章集》世多愛賞該洽，序事閒暇，有首有尾，亦間出佳語，又能擇聲律諧美者用之。惟是淺近卑俗，自成一體。」（《碧雞漫志》卷二）詞人們倚聲填詞時偶爾仿傚某家藝術風格，習慣稱爲效某體。例如蘇軾的《調笑令‧效韋應物體》，辛棄疾的《念奴嬌‧效朱希眞體》、《歸朝歡‧效介庵體》、《醜奴兒近‧效李易安體》。黃庭堅的《訴衷情‧擬金華道人作此章》和周密《西江月‧擬稼軒》、《江城子‧擬蒲江》、《少年遊‧擬梅溪》、《好事近‧擬東澤》、《西江月‧擬花翁》、《朝中措‧擬夢窗》……這亦是效某家之體的。蔣捷的《水龍吟‧效稼軒體》則是襲用辛棄疾於全詞中皆用「兮」字爲韻的特殊體例。於此可見，某體的形成，標誌了詞人藝術風格的成熟與穩固。

宋代詞人和詞論家們雖然具有風格類型的概念和群體風格的意識，他們也重視個體風格的批評；這些固然是構成文學流派的要素，然而在宋詞發展過程中卻始終沒有使這些要素發展爲一個流派。某個時代文學的流派紛呈，並不足以反映文學的眞正繁榮，也不能據以確定文學的價值。宋詞無流派，卻無愧於時代文學，我們不必爲之遺憾。

二

在特定歷史時期的某個作家群，他們有共同的文學思想和相同的藝術風格，表現出基本思想與藝術特徵的統一，由此形成了文學思潮。「我們把一系列作家的創作之間的統一性叫做文學潮流。文學潮流常常表現在有組織的有理論綱領的文學派別中。但即使它並沒有組織形式，文學史家仍然可以把一系列在創作特徵上一致的作家歸納在一定的文學潮流裏。」〔註3〕文學思潮是產生文學流派的基

〔註3〕 引自〔蘇〕季摩菲耶夫：《文學發展過程》第 18 頁，平明出版社，

礎。如果沒有一定的組織形式和某種聯盟，也沒有提出新的理論綱
領，那麼，即使某時期有一些作家思想相同、風格相近，或者互相
間有一點交往，這樣是不能構成一個文學流派的。作家風格、群體
風格、文學思潮、文學流派，它們之間在概念上存在一定聯繫，但
各有特定的內涵，絕不是等同的，也絕不可互換的。現代某些詞學
家在探討宋詞流派時，卻往往將宋詞中的某些群體風格和文學思潮
誤以為流派，出現將「流派」概念簡單化和擴大化的傾向。這可概
括為幾種情形：

（一）關於豪放派與婉約派。明末詞學家張綖在《詩餘圖譜凡
例》裏認為：「詞體大略有二：一體婉約，一體豪放。」他以秦觀為
婉約詞的代表，以蘇軾為豪放詞的代表。他所謂的「體」係指風格
而言的。清初王士禛發揮張綖之意，但將「體」的概念偷換為「派」。
他在《花草蒙拾》裏說：「張南湖論詞派有二：一曰婉約，一曰豪放。
僕謂婉約以易安為宗，豪放惟幼安稱首。」建國以後有些文學史著
作片面強調了政治因素，將宋詞概括為豪放與婉約兩派，以豪放派
作為宋詞的主流，體現宋詞發展的「正確路線」；將婉約派置於對立
面予以否定〔註 4〕。80 年代以來詞學界對此問題的探討曾為熱點，
旨在清除詞學研究中的庸俗社會學的影響。施蟄存以為：「婉約、豪
放是風格，在宋詞中未成派……北宋詞只有『側豔』和『雅詞』二
種風格……論南宋詞，稼軒是突出人物，然未嘗成派。」〔註 5〕王
水照認為：「豪放、婉約兩派，不是嚴格意義上的流派，也不是對藝
術風格的單純分類，更不是對具體作家或作品的逐一鑒定，而是指
宋詞在內容題材、手法風格，特別是形成聲律方面的兩大基本傾向，
對傳統詞風或維護或革新的兩種不同趨勢。」〔註 6〕這些是新時期

1954 年。
〔註 4〕 參見劉揚忠：《宋詞研究之路》第 46 頁，天津教育出版社，1989 年。
〔註 5〕 見《詞的『派』與『體』之爭》，《西北大學學報》，1980 年 3 期。
〔註 6〕 王水照：《蘇軾豪放詞派的涵義和評價問題》，《唐宋文學論集》第
302 頁，齊魯書社，1984 年。

以來詞學界經過反思後的認識。當然也仍有學者沿襲傳統習慣堅持
對宋詞作豪放與婉約兩派之分,例如以爲「如果寫『詞史』必須大
書特書宋詞有豪放、婉約二派,豪放詞以范希文爲首唱,而以東坡、
稼軒爲教主;婉約詞則以晏元獻爲首唱,而以屯田、清眞、白石爲
教主」〔註7〕。文學史家固然可以根據文學現象在藝術風格和文學
思潮的分析而探討文學流派,以作爲文學史的一個實體進行研究,
而且可以給它確定一個恰當的名稱;但這必須有大量的史實依據並
經受得住理論的檢驗,並應得到學術界的認同,否則這種關於流派
的劃分是毫無意義的。宋詞豪放與婉約兩派之分在事實上和理論上
皆不能成立。

　　(二)關於南宋的格律派、風雅派和騷雅派。南宋中期以後詞
壇上出現復雅的傾向,先後有許多詞人在詞作裏體現了典雅的審美
趣味。劉大杰在六十年代以爲這是宋詞中的「格律派」。他說:「大
部分的詞人……辭句務求雅正工麗,音律務求和諧精密,結集詞社,
分題限韻,做出許多偏重形式的精巧華美而內容貧弱的作品。由周
邦彥建立起來的格律派詞風,到這時候又復活起來了……這一派的
作家最重要者有姜夔、史達祖、吳文英、王沂孫、周密、張炎諸人。」
〔註8〕鄧喬彬將此派稱爲「風雅詞派」,以爲「這些詞人的作品,風
格有疏密之分,但這是不以疏密分其畛域,而統名『風雅詞』是因
爲這些作品既上關乎國運,又下染乎世情,內繫於體制之因革,外
成於作者之宗尚,有許多共同點。」〔註9〕趙仁珪則以爲此派應稱
爲「騷雅詞派」,他說:「我們可以明顯看出這派詞人確實善於以詩
人的筆法入詞,而這個『詩』決不屬客觀性描寫的『風』類,而屬
主觀性描寫的『騷』類。因而我們得出的最後結論是:這派詞人的

〔註7〕　見《詞的『派』與『體』之爭》,《西北大學學報》,1980 年 3 期。
〔註8〕　劉大杰:《中國文學發展史》第 664～665 頁,上海古籍出版社,1982
　　　　年。
〔註9〕　鄧喬彬:《論南宋風雅詞派在詞的美學進程中的意義》,見《詞學論
　　　　稿》,華東師範大學出版社,1986 年。

總特點是騷和雅，因而對這派詞人應稱爲『騷雅派』。」〔註10〕南宋從姜夔到張炎等詞人的風格大體相近，他們體現了夏雅的傾向，這作爲宋詞發展過程中的一種潮流，確是存在的；但這些詞人之間並未形成某種形式的聯盟，也無共同的理論綱領，尤其是在風格上還有姜夔所代表的「清空」與吳文英代表的「質實」的較大區別。吳文英和張炎曾分別與少數幾位詞人結社唱和，僅屬文人雅集作詞的性質。他們並未在事實上構成一個流派。因此不論關於稱它爲「格律」、「風雅」或「騷雅」在名義上是否恰當，而是在根本上它尚未具備一個文學流派的條件。

（三）關於宋詞風格流派的系統分類。詞學家詹安泰在六十年代曾試圖從宋詞的藝術風格進行歸納而劃分流派，共分爲八派：一、眞率明朗，以柳永爲代表，沈唐、李甲、孔夷、孔處度、晁元禮、曹組爲嫡派；二、高曠清雄，以蘇軾爲代表，包括黃庭堅、晁補之、葉夢得、朱敦儒、陳與義等；三、婉約清新，以秦觀、李清照爲代表，包括趙令時、謝逸、趙長卿、呂渭老；四、奇艷俊秀，以張先、賀鑄爲代表，屬於此派的有王觀、李廌、李之儀、周紫芝；五、典麗精工，以周邦彥爲代表，包括万俟詠、晁端禮、徐伸、田爲；六、豪邁奔放，以辛棄疾爲代表，包括陳亮、陸游、劉過、劉克莊；七、騷雅清勁，以姜夔爲代表，可以歸入的有史達祖、高觀國、周密、王沂孫和張炎；八、密麗險澀，以吳文英爲代表，此一路的有尹煥、黃孝邁、樓采、李彭老〔註11〕。這樣將兩宋詞人分屬八種風格之中，固然由此可以進行藝術風格的比較研究，但卻將風格的概念混同於流派。「風格」是作家作品構成的藝術體系所體現出的藝術精神風貌。「流派」是同時代作家群所構成的文學史的實體。它們是兩個性質不同的範疇。「風格流派」這個集合概念是非常不科學的：「流派」可以包括「風格」在內，而「風格」卻不能與「流派」等同。因此

〔註10〕 趙仁珪：《論騷雅詞派》，《北京大學學報》，1990 年 3 期。
〔註11〕 詹安泰：《宋詞散論》第 52～60 頁，廣東人民出版社，1980 年。

這八種「風格流派」實爲風格種類並非文學流派。

　　（四）其他的各種流派劃分。正因爲宋詞無顯著的流派，卻給了現代詞學家劃分流派以很大的自由，所以出自各種概念的流派劃分無奇不有。三十年代薛礪若將北宋詞人分爲五大詞派，即淺斟低唱的柳三變、橫放傑出的蘇軾、集婉約之成的秦觀、艷冶派的賀鑄、瀟灑派的毛滂；關於南宋詞則分爲風雅派和辛派詞人〔註12〕。80年代張滌雲將宋詞分爲四大流派：一、婉約派，包括江西派、市井派、奇艷派、正宗派、大晟詞派；二、豪放派，包括蘇派、中興詞派、辛派；三、雅正派，包括姜派和吳派；四、閒逸派，包括曠逸詞派和雅逸詞派〔註13〕。吳世昌雖然以爲「北宋詞人根本沒有形成什麼派」，也沒有區別他們的作品爲「婉約」、「豪放」兩派，但卻又認爲「南宋詞人中多有所謂『豪放派』是理所當然的。其實『豪放』二字用在這裏也不合適，應該說『憤怒派』、『激勵派』、『忠義派』才對」〔註14〕。這些分類缺乏科學性，表現出隨意的態度，而且所使用的「艷冶」、「瀟灑」、「市井」、「中興」、「閒逸」、「憤怒」、「忠義」等概念是不確切的。

　　新時期以來，「宋詞研究中的某種簡單化、政治化的傾向，已經受到人們普遍的抵制，科學地、實事求是地對待宋詞風格流派問題已成爲人們一致的要求」〔註15〕。的確如此。如果以現代文藝理論來看待宋詞流派問題，是否屬於將現代觀念強加於古人呢？顯然不是。現代文藝理論是可以合理地闡釋歷史上的文學現象的。宋人已具有了頗爲自覺的文學流派意識，他們關於江西詩派的評論和擬製的《江西詩社宗派圖》所體現的共同創作宗旨和創作理論，都已符合現代意義的文學流派概念。宋代詞人和詞論家關於宋詞雖有「體」

〔註12〕　薛礪若：《宋詞通論》，開明書店，1930年。
〔註13〕　張滌雲：《宋詞的四大流派》，《語文導報》，1987年12期。
〔註14〕　吳世昌：《宋詞中的「豪放派」與「婉約派」》，《羅音室學術論著》
　　　　　第二卷，中國文聯出版公司，1991年。
〔註15〕　《宋詞研究之路》第48頁。

和群體風格概念，卻並不隨意地區別流派，表現了他們並不爛用文學流派的概念，而是有一種實事求是的態度。宋代詞人無流派意識，宋詞並未形成流派，這是文學史上的事實。我們現在若捨棄關於文學流派的理論規範，而採取按詞人們大致的傾向與風格異同來相對地給宋詞劃分流派，這樣必然是沒有「科學地實事求是地對待宋詞風格流派問題」。所以現代有些詞學家的種種擬構與劃分皆受到懷疑與否定，難以獲得學術界的認同。本世紀即將過去了，當代宋詞研究如何去接近研究對象的真實呢？這是我們應當冷靜深思的。

三

宋詞流派劃分缺乏文學史實的依據，但宋詞風格分析則是很必需的，因它可使我們深入認識宋詞藝術特徵，揭示文學內部發展規律。宋代詞人尊重詞為艷科的特性，承襲自晚唐五代以來形成的傳統風格，但在北宋中期由蘇軾自覺的改革而在詞壇產生了深遠巨大的影響。北宋熙寧八年（1075）冬，蘇軾在密州（山東諸城）作的《江城子·密州出獵》，使用了一系列雄壯宏偉的意象，有著熱烈的愛國主義情感，表現出粗獷悍驁的藝術作風，所以「令東州壯士抵掌頓足而歌之，吹笛擊鼓以為節，頗壯觀也。」蘇軾自詡「雖無柳七郎風味，亦自是一家」（《東坡續集》卷五，《與鮮於子駿書》）。這已表明他已脫離傳統詞的羈絆，走上自覺改革詞體的道路，陸續創作出此種風格的作品。元豐五年（1082），蘇軾四十七歲時在黃州作的《念奴嬌·赤壁懷古》標誌其新創藝術風格的成熟。所以當時人即將蘇軾與柳詞的藝術風格作了形象的描述：「柳郎中詞只合十七八女郎，執紅牙板歌『楊柳岸曉風殘月』；學士詞須關西大漢銅琵琶、鐵綽板唱『大江東去』。」（俞文豹《吹劍錄》）蘇軾詞與秦觀詞風格的相異也是極明顯的。陳說：

> 議者曰：少游詩似曲，東坡曲似詩。蓋東坡平日耿介
> 直諒，故其為文似其為人。歌《赤壁》之詞，使人抵掌激

昂，而有擊楫中流之心；歌《哨遍》之詞，使人甘心淡泊，
而有種菊東籬之興。俗士則酣寐而不聞。少游情意嫵媚，
見於歌詞則穠艷纖麗，類多煙粉味，至今膾炙人口，寧不
有愧於東坡耶！（《燕喜詞敘》）

　　自蘇軾以後，宋詞中確實出現了異於傳統作風的詞，並且形成
一種潮流；它在南宋經過張元幹、張孝祥和辛棄疾等詞人的推波助
瀾而蔚爲「豪氣詞」。後世詞論家很恰當地將蘇辛等「豪氣詞」視爲
宋詞中的異軍，稱爲「別調」，以與傳統詞風相區別。這較確切地見
出了宋詞發展過程的基本趨勢。宋詞中的這種「別調」的主要特點
是在題材方面改變了倚紅偎翠、滴粉搓酥的艷科性質，而選擇了較
廣闊的社會性內容；在意象方面捨棄了風花雪月、脂粉香澤之類香
軟的東西，而使用了弓刀鐵馬、亂石驚濤之類的恢宏辭語；在表達
形式方面則不顧詞的體性，而是以詩爲詞或以文爲詞。明代張綖在
考察詞體文學的格律之後，將宋詞風格類型區分爲豪放與婉約兩大
類，而且以「婉約」爲正體，視「豪放」爲別調。這是完全符合宋
詞實際情況的。他使用這兩個概念是著眼於風格的含義，特別解釋
說：「婉約者欲其情辭蘊借，豪放者欲其氣象恢宏。」現代詞學家有
認爲以此二者概括宋詞兩類風格是於義不當的，因爲「『豪放』之說
不知起於何時。陳登不理許汜，許汜說他『湖海之士，豪氣未除。』
顯然說陳登傲慢，並非褒詞。『放』字則似起於魏晉間『放浪形骸之
外』一語，結合『豪』與『放』爲一詞而成爲『豪放』，大概起於唐
朝，《唐書》稱李白『豪放不治細行』，則是指其品行。」「至於『婉
約』一語則最早見於《國語・吳語》『婉約其詞。』意謂卑順其辭。
古代女子以卑順爲德，故借爲女子教育的一種方式。」〔註16〕這兩
個詞語的語源與本義大致是這樣的，但在語言發展過程中，詞義往
往發生很大的變化，因而必須考察語言的特定環境纔可能理解其眞
實含義。比如「豪放」在晚唐司空圖的《詩品》裏已經指一種風格

〔註16〕　引自《羅音室學術論著》第二卷，第126～128頁。

了，而「婉約」則早見於晉人陸機的《文賦》，亦指風格而言。宋代蘇軾曾在文藝批評中使用「豪放」一詞，如《書吳道子畫》的「出新意於法度之中，寄妙理於豪放之外」；《答陳季常》的「又惠新詞，句句警拔，詩人之雄，非小詞也，但豪放太過」。許顗在《彥周詩話》說僧人洪覺範「又善作小詞，情思婉約，似少游」。可見宋人已將「豪放」與「婉約」用於詞評了。張綖以之說明宋詞風格類別是有傳統風格理論為依據的。自此之後論宋詞者已經約定俗成地使用這兩個概念了。它們是否可作為兩個獨立而又並列的風格範疇呢？有詞學家認為：「『豪放』是指創作主體的人格類型、情感模式，而『婉約』是指作品本體外在的表達方式……『豪放』是風格的『心理特徵』要素，而『婉約』則是風格中的『語言表現形態』。由此更清楚地看出『豪放』與『婉約』是整體風格中的兩個側面，兩個因素，兩種構成成分，是一個問題的兩個方面，而不是兩個獨立的並列的風格範疇。」〔註17〕這雖然承認了豪放與婉約屬於風格範疇，但視為某種風格的兩個側面，即豪放乃主體的心態意度，婉約乃表述方式。當然，按照二者的語源本義可作如此發揮的。然而我們可從《文心雕龍》、《文鏡秘府論》和《詩品》的傳統風格分類中找出這兩個概念的淵源，而且表明二者是獨立的並列的。宋人即有類似的使用了，他們已將「豪放」、「雄傑」與「婉約」、「婉麗」、「婉曲」作為兩組相對的概念。如果單純從語源的視角抽象地來辨析某概念特殊的內涵，勢必陷入一種概念的迷誤。張綖使用「豪放」與「婉約」概念時，對它們的具體含義作了規定，其規定僅指出每一概念的某種屬性。因為是將二者作為並列的概念提出的，其規定便具有互補的特點，例如「婉約」指「辭情蘊借」，與之相對的「豪放」則語意直露；「豪放」指「氣象恢宏」，與之相對的「婉約」則境界狹小。這是不言而喻的。由此我們可以說張綖的概括是合理的，實事求是的。後

〔註17〕 引自王兆鵬：《對宋詞研究中「婉約」、「豪放」兩分法的反思》，《棗莊師專學報》，1990 年 1 期。

世詞學家有的故意曲解，將風格意義的「體」，竄改爲文學流派的「派」，以致引起種種爭議。我們還是遵循張蜓本意來理解他關於宋詞風格類型的概括，稱具有豪放風格的作品爲豪放詞，具有婉約風格的作品爲婉約詞，這樣將更符合宋詞的眞實〔註18〕。在詞學研究中，我們不難發現：用「豪放」與「婉約」論詞是貼切詞體文學的體性，若用於其他諸體文學則不甚適宜。這應是很特殊的文學批評現象。

以「豪放」和「婉約」論詞，有助於把握和分析某位詞人或某些風格相近的詞人群體的主要藝術傾向。當然絕不能因此而無視或否定詞人的獨創風格；對一位詞人基本風格類型的判斷，與對其獨創風格的評價，這之間是不會有矛盾的。如果我們認爲宋詞的發展表現爲以美感爲基本形式的兩大藝術傾向並演爲多種風格，出現百花競艷的繁盛景象，則有關某一詞人的個人風格及其時代風格的關係也就易於識別了。

80 年代楊海明在《唐宋詞風格論》裏提出建立唐宋詞風格學，以爲：

> 批判地繼承前代詞論中有關風格問題的理論遺產，爲建設新型的唐宋詞風格學而努力。這是開創古典文學（唐宋詞學）研究的新局面的需要，也是新時代賦予我們的任務。我們應該努力完成它〔註19〕。

總之，風格的研究僅是現代詞學課題之一，尚待開拓更爲寬廣的道路和更爲多樣的課題。

〔註18〕　參見謝桃坊：《中國詞學史》第99～106頁，巴蜀書社，1993年。
〔註19〕　楊海明：《唐宋詞風格論》第4頁，上海社會科學出版社，1996年。

《高麗史・樂志》所存宋詞考辨

一

在鄰邦朝鮮《高麗史・樂志》裏存錄了宋詞七十首，其中有五十五首屬於佚詞。它實爲北宋大晟府習用的歌詞，由宋王朝應鄰邦之請而轉贈的，是古代中國與朝鮮文化交流的產物。這些詞的作者階層廣泛，內容豐富，社會化過程甚爲特殊，尤其保留了宋人歌詞原貌，而爲研究宋詞和詞學提供了新的資料和歷史線索。

北宋徽宗崇寧四年（1105）九月建立了專門的音樂機構大晟府。自來朝廷的宗廟禮儀都需要雅樂，朝廷音樂附屬於太常寺掌管，脫離社會音樂實際而難以發展。大晟府是北宋後期朝廷建置的獨立機構，其職能爲制定新樂、頒佈樂律、教習音樂、創作和整理曲譜、撰製歌詞、操持樂令。當時許多精通音律的詞人如周邦彥、万俟詠、晁端禮、晁沖之、徐伸、田爲等都曾先後在大晟府供職，這樣誕生了眞正的「宋樂」，不僅推動了宋代音樂的發展，也促進宋詞的繁榮。大晟府於宣和七年（1125）十二月，因金兵入侵，國勢危殆而罷去，共存在二十二年。靖康二年（1127）北宋滅亡，「金人取汴，凡大樂軒架、樂舞圖、舜文二琴、教坊樂器、樂書、樂章、明堂布政、閏月體式、景陽鐘並虡、九鼎，皆亡矣。」（《宋吏》卷一二九）兵燹之後，不僅大晟府器物圖譜無存，即蔡攸所撰的《燕樂》三十四冊

和劉昺撰的《大晟樂書》二十卷、《政和頒降樂曲樂章節次》一卷、《大晟府雅樂圖》一卷皆散佚，惟所定樂律尚爲南宋沿用。大晟府主要是掌管朝廷雅樂，而又兼管燕樂。由於器物圖譜的散佚，南宋以來便無從考知其演出的實際情況和歌詞的具體內容了。清初《御製詞譜序》云：「唐之中葉，始爲填詞，製調倚聲，歷五代北宋而極盛。崇寧大晟樂府所集十二律、六十家，八十四調，後遂增至二百餘，換羽移宮，品目詳具。逮南渡後，宮調失傳，而詞學亦漸紊矣。」這樣遂造成我國詞學史與音樂史上一些難以索解的疑案。北宋宣和六年（1124）徐兢隨同出使高麗，他記云：「熙寧中，王徽嘗奏請樂工，詔往其國，數年乃還。後人使來，必賫貨，奉工技爲師，每遣就館教之。比年入貢，又請賜大晟雅樂，及請賜燕樂。詔皆從之。故樂舞益盛，可以觀聽。」（《宣和奉使高麗圖經》卷四十）可見朝鮮高麗王朝曾向宋王朝請賜大晟雅樂和燕樂的，而且得到許可。《宋史》卷一二九《樂志》載：政和七年（1117）二月「中書省言：『高麗，賜雅樂，乞習教聲律、大晟府撰樂譜辭。』詔許教習，仍賜樂譜」。又《宋史·高麗傳》云：「政和中昇其史（使）爲國信，禮在夏國上，與遼人皆隸樞密院；改引伴、押伴官爲接送館伴。賜以《大晟燕樂》、籩豆、簠簋、尊罍等器。」這兩則史料簡略記述了高麗請賜大晟樂的時間與經過，有關的詳情則見於朝鮮古代正史《高麗史》。古代朝鮮使用漢字，亦有較爲完備的修史制度。朝鮮李朝學者鄭麟趾（1396～1478）等據《高麗歷代實錄》諸舊文獻編纂的《高麗史》，於李朝文宗元年（1451）成書，並於我國明代景泰二年（1451）表進於明王朝。我國清初詞學家朱彝尊最早介紹了這部史書，並很重視其中的《樂志》。他在《書〈高麗史〉後》云：

　　《高麗史》世家四十六卷，志三十九卷，表二卷，列傳五十卷，目錄二卷，合計一百三十九卷。國人正憲大夫工曹判書集賢殿大提學知經筵春秋館事兼成均大司成鄭麟趾等三十二人編纂，以明景泰二年八月表進，並鏤板行於國。觀其體例，有條不紊，王氏一代之文獻有足徵者。卷

中《樂志》歌辭，率本宋裕陵（徽宗）所賜大晟樂府譜。（《曝書亭集》卷四十四）

清代康熙五十四年（1715），王奕清等編成的《詞譜》已經採用《高麗史‧樂志》所存宋詞。令人不解的是：稍後乾隆間編纂《四庫全書》時，館臣所見到的《高麗史》「僅世系一卷，后妃列傳一卷，蓋偶存之殘帙，非完書矣」（《四庫全書總目》卷六十六）。可是朝鮮舊刻全帙及昭文張氏鈔足本至今仍見存於我國，上海市圖書館還珍藏有朝鮮原刻本。〔註1〕由於《詞譜》的影響，《高麗史‧樂志》引起我國詞學家的注意。唐圭璋先生對此卷宋詞作了校訂，並將數十首無名氏的詞輯補入《全宋詞》。

中國與朝鮮的文化接觸甚早。在我國秦漢時，漢字和漢文便陸續傳人朝鮮。公元四世紀以後，朝鮮的高句麗、新羅、百濟三國並起，與我國有較廣泛的文化交流。公元 918 年高麗王朝建立，逐漸統一了朝鮮。北宋元豐以後，高麗與宋王朝的關係甚爲友好。這時李白、杜甫、韓愈、柳宗元、白居易、蘇軾等的詩文集大量傳入高麗。高麗王睿宗對宋文化的傳入給予關心，宋大晟樂的傳入即在此時。這在《高麗史》中有詳細記載。

高麗睿宗八年（宋徽宗政和四年）「九月乙酉，遣西頭供奉官安稷崇如宋牒明州云：『去年入朝金緣等回稱，在關下時蒙館伴張內翰等諭，來歲又當禋祀，申覆國王，遣使入朝，以觀大禮。聞此，已令有司，方始備辦，忽母氏薨逝，迫以難憂，今年未遑遣使入朝，以達情禮，請照會施行。』」睿宗九年「六月甲辰朔，安稷崇還自宋，帝（宋徽宗）賜王樂器……丁未遣樞密院知奏事王字之、戶部郎中文公彥如宋謝賜樂」。睿宗十一年六月「乙丑，王字之、文公彥賚詔還自宋，王受詔於乾德殿。詔曰：『使人王字之等至省所上表，起居事具悉。列國稱藩，表茲東海；載臨時序，遐曁乃心。靡忘報上之歸，特

〔註1〕　《高麗史》在我國傳本極少，筆者於 1986 年 12 月在上海市圖書館獲見江都內府舊藏朝鮮原刻。以下所引，皆據此本。

－143－

貢履和之問。春祺在旦，福履克綏。用加勤誠，不忘晨夕。』……又詔賜大晟樂」（《高麗史》卷十三）。政和七年二月宋王朝賜高麗予大晟樂，高麗使臣王字之等人於六月回國，帶回大晟樂並對睿宗宣讀了宋徽宗的詔書：

> 三代以還，禮廢樂毀。朕若稽古，述而明之。百年而興，乃作大晟。千載之下，聿追先王。比律諧音，遂致羽物。雅正之聲，誕彌率土。以安賓客，以悅遠人。逖惟爾邦，表茲東海，請命下吏，有使在庭。古之諸侯，教尊德盛，賞之以樂，肆頒軒簴，以祚爾社。夫移風易俗，莫若於此。往祇厥命，御於邦國。雖疆殊壤絕，同底大和，不其美歟！今賜大晟雅樂。（《高麗史》卷七十一）

這月的庚寅，睿宗「御會慶殿，召宰樞侍臣，觀大晟新樂」。宋王朝所賜的大晟樂包括一套當時朝廷所用的雅樂和燕樂的樂器、法物、舞圖、歌譜、歌詞等。從其在高麗很快演出的情形推測，隨賜的還有一批樂工與歌舞藝人。中國的宋樂自此對朝鮮的音樂發生了極為重要的影響。

高麗樂分為雅樂、唐樂和俗樂三個部分。雅樂是在舊三國（高句麗、新羅、百濟）樂的基礎上吸收宋雅樂而形成的，用於宗廟祭祀。俗樂是高麗民間流行的音樂。唐樂即指宋王朝所賜之大晟府新燕樂。我國唐王朝國威遠揚，故外國多稱中國為唐。高麗的唐樂實即宋樂。《高麗史》卷七十一《樂志》二專述唐樂。在這一卷樂志裏將歌曲分為大曲和雜曲子。大曲部分詳述了每一大曲的樂舞編制和演出程式，其中記錄了《獻仙桃》等歌詞十五首。雜曲子自《惜奴嬌》至《解佩》共四十三調，收錄歌詞五十五首。這七十首歌詞全無撰人姓氏，據唐圭璋先生校訂，其中有十五首為北宋著名詞人作品，餘皆為無名氏之作。這卷歌詞的歷史淵源是非常清楚的。

本世紀 30 年代日本學者內藤虎次郎在其論文《宋樂與朝鮮樂之關係》裏，對這卷北宋大晟府歌詞表示懷疑，以為雜曲子均係錄自宋

金元各詞書。他具體考證了八首詞，認爲：

> 《風中柳》則見於宋末元初之劉因集中；《轉花枝》則
> 出於《輟耕錄》之院本名目。故凡曾讀宋元之詞者，其各
> 曲之平仄亦大略相同。其他如《金殿樂》則在元（按：應
> 是宋）郭茂倩之《樂府詩集》卷八十近代曲辭之中；此曲
> 大概風行於唐宋之間也。而其中如《傾杯樂》、《醉蓬萊》、
> 《雨霖鈴》等詞見於《草堂詩餘》、《花庵詞選》所載柳耆
> 卿諸作，則《高麗史‧樂志》乃完全鈔襲。《帝臺春》之詞
> 亦襲自《草堂詩餘》所錄李景元作；《花心動》之二詞中，
> 後者乃襲用《草堂詩餘》所錄阮逸女之作。〔註2〕

關於柳永的《傾杯樂》、《醉蓬萊》、《雨霖鈴》和李甲的《帝臺
春》、阮逸女的《花心動》，都是北宋前期和中期的作品，大晟府建
立之前已在社會上廣泛流傳。它們被大晟府選爲演唱資料，又被朝
廷轉賜鄰邦並見存於鄰邦古代文獻，南宋時選人《草堂詩餘》和《花
庵詞選》；其社會化過程並不存在矛盾現象。如果因爲它們見於南宋
人詞選集而懷疑《高麗史‧樂志》所存之詞的眞實性，顯然是將其
社會化過程弄得顛倒錯亂而產生的誤解。關於《風中柳》，元人劉因
《靜修先生文集》卷三十五所收之詞，此調只有一首題爲「飲山亭
留宿」，首句「我本漁樵」。它與《高麗史‧樂志》所收此調之詞（首
句「愛鬖雲長」）乃屬調同詞異，並非同一作品。關於《轉花枝》，
確實見於元人陶宗儀《輟耕錄》卷十五「衝撞引首」的一百九十個
院本名目之內。院本之「引首」乃雜劇的前半段。此《轉花枝》乃
是院本名目而非詞，它與《高麗史‧樂志》所錄柳永詞《轉花枝》
（「平生自負」）僅是名同，內容則全然無關。至於《金殿樂》，郭茂
倩〔註3〕《樂府詩集》卷八十收有五言四句的一首樂府詩（「入夜秋
砧動」），但與《高麗史‧樂志》所錄之四十八字的長短句《金殿樂》

〔註2〕 見《小說月報》第 22 卷 9 號，商務印書館，1931 年。

〔註3〕 郭茂倩是宋人，內藤虎次郎誤爲元人。該文中又將晁端禮誤爲晁元
禮。

（「駕紫雲軿」）也實不相涉。可見，僅從詞調名的考證來判斷《高麗史‧樂志》所存宋詞之偽是徒勞的。這只能反映出對詞與調的概念是混淆的，以致造成張冠李戴之誤。此外，內藤虎次郎還以爲其餘的三十一調各詞「實全錄宋金時代之詞」，但無考證或說明。估計這也是由於對中朝文化交流史實未弄清楚，仍是將作品源流顚倒或將調名誤爲作品而得出的結論。這一卷《高麗史‧樂志》幸存宋詞是眞實的，並無南渡以後的作品，確爲宋王朝賜給高麗的「大晟府撰樂譜辭」。

二

由於北宋大晟府編訂的各種詞譜和南宋官修詞譜《樂府渾成集》等均先後毀於兵火；今存之南宋姜夔自度曲十七首旁綴音譜，然非宋代社會之通行者；古代戲曲中所存少數詞調聲腔則已非宋人之舊：這樣，造成長期以來的詞學研究因缺乏宋人詞譜第一手的可靠資料，而某些論斷很可能不符合宋詞實際情況。《高麗史‧樂志》所存之宋詞是「樂譜詞」，朱彝尊亦斷定爲歌譜性質，則它是供樂工歌妓使用的，非同普通流行的詞集。這卷歌詞的每詞均不署撰人姓氏，其調下的小字注「慢」、「令」、「曲破」等格式，與我國今存之宋人詞集全異。朝鮮古代學者鄭麟趾等據實錄等文獻保存之原式錄出的，它最能體現北宋歌譜原貌。茲將《高麗史‧樂志》所存大晟府歌詞依原式匯列：

獻仙桃：獻仙桃，獻天壽 慢，獻天壽 令 嗺子，金盞子 慢，金盞子 令 嗺子，瑞鷓鴣 慢，瑞鷓鴣 慢 嗺子。壽延長：中腔 令，破字 令。五羊仙：步虛子 令，破子 令。拋球樂：折花 令 三臺詞，水龍吟 令，小拋球樂 令，清平 令 破字。惜奴嬌 曲破，萬年歡 慢，憶吹簫 慢，洛陽春，月華清 慢，轉花枝 令，感皇恩 令，醉太平，夏雲峰 慢，醉蓬萊慢，黃河清 慢，還宮樂，清平樂，荔子丹，水龍吟 慢，傾杯樂，太平年 慢 中腔唱，金殿樂 慢 踏歌唱，安平樂，愛月夜眠遲 慢，惜花春起早 慢，帝臺

－146－

春　慢，千秋歲　令，風中柳令，漢宮春　慢，花心動　慢，雨霖鈴　慢，行香子　慢，雨中花　慢，迎春樂令，浪淘沙令，御街行　令，西江月　慢，夜遊宮　令，少年遊，桂枝香　慢，慶金枝　令，百寶妝，滿朝歡　令，天下樂　令，感恩多　令，臨江仙　慢，解佩　令。

根據以上詞調下的小字注所提供的新線索，我們可以在詞學方面作出如下推斷：

（一）「令」或「慢」不應與詞調名連稱。「令」或「慢」在北宋大晟府歌詞調名下全是空一格，且作小字標注，因而按漢語行文習慣不應與詞調連稱。例如不能稱《憶吹簫慢》、《感皇恩令》。自宋以來的詞集，直到清代的《詞譜》，其調名都是相當混亂的。例如《詞譜》卷二十六收《雨中花慢》，所舉秦觀與蘇軾二詞，在他們的詞集裏本作《雨中花》，並無「慢」字。又如柳永的《醉蓬萊》，在《樂章集》和《詞譜》卷二十五收入的均無「慢」字，而北宋王闢之卻稱柳永作詞「名《醉蓬萊慢》」（《澠水燕談錄》卷八）。如果將《高麗史‧樂志》所存宋詞調名，與大晟府詞人周邦彥和晁端禮的詞集相校，則可發現它們是一致的。晁端禮的《上林春》、《雨中花》、《木蘭花》、《黃河清》皆是九十字以上的長調，而後人都習慣給它們加上「慢」，如《黃河清慢》，可是在其《閑齋琴趣外篇》裏都無「慢」字。周邦彥的傳世名篇《拜星月慢》和《浪淘沙慢》，在宋人陳元龍注的《片玉集》裏都無「慢」字。可見哪些詞調應加「慢」和「令」，自來便無標準。「令」、「慢」若在樂曲中是可以與樂曲名連稱的，如史浩《柘枝舞》遣隊辭有「後行吹《柘枝令》出隊」；但作詞調名加「令」或「慢」則是不符宋人歌譜習慣的。詞調本是燕樂曲，但當詞體發展之後，詞調與樂曲既有聯繫而又相對獨立，所以詞調不應與樂曲或歌法的術語連稱。

（二）「令」、「慢」等既不是詞體類別，也不是詞調類別。朱彝尊說：「宋人編集歌辭，長者曰慢，短者曰令。初無中長調之目，自

顧從敬編《草堂》詞以臆見分之，後遂相沿。」（《詞綜·發凡》）現代詞學家認為令、引、近、慢是詞體類別，或以為詞調主要分為令、引、近、慢四類。根據《高麗史·樂志》所存宋詞來看，體類說與調類說皆不能解釋一些複雜的情形。第一種情形是令詞的拍韻俱多，如《感皇恩》調下註明「令」，按調類說令詞通常四拍，每韻為一拍，可是此詞卻有八韻，而《千秋歲》（令）更有十韻之多。第二種情形是「慢」短於「令」。《獻天壽》同調的二詞，一為「慢」四十七字，一為「令」卻五十二字。餘如《瑞鷓鴣》兩詞俱「慢」，一詞五十六字，一詞四十八字；《太平年》亦為「慢」，僅四十五字。若按調類說則慢詞通常是九十一字以上者，而這裏卻出現了數首六十字以下的「慢詞」。尤其是《瑞鷓鴣》自來被認為是「令詞」，這裏的兩首都標明為「慢」。第三種情形更為奇特，兩首《水龍吟》，一令一慢，字數全同：

水龍吟令

洞庭景色常春，嫩紅淺白開輕萼。瓊筵鎮起，金爐煙重，香凝錦幄。窈窕神仙，妙呈歌舞，攀花相約。彩雲月轉，朱絲網徐在，語笑拋球樂。　　繡袂風翻鳳舉，轉星眸，柳腰柔弱。頭籌得勝，歡笑近地光容約。滿座佳賓，喜聽仙樂，交傳觥爵。龍吟欲罷，彩雲搖曳，相將歸去寥廓。

水龍吟慢

玉皇金闕長春，民仰高天欣載。年年一度定佳期，風情多感慨。綺羅競交會。爭折花枝兩相對。舞袖翩翩歌聲妙，掩粉面、斜窺翠黛。　　錦額門開彩架，球兒裳，先秀神仙隊。融香拂席霓裳動，鏗鏘環佩。寶座巍巍五雲密，歡呼爭拜退。管弦眾作欲歸去，願吾皇，萬年恩愛。

這兩詞都是一百零一字，又同是一調，但句式句數不同，而又有「令」、「慢」之別。若說令詞體制短小，而此兩詞均百餘字；若

說「令」、「慢」爲調類之別，而此同一調即有「令」、「慢」。第四種情形是《萬年歡》（慢）一調，五首詞的字數、句數、句式各不相同，最長者百字以上，最短者不到五十字。顯然這一調並無穩定的體式，或者竟是由長短不同的數闋詞組成爲一調的。這使詞譜考訂者都難以類別了。

（三）「令」、「慢」、「曲破」、「中腔」、「㬠子」、「三臺」、「踏歌」等術語是宋詞特殊歌法的標記。這些詞調下小字注的音樂術語，當是供樂工歌妓演奏與演唱時參考的，是關於某詞的規定。元人楊朝英編的散曲選集《陽春白雪》卷首所附《唱論》有云：「歌聲變件，有慢、滾、序、引、三臺、破子、遍子、擷落、實催。」這對理解《高麗史‧樂志》所存宋詞調名下之小字注是很有啓發意義的。關於「變件」，據戲曲史家周貽白的解釋是：「指歌曲聲調有了變化的各項體式。又俗稱『一件』爲『一樣』，『某件東西』亦稱『某樣東西』，『變件』當即『變樣』之謂。在歌唱而言，亦即所謂『變體』或『變格』。」〔註4〕《唱論》談到的術語有幾個均見於宋詞，可以推知宋詞中使用的「令」、「慢」、「序」、「引」、「曲破」、「三臺」、「摘遍」、「㬠子」等都是屬於歌詞聲調變化的方式。如果某一詞按常規的唱法演唱，樂工歌妓見調即知，便不須註明，所以《高麗史‧樂志》所存宋詞有些詞調下無小字注。如果某詞須用特殊的聲腔演唱，則須標註明白；調下的小字注便起這種作用。因此同一詞調的各詞可根據內容或表情的要求，既可按常規的聲腔演唱，也可用特殊的歌法演唱。

從上述可見：「令」、「慢」等不應與詞調名連稱，它們既不是詞體類別，也不是詞調類別，而是歌譜關於特殊歌法的符號或標誌。《高麗史‧樂志》所存宋詞特殊歌法術語，很有必要進行考釋：

〔令〕是一種急拍快唱的歌法。敦煌發現的唐人寫本琵琶譜二十五曲，註明「慢曲子」的七調，「急曲子」的四調。《宋史‧樂志》記

〔註4〕 周貽白：《戲曲演唱論著輯釋》第17頁，中國戲劇出版社，1980年。

述北宋初期朝廷音樂有「急、慢曲子幾千數。」在宋詞中尚未發現標明「急」的詞調。「急」與「慢」是相對舉而言的，很可能宋代通稱「急」爲「令」了，常見是「令」與「慢」對舉。音樂史家楊蔭瀏說：「今存的『令』字題名之曲，有長有短，有快有慢。」〔註5〕具體情形是很複雜的，如《小拋球樂》標注爲「令」，當是「急曲子」，其體制短小，只有二十八字，如果急拍快唱，則歌唱時間過於短促，可能須得反復，否則不能產生良好的藝術效果。詞中的「令」是特殊聲腔標記，與唐人宴樂時所行的酒令，在概念上是不同的。

〔慢〕是緩拍慢唱的一種歌法。《詞譜》卷十《浪淘沙令》注云：「至柳永、周邦彥別作慢詞，與此截然不同，蓋調長拍緩，即古曼聲之意也。」曼聲而拍緩是「慢」的特點。拍緩，節奏放慢，或用散板，歌唱時紆徐行進，較爲自由。「慢」與曲調和詞體的長短無關，因爲它只是一種特殊的歌法，短調和長調均可使用。如《水龍吟》既可用「令」，也可用「慢」來演唱。宋徽宗天寧節樂次中有「笙起慢曲子」，「宰臣酒，皆慢曲子」（《東京夢華錄》卷九），這是以樂器演奏節拍緩慢的曲子，但未記下曲名。

〔破子〕是用柔婉繁碎的聲腔的歌法。它來自唐代大曲「入破」的聲樂，有所謂「宛轉柔聲入破時」（白居易《臥聽法曲霓裳》）之說。《拋球樂》大曲，其最後一調爲《清平樂》，小字注「令」，又注「破子」，當是以急拍快唱與繁碎聲腔相結合的一種花腔。北宋詞人王安中詞有《破子清平樂》字句與《清平樂》體制全同，「破子」亦是標明該詞的特殊唱法。小字注中的「曲破」、「破字」都是「破子」的別稱；「字」或是「子」之誤。在大曲中入破時，既歌且舞，如晏殊《木蘭花》云：「重頭歌韻響錚琮，入破舞腰紅亂旋。」宋徽宗天寧節樂次中有「樂作群舞合唱，且舞且唱，又唱破子畢」。史浩《采蓮舞》大曲的說明有：「到入破，先兩人舞出，舞到裀上住。」所以入破時柔聲繁碎，伴以舞蹈，是大曲中精彩的一段。

〔註5〕 楊蔭瀏：《中國音樂史稿》第289頁，人民音樂出版社，1980年。

〔中腔〕是用中音進行的一種歌法。中腔是與高腔或低腔相對而言的。《太平年》下小字注「慢」，又注「中腔唱」。這當是要求用中音紆徐緩慢的唱法。万俟詠的《鈿帶長中腔》和王安中的《徵招調中腔》，都應在該調下用小字標注「中腔」的，後人因不知宋代歌譜習慣，遂將它們連刻在一起了。《壽延長》大曲中的「中腔」、「令」，可能是標明用中音的急拍快唱。宋徽宗天寧節樂次有「歌板色一名唱中腔一遍」，乃歌者用中腔選唱一詞。

〔囉子〕是促口帶嗟嘆聲的一種唱法。「囉」，《玉篇》：「撮口也」；《集韻》：「嗟也」。《獻天壽》下注「令」，又注「囉子」，當是急拍快唱時帶嗟嘆或促口聲。《瑞鷓鴣》下注「慢」，又注「囉子」，當是緩拍慢唱時帶嗟嘆或促口聲。這樣可以表達特殊的情感，歌妓往往在送酒時使用此種唱法。葉夢得說：「公燕（宴）合樂，每酒行一終，伶人必唱囉酒，然後樂作。此唐人送酒之辭，本作『碎』音，今多為平聲，文士亦或用之。王仁裕詩：『淑景易從風雨去，芳尊須用管弦囉。』」（《石林燕語》卷五）沈括談到大曲歌法時有「囉」（《夢溪筆談》卷五）。唐宋時公宴合樂用囉，但它絕不是送酒辭，而是一種歌法。

〔三臺〕漢代樂府雜曲，三十拍促曲名三臺。唐以來詞調亦有《三臺》，而且因題材不同而有「宮中三臺」、「突厥三臺」、「江南三臺」。張表臣說：「樂部中有促拍催酒，謂之三臺。……又樂始作必曰『絲抹將來』，蓋絲竹在上，鐘鼓在下，絲以起之，樂乃作。」（《珊瑚鈎詩話》卷二）《高麗史‧樂志》大曲《拋球樂》的支曲《折花》注「令」，又注「三臺詞」。《折花》詞有「翠幕華筵，將相正是多歡宴」，屬於「宮中三臺」，它當是快唱三十促拍。史浩大曲《花舞》的說明有「舞唱了，後行吹三臺」。這「三臺」當是三十促拍的樂曲。

〔踏歌〕是歌唱時連手而歌，以足踏地為節拍。《舊唐書‧睿宗紀》云：「上元夜，上皇御安福門觀燈，出內人連袂踏歌。」《資治通鑑》卷二○六記則天后聖曆元年，突厥「默啜使閻知微招諭趙州。知

微與虜連手踏歌《萬歲樂》於城下」。胡三省注云:「踏歌者,連手而歌,踏地以爲節。」《金殿樂》下注「慢」,又注「踏歌唱」,則是宋人沿唐人歌舞習慣,歌者連袂踏足爲節而歌唱,其節拍又是紆徐緩慢的。

　　唐宋大曲的體制結構很複雜,大曲又稱「大遍」。沈括說:「所謂大遍者,有序、引、歌、歠、嗺、哨、催、攧、袞、破、行、中腔、踏歌之類,凡數十解。」(《夢溪筆談》卷五) 王灼說:「凡大曲有散序、靸、排遍、攧、正攧、入破、虛催、實催、袞遍、歇拍、殺袞,始成一曲,此謂大遍。」(《碧雞漫志》卷三) 王國維將此二家之說進行比較,認爲「沈氏所列各名,與現存大曲不合,王說近之。」〔註67〕但是《高麗史·樂志》所存宋詞的調下小字注所標示的特殊歌法卻近於沈氏之說,因而可以推測:沈括所記是大曲歌法,王灼所記是大曲體制結構。此兩說可互爲補充,有助於認識大曲的體制與歌法。由此也可理解星鳳閣鈔本晁端禮《閑齋琴趣外篇》存目的「聖壽齊天樂歌(逐唱)一首、又一首、中腔一首、又一首(與前腔不同)、踏歌一首、又一首(與前腔不同)」。《聖壽齊天樂》是大曲,無固定體式,各詞無調名,其中的「逐唱」、「中腔」、「踏歌」、「與前腔不同」都是屬於特殊歌法的標記。

　　經過以上簡略考釋,可見《高麗史·樂志》所存北宋大晟府歌譜詞所標注的特殊歌法,與元代《唱論》所記「歌聲變件」是基本相同的,體現出古代歌法的承傳關係。由此也可證實這卷幸存的宋詞是大晟府習用的一種簡式歌譜。樂工歌妓對各詞調的固定旋律、節奏和聲腔都是熟悉的,某些詞因特殊要求而註明聲腔與節奏的變樣,他們憑此便可順利地演唱了。

三

　　《高麗史·樂志》所存北宋大晟府歌詞,不是用於宗廟祭祀的

〔註67〕 王國維:《宋元戲曲史》第 36 頁,商務印書館,1943 年。

雅樂詞章,而是施於宴饗的新燕樂歌詞。它既經大晟府編集,並得到最高統治集團的認許而習用於朝廷,因而在一定程度上體現了北宋封建統治階級的審美理想和審美趣味。任何時代的統治階級對文藝的欣賞首先是從政治教化著眼的,以有益於其統治地位。大晟府歌詞七十首中,屬於歌頌皇朝熙盛、昇平祥瑞、節序壽慶的詞便佔有半數有餘。它們大都是大晟府詞人奉命撰製的,全是頌諛之詞,如「上祝皇齡齊天久,猶舞蹈,賀賀賀聖朝」(《獻天壽》);「四海昇平,文武功勛蓋世,賴聖主,興賢佐,恁致理」(《惜奴嬌》);「眞主玉曆成康,德睿寧安國中良」(《清平樂》)。其中也有柳永的《醉蓬萊》(「漸亭皋葉下」)、《傾杯樂》(「禁漏花深」)、《御街行》(「燔紫煙斷」)和晁端禮《黃河清》(「晴景初昇」)等歌頌昇平祥瑞的詞。這說明北宋君臣宴樂時選用的歌詞是以政治標準爲主的。此類歌詞藉助音樂歌舞相伴以製造宴樂時的隆盛氣氛,其實是缺乏藝術感染力的。第二類歌詞是北宋以來流行的文人抒情之作,有著名詞人的,也有無名氏的。其內容是抒寫花間尊前,留連光景,離情別緒,閨愁春怨。如柳永的《雨霖鈴》(「寒蟬悽切」)、歐陽修的《洛陽春》(「紗窗未曉黃鶯語」)、趙企的《感皇恩》(「騎馬踏紅塵」)、蘇軾的《行香子》(「清夜無塵」)、李甲的《帝臺春》(「芳草碧色」)、阮逸女的《花心動》(「仙苑春濃」)等。這些作品大都是精美婉雅的,投合士大夫們的審美趣味,喚起他們關於美的想像。第三類是俚俗的流行歌詞,約有十二首。從其思想內容與藝術風格來看,應是北宋市井間的淫冶謳歌之詞,如「驀地被他,回眸一顧,便是令人腸斷處」(《感皇恩》);「怎生是款曲,終成連理,管勝如舊來識底」(《風中柳》);「想風流態,種種般般媚,恨別離時太容易」(《千秋歲》);「眉如削,手如春笋。奶兒甘甜,腰兒細,脚兒去緊。那些兒更休要問」(《解佩》)。這些詞與封建統治階級的音樂理論、文學理論和倫理觀念是相違背的,理應受到排斥或禁止。出乎我們的意料,這些俚俗的淫冶之詞竟公然在朝廷演唱,爲上層集團的成員所欣賞,

並由朝廷以國家的名義轉賜鄰邦。

　　自隋唐燕樂興起，已逐漸呈現取代傳統雅樂的趨勢。《宋史・樂志》稱「有宋之樂，自建隆訖崇寧凡六改作」，而雅樂已難考訂，「去聖愈遠，遺聲弗存」。宋徽宗崇寧四年用魏漢津之說，取帝王中指寸，「以身爲度，鑄鼎起律」，製了新的大晟雅樂。然而宋徽宗並未將中指準確尺度以示，而是由劉昺秘密酌情所定。因此，新的樂律接近世俗的樂律，故「按協於庭，八音克諧」，合於長期的應用。大晟樂被稱爲得古代「雅正之聲」的新燕樂。從表面現象來看，大晟府建立後，宋代音樂似乎開始了一個雅化過程，而且爲了加強雅化，朝廷還詔令嚴禁民間淫哇之聲。「大觀二年八月新樂（新燕樂）成，詔令大晟府置圖頒降……舊來淫哇之聲如打斷、哨笛、呀鼓、十舟（般）舞之類，悉行禁止。違者杖一百，聽之者加二等；許人告，賞錢五十貫文。其淫哇曲名，令開封府便行取索，由尚書省審訖，頒下禁止。」（《宋會要輯稿》「樂」三之二六）這些詔令是否認眞執行過，燕樂是否從此雅化，淫哇之曲是否禁絕，都很令人懷疑。實際情形恰好相反，如《宋史》卷一四二《樂志》云：

　　　　政和間，詔以大晟雅樂施於燕饗，御殿按試，補徵角二調，播之教坊，頒之天下。然當時樂府奏言：樂之諸宮調多不正，皆俚俗所傳。及命劉昺輯《燕樂新書》亦惟以八十四調爲宗，非復雅音，而曲燕昵狎，至有援「君臣相悅之樂」以藉口者。末俗漸靡之弊，愈不容言矣。

　　盡管宋王朝已不重視雅樂，大晟樂律己非雅正之聲，新的燕樂已經世俗化，朝廷宴饗也演唱市井淫哇之曲，然而最高統治集團在理論上仍是標榜提倡雅樂而禁止鄭聲的。他們在歌舞宴樂的場合需要聽到粉飾昇平之詞以滿足虛榮心理，也需要聽到輕鬆諧婉的抒情詞和淫冶之詞，還需要某些世俗的享樂以滿足感官的愉悅。他們切望從日常生活的單調經驗轉到一個不同的變化的，而非全受客觀控

制的世界中去。北宋自市民階層興起之後，出現了市民文學〔註7〕。
市民的世俗享樂生活方式對封建統治階級同樣具有誘惑力，而且他
們也不會退回到違反自然的清心寡欲的生活中去。歌舞宴樂是宋代
時尚的世俗享樂方式。《高麗史‧樂志》所存北宋大晟府歌詞，內容
與風格都是豐富多樣的，能滿足統治階級多層次的文化需要和審美
需要。這卷歌詞與北宋歷史和文化有很深刻的聯繫，是研究我國封
建社會後期文學、音樂、民俗的珍貴文獻。

〔註7〕　參見謝桃坊：《中國市民社會的形成及其特點》，《開封師專學報》，
　　　　1991 年 3 期；《宋代瓦市伎藝與市民文學的興起》，《社會科學研究》，
　　　　1991 年 3 期。

南宋雅詞辨原

　　詞體文學發展至北宋中期，蘇軾擴大其社會作用並寓以詩人句法之後，在內部出現追求典雅的審美傾向。這導致南宋詞壇的復雅運動，從而產生了雅詞及其理論。復雅是宋詞發展過程中較爲顯著的文學現象，但宋人雅詞觀念的演進、雅詞群體的形成、雅詞的理論規範，它是否爲一個詞派，這些問題皆有待全面考察與深入研究。茲謹據宋代詞學文獻對南宋雅詞試作粗略的探索，以期認識其歷史的眞實。

一

　　雅是社會文化風尚的一種體現，代表著特定時代的文化觀念，表示對文明正確規範的倡導。由此派生出的雅正是指正道的規範，風雅是指文學教化或風流儒雅，高雅是指審美趣味的高尚和雅致，騷雅是指文學作品符合《詩經》與《離騷》的精神，典雅是指作品有正確的立意而且雅致，閒雅是指安舒高雅的狀態。這些都體現社會上層文化圈內的一種文化風尚，它是與世俗文化和流俗習尚相對立的。中國古代文學作品基本上是在社會上層文化圈內流行的，它屬於風雅文化的範疇。唐代新興的音樂文學——詞，本是適應流行音樂（俗樂）的歌詞，供世俗社會娛樂消遣的，託體甚卑，故倚聲

填詞視爲「小道」，被排斥於正統文學之外。詞體的這種卑下的文學
地位在宋代並未得到改變，雖然其內部逐漸產生了復雅的趨勢。宋
代文人將詞作爲遣興娛賓、閒居鼓吹和析酲解慍的工具時，作爲羔
雁以酬贈祝頌時，或作爲言志與諷諭之用時，它必然適應社會上層
文化圈的典雅的氛圍，改變其原有的俚俗性質。宋詞雅化的傾向在
柳永、晏殊、張先、歐陽修等的應酬、祝頌和言志的作品裏已經啓
端，至蘇軾改革詞體更加速了雅化的進程。在此過程中，人們對於
詞的鑒賞批評使用了「雅」的概念。

　　蘇門學士晁補之評論晏幾道詞云：「晏叔原不蹈襲人語而風調閒
雅，自是一家。」〔註1〕他認爲小晏詞甚符合古代風人之旨，樂而
不淫，哀而不傷，意態安舒，體現了文人的高雅情趣。李之儀在《跋
吳思道小詞》裏追溯了《花間集》以來詞體的發展，對於柳永和張
先略有指摘。他認爲「良可佳者晏元獻、歐陽文忠、宋景文則以其
餘力遊戲，而風流閒雅，超出意表，又非其類也。」(《姑溪居士文
集》卷四十) 在李之儀看來，晏殊、歐陽修和宋祁之詞是不同於《花
間集》傳統的，因他們的詞已具有「閒雅」的意趣，是宋詞發展中
一種新的正確的方向。黃裳讀了柳永《樂章集》之後認爲：「予觀柳
氏《樂章》，喜其能道嘉祐中太平氣象，如觀杜甫詩，典雅文華，無
所不有。」(《書樂章集後》，《演山集》卷三十五) 他對柳永祝頌之
詞所體現的典雅風格的讚賞，以爲它豐富的社會內容可以和杜詩媲
美了。晁補之、李之儀和黃裳皆是北宋同人，他們已見到宋詞創作
中出現的典雅傾向，給予了肯定和鼓動。

　　北宋大晟府詞人万俟詠早年將自己的作品分爲兩類，在詞學史
上第一次出現了「雅詞」的概念。南宋初年詞學家王灼說：

　　　雅言（万俟詠）初自集分兩體，曰「雅詞」，曰「側
　　艷」，目之爲《勝萱麗藻》，後召試入宮，以側艷體無賴太
　　甚，削去之。(《碧雞漫志》卷二)

〔註1〕　趙令時：《侯鯖錄》卷七，《四庫全書》本。

「雅詞」是指莊重雅致的詞作，「側艷」是指浮艷粗俗的詞作。万俟詠的《大聲集》已佚，今存之詞二十九首是歌頌昇平祥瑞和抒寫離情別緒的典雅作品。宋詞中的「體」相當於風格的概念。從万俟詠關於詞作的分類，可見在北宋後期已經形成「雅詞」的概念了。

南宋初年由於歷史的巨變，民族危機的嚴重，詞體表達了漢族民眾的愛國情感，詞壇的復雅運動隨之開展。紹興十二年（1142）峒陽居士編的選集《復雅歌詞》，力圖發揚中國《詩經》與《離騷》的優良文學傳統，以「騷雅」爲號召。他在序言裏回顧了中國音樂文學的歷史，批評了唐五代詞「淫艷猥褻」之失，對北宋以來的詞作亦有指摘。他認爲：

> 吾宋之興，宗工巨儒，文力妙天下者，猶祖其（唐五代）遺風，蕩而不知所止，脫於芒端，而四方傳唱，敏若風雨，人人猷艷咀味，尊於朋遊尊俎之間，以是爲相樂也。其韞騷雅之趣者，百一二而已。（謝維新編《新編古今事文類聚》續集卷二四）

峒陽居士按照雅致而有益於世教民彝的「騷雅」標準，從唐以來的詞中選出四千餘首，編爲五十卷，以作爲復雅的範本。此編可惜已佚，但從今存十餘首詞及評語來看，編者的思想是很保守的，純以儒家政治教化觀念和政治寄託說來論詞，以貫徹「騷雅」的主張。紹興十六年（1146）曾慥編《樂府雅詞》三卷，拾遺二卷。編者在序言裏表明所選乃朝廷及名公之雅詞，凡屬「諧謔」的和「艷曲」的作品皆被刪除。在峒陽居士和曾慥提倡復雅之時，王灼和胡寅論詞特別推崇蘇軾改革詞體的功績。王灼認爲蘇軾「指出向上一路，新天下耳目」（《碧雞漫志》卷二）；胡寅認爲蘇軾「一洗綺羅香澤之態，擺脫綢繆宛轉之度」（《酒邊集後序》，《斐然集》卷十九）。這從理論上支持復雅的主張，並樹立了學習的典範。自此，發揚文學的騷雅傳統，提倡豪放的風格，學習東坡詞，遂成爲南宋初期以來雅詞的特色。張孝祥是極力學東坡詞的，在作品裏表達了悲壯激

烈的愛國情感，其詞集名爲《雅詞》。時人湯衡有《張紫微雅詞序》，
今南京圖書館藏有李子仙影宋鈔本《張於湖雅詞》。南宋淳熙十四年
（1187）陳鬷爲曹冠的詞集《燕喜詞》作的序言裏，對雅詞的內涵
有所闡述：

> 春秋列國之大夫聘會燕饗，必歌詩以見意。詩之可
> 歌，尚矣！後世《陽春白雪》之曲，其歌詩之流乎？沿襲
> 至今，作之者非一。造意正平，措詞典雅，格清而不俗，
> 音樂而不淫，斯爲上矣。高人勝士，寓意於風花酒月，以
> 寫夷曠之懷，又其次也。若夫宕蕩於檢繩之外，巧爲淫褻
> 之語以悅俚耳，君子無取焉。（四印齋彙刻《宋元三十一家詞》）

陳氏將古代大夫賦詩言志認爲是後世歌詞的傳統，於是賦予詞
體重要的嚴肅的社會功能。他將宋詞分爲三等：一爲典雅之詞，二
爲閒適之詞，三爲淫褻鄙俚之詞。他贊賞雅詞，以爲其思想是純正
平和的，詞語是雅致而有根底的，風格是清新高雅的，意旨是符合
儒家詩教的。在宋代詞人中，他以東坡詞爲此種雅詞的標準。陳氏
認爲曹冠《燕喜詞》正是繼蘇軾而作的雅詞。曹冠之詞今存，是學
蘇軾曠達風格之作，但卻質樸平庸，在詞壇未產生影響。陳氏之序
則可視爲此一時期雅詞創作經驗的概括，在詞學史上具有一定意
義。同時爲《燕喜詞》作跋語的詹效之也表示了對雅詞同樣的見解。
他認爲《燕喜詞》「旨趣純深，中含法度，使人一唱而三嘆，蓋其得
於六義之遺意，純乎雅正者也」（同前）南宋初年以來，以儒家詩教
爲理論指導的，以學習東坡詞爲榜樣的復雅運動曾在詞壇掀起熱
潮，表現了時代文化精神，它至南宋中期告一段落了。淳熙三年
（1176）年輕詞人姜夔的自度曲《揚州慢》在藝術上的成功，標誌
著南宋詞發展進入一個新的歷史時期，同時也標誌著一種新的雅詞
詞人群體的興起。

二

南宋婉約詞發展過程中出現了三位重要詞人，即姜夔、吳文英

和張炎。姜夔活動於淳熙三年（1176）至開禧三年（1207）的三十年間，與他同時的藝術風格相近的詞人主要有盧祖皋、高觀同、史達祖、張輯。他們的詞達到很高的藝術成就，在詞壇上產生了較大的影響。吳文英活動於紹定元年（1228）至景定五年（1264）的三十餘年間，與他同時的藝術風格相近的詞人有李彭老、樓采、尹煥、黃孝邁、翁元龍、万俟紹和施樞，但除吳文英而外，其餘的詞人皆微不足道。張炎活動於咸淳九年（1273）至元代延祐二年（1315）的四十餘年內，同時的楊纘、王沂孫、周密、陳允平，都有各自的藝術特色，成為宋詞的終結。我們可視以上詞人為三個群體。它們各有藝術追求，卻又存在某些共同的藝術特色。姜夔和吳文英等詞屬於雅詞，而且是高度典雅的，它與南宋初年以來張孝祥等雅詞的美學風貌是不相同的，它在南宋中期以後的詞壇居於主導地位。南宋滅亡之後，張炎、沈義父和陸行直總結姜夔與吳文英等雅詞的創作經驗，從而使它成為宋代雅詞的正宗。

　　張炎在宋亡後欲存一代音樂文學之文獻，以寄託故國之思，完成了詞學理論專著《詞源》二卷。詞體文學隨著南宋的滅亡而衰微了，姜夔和吳文英等雅詞也不能免於衰微的命運。有宋一代的音樂文學在歷史背景的轉換中為元曲所代替了。張炎撰著《詞源》即「嗟古音之寥寥，慮雅詞之落落」（《詞源序》），而總結雅詞經驗並表述自己詞學觀點的。他為雅詞尋找到源遠流長的傳統，以為「古之樂章、樂府、樂歌、樂曲，皆出於雅正」（同前）。他假設中國古代所有的音樂文學的主旨都是符合社會正道的倫理的規範，長短句的詞體是唐以來的新體音樂文學，它自然也繼承了雅正的傳統。他深知詞體具有娛樂性質，是由歌妓在花間尊前以佐清歡的，作者應劃清與「鄭衛」之聲的界限，「若能屏去浮艷，樂而不淫」，這樣可謂保存了「漢魏樂府之遺意」，也即歸於雅正了。這固然是對詞體性質的曲解，可是歷史上新的理論之提出，大都是建立在對傳統曲解的基礎之上的，而且只有這樣才能為新的理論找到立論的依據。張炎說：

「詞欲雅而正。」（同前）什麼是「雅正」呢？「雅」當是典雅和雅致，體現高度的文化修養，「正」即是體現社會規範的正道。詞人怎樣才能作到雅正的美學要求呢？張炎認為：

（一）「詞以意趣為主」。要求作者有新的創意，不蹈襲前人之語，善以騷雅句法潤色，力求意趣的高雅和深遠，含蓄不露，「情景交煉，得言外之意」。這樣，詞意高雅，幽微隱伏，有細緻深厚的寄託。

（二）「詞之作必須合律」。作者應認識音譜──樂譜，考究每一詞調的音樂特點與聲情特點。「雅詞協音，雖一字亦不放過」，以求字聲的平仄聲韻與音譜的和諧，「俟語句妥溜，然後正之音譜，二者得兼，則可造極玄之域」。這樣倚聲填詞會使詞作和諧美聽，而詞人必須具有高度的音樂與文學的修養。

（三）「陶寫性情」而不為「情所役」。這要求作者有淳厚的情感，而以婉約的方式表達。雖然詞體長於簸風弄月，但必須不失雅正，不為風月所驅使。感情應受到一定的限度與約束，以符合古代詩人之旨。

以上三點是雅詞的基本要求，此外在具體表現方面，張炎還總結了許多經驗。他進而嚴格劃分雅詞與艷詞和豪氣詞的界限。北宋的俚俗之詞和諧謔之詞經過蘇軾的改革和南宋復雅運動的掃蕩，基本上被清除了，南宋中期以來較有力量與雅詞抗衡的是艷詞和豪氣詞。詞為艷科是由詞體產生的社會環境與流行的文化條件決定的，它就體性而言最適宜愛情的題材，所以許多浮艷之詞、猥褻之詞和淫冶之詞一直在詞壇上佔有地位，它們深受世俗社會的歡迎。張炎堅決反對浮艷之詞，以為是社會的「澆風」──衰世浮薄習氣所致，有失「雅正之音」。辛棄疾、陳亮、劉過、劉克莊等人以文為詞，以議論為詞的豪氣詞，使典用事，作風粗率，甚至狂怪叫囂。這在南宋以來的詞壇佔有優勢，影響甚大。張炎是將它置於雅詞的對立面的。他說：「辛稼軒、劉改之作豪氣詞，非雅詞也。於文章餘暇，戲

弄筆墨，爲長短句之詩耳。」（同前）因此，姜夔和吳文英等雅詞是區別於艷詞和豪氣詞的，也區別於南宋初年的雅詞。

關於雅詞的代表者，張炎在《詞源序》裏實際上已經指明了。他說：

> 美成負一代詞名，所作之詞渾厚和雅，善於融化詩句，而於音律間有未諧，可見其難矣。作詞者多效其體制，失之軟媚，而無所取。此惟美成爲然，不能學也。所可仿傚之詞，豈一美成而已？舊有刊本六十家詞，可歌可誦者指不多屈。中間如秦少游、高竹屋、姜白石、史邦卿、吳夢窗，此數家格調不侔，句法挺異，俱能特立清新之意，刪削靡曼之詞，自成一家，各名於世。作詞者能取諸人之所長，去諸人之所短，精加玩味，象而爲之，豈不能與美成輩爭雄長哉！

周邦彥是北宋詞的集大成者，在南宋時長期成爲詞人們學習的對象。張炎認爲周詞存在嚴重的缺陷，不能成爲學習的榜樣。他所推舉的五家詞，其中秦觀可視爲雅詞之源，而姜夔和吳文英四家實爲具體傚法的，而且以爲取諸家所長即可在藝術上獲得很大成就。張炎於此實際上確認了南宋四家詞爲雅詞之標準，亦確立了雅詞代表作家在詞史上的地位。

張炎授意而由陸行直著的《詞旨》兩卷，具體論述雅詞的作法和句法。陸氏引述了以雅論詞的主張，認爲「凡觀詞須先識古今體制雅俗」〔註2〕。他指出在評論或鑒賞詞時，首先應分清雅詞與俗詞，只有排除俗詞纔可能具有純正的審美趣味。詞體不同於詩，在對待雅與俗的關係方面是較難掌握的，如果要求絕對的典雅，則不易爲受眾欣賞。陸氏轉述張炎之意說：「夫詞亦難言矣，正取近雅，而又不遠俗。」（同前注）他認爲無論作詞或評詞，應提倡雅正，要

〔註2〕 唐圭璋編：《詞話叢編》第一冊，第 301～302 頁，中華書局，1986年。

避免深奧艱澀，詞語明顯曉暢，但不流於粗俗。姜夔、吳文英和張炎的作品基本上是做到雅而不遠俗的，此是他們雅詞的特色。陸行直在《詞旨》裏保存了張炎傳授的作詞要訣：

> 周清眞之典麗，姜白石之騷雅，史梅溪之句法，吳夢窗之字面，取四家之所長，去四家之所短。

此爲學詞者指出了途徑，以四家詞爲法，取其優長，即走上創作的坦途。典麗是取周詞之法度與設色，騷雅是取姜詞之意趣，句法是取史詞之句意和諧，字面是取吳詞之辭語華美濃艷。我們可將這看作南宋雅詞的藝術特點，亦是學習雅詞的秘訣。張炎關於周邦彥與吳文英在創作上的得失是看得很清楚的，所以對他們的批評既有肯定，也有否定。他總結的作詞要訣是排除了個人的藝術偏見，概括了南宋雅詞的藝術成就。《詞旨》關於雅詞概念的補充，關於作詞途徑的指示，這使張炎的詞學理論更爲圓融了。

南宋淳祐三年（1243）吳文英向沈義父講論作詞之法，沈義父在宋亡後撰成《樂府指迷》一卷。這也是南宋雅詞創作經驗的總結。沈氏記述了吳文英講授的詞法：

> 蓋音律欲其協，不協則成長短句之詩；下字欲其雅，不雅則近乎纏令之體；用字不可太露，露即直突而無深長之味；發意不可太高，高則狂怪而失柔婉之意。

他指出的協律、雅致、含蘊、柔婉，在作詞時有切實的指導意義，與張炎的意見基本上是一致的，爲雅詞的詞法規範。沈氏發揮了吳文英以雅論詞的觀點，在詞學批評中力圖清除市井俗氣對詞壇的影響。他推崇周邦彥詞「無一點市井氣」，指責柳永、康與之、孫惟信、施岳之失誤在於有「鄙俗語」、「俗氣」或「市井氣」。他對於南宋末年教坊樂工及市井藝人在歌樓酒肆所歌之俗詞表示深惡痛絕，甚至說「求其下字用語，全不可讀」。爲了詞之雅正，沈義父提倡吳文英的詞法之外，還指出一條簡便易行的途徑。他說：「吾輩只當以古雅爲主，如有（市井）嘌唱之腔不必作，且必以清眞及諸家

目前好腔爲先可也，」他勸告作者在作詞時應選用周邦彥及諸名家流傳之詞調，擇其古雅者，這樣可使所作之詞趨於雅正。

張炎、陸行直和沈義父論詞以雅爲最高美學標準，他們深知詞的體性特點，講述詞法，指示創作途徑，標示姜夔、吳文英和張炎爲學習榜樣：由此確立了以姜夔、吳文英和張炎爲代表的雅詞爲南宋詞的正宗地位。他們的復雅主張是一致的，努力維護雅詞的傳統，這反映了南宋許多精通音律的詞人的共同要求。

三

南宋正宗雅詞對清代詞學復興發生了積極的影響，它作爲宋詞範式而爲清代詞人——特別是浙西派詞人學習。浙西詞派的領袖朱彝尊說：

> 詞莫善於姜夔，宗之者張輯、盧祖皋、史達祖、吳文英、蔣捷、王沂孫、張炎、周密、陳允平、張翥、楊基，皆具夔之一體，基之後得其門者寡矣。（《黑蝶齋詩餘序》，《曝書亭集》卷四十）

這個譜系是浙西詞派的詞學淵源。張翥和楊基是宋以後詞人，其餘的南宋十家皆是正宗雅詞的著名詞人。朱氏根據張炎意見，擴大了雅詞的作者陣營。浙西詞派詞學家郭麐發揮了朱氏意見，開始將南宋雅詞視爲一個宋詞流派。他將宋詞劃分爲四個流派，於其中最推崇雅詞：

> 姜（夔）張（炎）諸子，一洗華靡，獨標清綺，如瘦石孤花，清笙幽磬。入其境者，疑有仙靈；聞其聲者，人人自遠。夢窗（吳文英）竹屋（高觀國）或揚或沿，皆有新雋，詞之能事畢矣[註3]。

近世詞學家王易於 1927 年據此提出南宋姜派詞人之說。他認爲此派的創立者爲姜夔，宗之者有張輯、盧祖皋、史達祖、高觀國、吳

〔註3〕 《靈芬館詞話》卷一，《詞話叢編》第二冊，第 1503 頁。

文英、洪瑹、黃昇、嚴仁、趙以夫、蔣捷、劉辰翁和《樂府補題》詞人張炎、王沂孫、周密、等等〔註4〕。現代詞學家繼而從不同的視角稱此派爲「格律詞派」、「風雅詞派」或「騷雅詞派」〔註5〕。他們認爲此派的重要詞人有姜夔、史達祖、吳文英、王沂孫、周密、張炎諸人。臺灣學者劉少雄以爲此派應稱「典雅詞派」。其專著《南宋姜吳典雅詞派相關詞學論題之探討》是一部嚴謹而深刻的理論著作，著者開宗明義云：

> 所謂「南宋」，一則有歷史的意義，統擧了該派的生存時空，另外也有美學的涵意，標擧出該派所代表的時代風格特色。所謂「姜吳」，乃以姜夔與吳文英兩家來作派系的代表。原因是：姜吳詞在南宋中晚期典雅派詞人群中，是最有開創性和影響力的二家，而且在這一詞派裏，姜吳詞的相對作風是最明顯又最富爭議性的，本文擧之作爲該派的代表名稱，正可以此彰顯文學流派中成員風格同中有異的眞實面。至於該派的家數，除姜、吳外，以史達祖、周密、王沂孫和張炎四家爲主要成員。所謂「典雅」，就是上述諸家詞的基本風格特色〔註6〕。

我們暫且不論雅詞若作爲詞派其名稱應以何者爲宜，茲先考察它是否具備文學流派的條件。根據什麼來確定姜夔、吳文英和張炎等詞人可以構成一個詞派呢？劉少雄認爲：

> 「詞派」之名雖晚起，但詞社在南宋其實已頗有組織，社友分題拈韻，審音協律，活動相當頻仍；像宋季周密、王沂孫、張炎諸人，有共同的師法對象與創作理念，時相

〔註4〕 王易：《詞曲史》，第206～218頁，中國文化服務社，1946年。

〔註5〕 參見劉大杰：《中國詞詞一詞學發展史》第644頁，上海古籍出版社，1982年；鄧喬彬《論南宋風雅詞派在詞學美學進程中的意義》，《詞學論叢》，華東師範大學出版社，1986年；趙仁珪《論騷雅詞派》，《北京大學學報》，1990年3期。

〔註6〕 劉少雄：《南宋姜吳詞派相關詞學論題之探討》第1頁，臺灣大學出版社，1995年。

往還，選詞論詞，莫不以雅爲宗，儼然已是一個詞派的規模了〔註7〕。

一個時代作家的作品具有統一的風格而體現爲一種文學潮流，這些作家之間存在組織或某種同盟，他們提出了共同的理論綱領，由此形成文學流派。「詞派」這一概念的確是晚起的，最初爲清代詞人厲鶚所使用〔註 8〕。這說明宋人是無「詞派」概念的。當然，如果宋詞確實存在流派，我們固可按照現代關於文學流派的理論給予認定，可惜南宋雅詞並非「頗有組織」和「有共同的師法對象與創作理念」，而且也無統一的藝術風格。茲申說如下：

（一）關於詞社。凡認爲南宋雅詞爲流派者的重要依據即在雅詞詞人之間結成了詞社，這便是他們的組織形式。姜夔爲史達祖詞集作序云：「梅溪詞奇秀清逸，有李長吉之韻，蓋能融情景於一家，會句意於兩得也。」（林大椿校《百家詞》）此外並無他們交遊的記載。史達祖《點絳唇》和《龍吟曲》小序裏談到「與社友泛湖」和「留別社友」，詳情已不可考。張輯的父親張思順與姜夔有詩作往來，張輯曾向姜夔學過詩法。姜夔與同時的盧祖皋和高觀國無交遊關係。這可見姜夔與史達祖、高觀國、盧祖皋、張輯之間並無詞社活動，也無任何同盟，他們之間沒有組織。我們僅從風格的相似，可將他們作爲一個詞人群體來看待。吳文英爲沈義父講過詞法，他與翁元龍、施樞、李彭老有詞作贈酬，尹煥爲他的詞集作序，這些都屬文人之間正常的交往。他們之間並未結爲詞社，也無同盟。我們也僅可就其風格的相似，將他們作爲一個詞人群體。這樣，雅詞的主要詞人姜夔和吳文英，他們皆無組織形式，而兩個詞人群體之

〔註7〕 劉少雄：《南宋姜吳詞派相關詞學論題之探討》第 14 頁，臺灣大學出版社，1995 年。

〔註8〕 厲鶚：《論詞絕句》之九「送春苦調劉須溪，吟到壺秋句絕奇。不談鳳林書院體，豈知詞派有江西」（《樊榭山房集》卷七，《四部叢刊》本）。南宋遺民劉辰翁號須溪，羅志仁號壺秋。他們皆江西人。其詞作收入元代鳳林書院編《名儒草堂詩餘》。

間亦無任何同盟關係。張炎與王沂孫、周密是曾參加過詞社活動的，而且在宋亡後組織過五次專題咏物活動，作品集爲《樂府補題》。他們的詞社活動主要在杭州西湖。近年蕭鵬對於南宋西湖吟社考察後認爲：西湖吟社原無確定的名稱，李彭老、周密等當日社友一般把它稱作」吟社」，以作詞爲主或兼吟詩，其活動地點不限於臨安西湖一帶；它從南宋末年到元代初年存在，有大致穩定的社友，前後有過多次活動，是一個鬆散的無固定組織的文人群體；它以楊纘、張樞等師友弟子爲中心而結成，社課以詞的創作爲主，強調詞的音樂功能，楊纘的《作詞五要》大約是該社奉行的宗旨〔註9〕。這些詞人活動屬風雅文化。他們偶爾雅集，定題分韻或互相酬唱，探討詞法，商榷音律。如此的雅集在中國古代文人間不勝枚舉，是不能算作一個文學組織的。可見，南宋雅詞前後三個群體之間是無統一的組織形式的。

（二）關於理論。姜夔在詞序裏發表過一些關於詞樂的具體意見。吳文英向沈義父傳授過作詞方法。這兩位雅詞的重要詞人並未在詞學上提出新的觀念和理念。張炎、陸行直和沈義父在雅詞已經衰微之時，總結雅詞的創作經驗，雖然已具理論形態，但因其滯後性而實際上已喪失綱領性的意義和理論指導作用，因爲雅詞的歷史已經結束了。他們旨在對復雅美學風尚影響之下的詞人進行評論，進而探討詞法，無論其主觀與客觀皆未站在詞派的立場而提出一種理論作爲一個文學流派的綱領。他們在詞學批評方面的意見是不一致的，這突出表現在師法對象的不同。凡是文學流派總有師法對象，它是此派文學範式的代表者，是此派文學理論的體現者，是此派尊奉之創始者或領袖。中國文學史上，特別是宋以來文學流派之間的分野往往是以師法對象爲標誌的，例如清代的浙西詞派和常州詞派都是尙雅的，它們的區別主要是師法對象的不同，以致創作途徑和

〔註 9〕 蕭鵬：《西湖吟社考》，《詞學》第七輯，華東師範大學出版社，1989年。

審美趣味有很大的差异。張炎和陸行直在理淪上是以姜夔爲師法對象的，其遠源則是北宋的秦觀。張炎在《詞源》裏關於北宋詞人，他特別推崇秦觀，認爲「秦少游詞體制淡雅，氣骨不衰，清麗中不斷意脈，咀嚼無滓，久而知味」。他論及兩宋詞名家，於北宋只取秦現一家。張炎的具體師法對象是南宋的姜夔。他高度贊賞白石詞，以爲其代表作「如《疏影》、《暗香》、《揚州慢》、《一萼紅》、《琵琶仙》、《探春》、《八歸》、《淡黃柳》等曲，不惟清高，又且騷雅，讀之使人神觀飛越」。他論詞多以白石詞爲藝術典範，講論作詞方法則多以白石詞之「騷雅」爲傚法的高標。沈義父是師法吳文英的，而其遠源則是北宋的周邦彥。沈氏從吳文英學習詞法，接受其作詞要訣，在《樂府指迷》裏闡述吳文英的意見。他以爲「夢窗深得清眞之妙」，因此提出「凡作詞當以清眞爲主」，在論詞時多以清眞詞爲典範。可見張炎論詞是宗姜夔的，沈義父論詞是宗吳文英的。陸行直受詞法於張炎，以之爲師法對象。他在《詞旨》裏表示不贊成沈義父的意見，所以說：「沈伯時《樂府指迷》多有好處。中間一兩段亦非同家之語，」這顯然是門戶之見所致。這些詞學家師法對象各異，各自的途徑不同。他們是不能成爲一個統一的詞派理論的，而且他們並無此意圖。

（三）關於風格，張炎在標舉雅詞五大家——秦觀、高觀國、姜夔、史達祖和吳文英時，特別指出「此數家格調不侔，句法挺異」。即他們各自的風格不同。這已說得非常清楚。姜夔與吳文英兩個詞人群體在藝格風格上是異趣的。張炎《詞源》裏將二者的風格既括得極準確。他說：

> 詞要清空，不要質實、清空則古雅峭拔，質實則凝澀晦昧。姜白石詞如野雲孤飛，去留無迹。吳夢窗詞如七寶樓臺，眩人眼目，碎拆下來，不成片段。此清空、質買之說。

姜夔和吳文英這兩個群體的代表者在藝術風格上恰恰是對立的，一爲清空，一爲質實。這兩個藝術風格對立的作家群，根本不可

能合併爲一個風格相同的群體。張炎與其同時的詞人王沂孫和周密在藝術風格上也是不同的。張炎學習白石詞,清空而意度超玄。王沂孫和周密詞語華麗,法度謹嚴,意象密集,意旨晦澀,實近夢窗詞的風格。此外如陳允平則是以學周邦彥詞著稱的,有《西麓繼周集》,其詞之題材及聲律全仿傚周邦彥。他們之間雖有交遊、酬唱、雅集,而藝術風格卻大不相同。我們也可將他們看作同時代的尚雅的一個詞人群體,但不是建立在共同藝術風格基礎上的。

從上述可見,姜夔、吳文英和張炎是三個不同時期的詞人群體的代表人物,他們之間沒有建立任何組織形式;姜夔和吳文英未提出詞學理論綱領,張炎和沈義父關於雅詞的經驗總結亦未形成統一的詞學見解,尤其在師法對象上是不同的;這三個詞人群體在藝術風格上是異趣的或對立的,根本未形成共同的風格。因此,他們不具備構成一個文學流派的條件。這些詞人都崇尚雅正的美學理想,使南宋復雅運動取得勝利,標誌宋詞達到精美優雅的藝術高境,亦標誌詞體固有的通俗性質的改變而使詞的創作走上雅化的狹窄的道路。這樣必然成爲一種消極的文學內部因素致使詞體的衰落。

關於宋詞流派問題,前輩詞學家施蟄存曾說:「婉約、豪放是風格,在宋詞中未成派。……北宋詞只有『側艷』和『雅詞』二種風格。……論南宋詞,稼軒是突出人物,然未嘗成派。」〔註10〕我們若冷靜地客觀地考察宋詞是否存在詞派,將會發現施蟄存的論斷是可信的。我須要補充的是:南宋詞壇存在復雅運動,南宋前期曾有一些受東坡詞風影響的詞人倡導雅詞,而南宋中期以後姜夔、吳文英和張炎等在詞史上形成正宗雅詞,但並無什麼「格律詞派」、「風雅詞派」、「騷雅詞派」或「典雅詞派」。南宋正宗雅詞未形成詞派,我們不應爲之感到遺憾,因爲這並不影響我們對它的思想和藝術成就的評價。

〔註10〕 施蟄存:《詞的「派」與「體」之爭》,《西北大學學報》,1980年,3期。

南宋朱敦儒詞韻考實

一

　　唐宋人作詞，用韻大致參照詩韻，並無通行的專門的詞韻書爲準。當詞體衰微之後，始有學者根據唐宋詞作品的用韻情況進行歸納整理，編訂詞韻。明代後期胡文煥編有《會文堂詞韻》，但將曲韻與詩韻混雜，不爲學界推重。明清之際沈謙編的《詞韻略》在清初甚有影響。此後相繼出現了幾種詞韻書，如仲恒的《詞韻》，吳烺與程世明的《學宋齋詞韻》，鄭春波的《綠綺亭詞韻》，李漁的《笠翁詞韻》，許昂霄的《詞韻考略》等，最後集大成者是戈載的《詞林正韻》。自道光元年（1821）《詞林正韻》問世之後，爲論詞者和填詞者確立了標準，詞韻的建構工作似完成了。二十世紀以來關於詞韻的專題論文發表了三十餘篇〔註 1〕，盡管對宋代詞人用韻情況進行了一些考察，所得的結論與《詞林正韻》頗有差異，但宋詞用韻是否存在一個通行的標準卻仍不能確定。南宋詞人朱敦儒曾試擬詞韻，應是對當時實際用韻的概括，留下了宋詞用韻規律的重要線索。戈載說：「詞始於唐，唐時別無詞韻之書。宋朱希眞嘗擬應製詞韻十六條，而外列入聲四部。其後張輯釋之，馮取洽增之。至元陶宗儀

〔註 1〕　據林玫儀主編：《詞學論著總目》第一冊第 201～205 頁，臺灣中央
　　　　　研究院文哲研究所，1995 年。

曾譏其淆混，欲爲改定，而其書久佚，目亦無自考矣。」(《詞林正韻・發凡》)

　　朱敦儒（1081～1183），字希眞；洛陽人。他青少年時即以詞章知名，經歷靖康之難後到了江南。南宋高宗紹興二年（1132），因通達政治，有經世之才，被薦於朝廷。賜進士出身，爲秘書省正字，遷兩浙東路提點刑獄，後爲汪勃彈劾而罷官。紹興十九年（1149），上疏乞求歸田，晚年居嘉禾（浙江嘉興）。著有《岩壑詩人集》一卷，已佚；今流傳《樵歌》三卷，存詞二百四十六首。他所擬製的詞韻十六條，很可能是在紹興間爲秘書省正字時奉宋高宗之命而作的，因高宗很喜歡歌詞，而且常命文學侍從們作詞，故希望有一部適合宋詞創作實際的韻書。詞韻十六條在元代末年學者陶宗儀曾見到過，爲此還寫了一篇《韻記》。陶氏文集無傳，此篇《韻記》見存於清初沈雄編的《古今詞話・詞品》(又見張德瀛《詞徵》卷三)。陶氏記：

> 本朝應制頒韻，僅十之二三，而人爭習之。戶錄一編以粘壁，故無定本。後見東都朱希眞復爲擬韻，亦僅十有六條。其閉口侵尋、鹽咸、廉纖三韻，不便混入，未遑校讎也。鄱陽張輯始爲衍義以釋之。泊馮取洽重爲繕錄增補，而韻學稍爲明備通行矣。值流離日，載於掌大薄蹄，藏於樹根盎中，濕朽蟲蝕，字無全行，筆無明畫，又以雜葉細書如半菽許。願一有心斯道者詳而補之。然見所書十六條，與周德清所輯，小異大同，要以《中原》之音，而列入聲四韻爲準。南村老人記。

　　宋人文獻中沒有關於朱敦儒擬製詞韻的記載。我們從陶宗儀所記，可知此韻爲馮取洽鈔本並作了增補，在宋時不甚流行。陶氏所見這個鈔本已缺損嚴重，字迹模糊，其中又有雜頁，此後很快便散佚了。關於韻學，陶氏承認非「有心於斯道」，故記述中對朱敦儒詞韻性質缺乏認識，將它與官方的詩韻和爲元曲而設的《中原音韻》混爲一談。他將朱氏詞韻與《中原音韻》比較之後，發現後者沒有入聲韻部，而

朱氏則「列入聲四韻爲準」。這樣，詞韻十六條內有四條爲入聲韻，對後世學者推測朱氏韻部很有啓發意義。近世詞學家很重視朱敦儒詞韻。夏承燾在學詞日記裏寫道：

> 朱希眞應製詞韻不傳，從《樵歌》用韻可測其書之仿佛。《樵歌》十三部侵沁，與十一部庚清青登靜徑、六部眞諄文魂混隱問皆合用；七部元桓寒山先仙霰願，與十四部鹽銜凡沾忝豏歛合用；三部支脂微齊灰，與第五部皆咍合用；十七部陌，與十八部月曷薛帖合用。故陶宗儀譏其淆混，欲爲改定。其列入聲韻四部殆屋沃燭爲一部，覺藥鐸爲一部，質陌德等十七部並月曷帖等十八部合盍狎乏等爲一部，惜其平上去分條無可考矣。朱韻張輯爲之作釋，而張詞用韻，皆不依朱氏之濫。馮取洽曾增朱韻，今《花庵》所載馮之《沁園春》唇分盟同叶，其子艾子之《雲仙引》亦罄成身雲心同葉，正合朱作也。希眞平仄多不拘，《柳梢青》且以也叶月説，開元曲之先聲矣〔註2〕。

這裏涉及到幾個需要探討的問題，即朱敦儒所擬詞韻分部的具體情況是怎樣的，如何看待其實際用韻中的韻部（《廣韻》系統的詩韻）淆混和關於入聲韻的問題。夏承燾指示解決這些問題的唯一途徑，是「從《樵歌》用韻，可測其書之仿佛」。夏先生僅舉出《樵歌》用韻的一些實例作了初步探測，尚未能對上述問題的解決提供可靠而充分的依據。因此茲試將《樵歌》用韻情況進行全面考察是很有必要的，或可由此重新審視戈載的《詞林正韻》。

二

《樵歌》存詞二百四十五首，唐圭璋補輯一首，共爲二百四十六首。茲據《全宋詞》本將朱敦儒用韻情況加以歸納分部，按宋代通行《廣韻》系統的《禮部韻略》標明韻部。每部僅以平聲韻字標

〔註2〕 夏承燾：《天風閣學詞日記》第304頁，浙江古籍出版社，1984年。

目，分平聲韻和仄聲韻（包括上聲和去聲），入聲韻單列。所錄韻字以詞調爲單位，每組韻字之前註明調名。調中如《西江月》、《相見歡》、《定風波》平仄互押者分別歸屬，又如《減字木蘭花》、《清平樂》、《昭君怨》、《菩薩蠻》、《洛妃怨》換韻者，亦分別歸屬韻字。凡本部混用其他韻部者以〔 〕註明。凡屬閉口韻字，於字旁以標明。

一、東 冬

平聲 《木蘭花慢》風鐘空同東龍容中融，《醉思仙》空虹蓬東從容紅楓鴻，《西江月》翁風空蟲，《西江月》風容空東，《眼兒媚》濃櫳風逢叢，《眼兒媚》濃櫳風逢叢，《眼兒媚》濃櫳風逢叢，《減字木蘭花》風紅，《減字木蘭花》櫳中風紅，《減字木蘭花》踪紅，《風蝶令》空中紅風東翁。

仄聲 《醉春風》洞弄送拱寵重空夢動，《鵲橋仙》鳳動弄夢，《如夢令》鳳動用用用洞，《西江月》用夢，《西江月》夢董。

二、江 陽

平聲 《滿庭芳》光妝長擋郎床芳觴黃，《臨江仙》量忙藏羊詳光，《鷓鴣天》郎狂章觴王陽，《捉拍醜奴兒》香涼潢廂裳，《望江南》床涼鄉長陽量，《長相思》黃霜羊長量量忙鄉，《采桑子》陽湘霜光長央，《阮郎歸》擋妝香涼觴腸忙長，《相見歡》涼陽黃香妨，《浪淘沙》江窗涼艎香床量鄉，《減字木蘭花》香床窗長，《清平樂》璫妝腸，《菩薩蠻》陽芳窗香，《菩薩蠻》康簧香長，《菩薩蠻》香長郎藏，《洛妃怨》崗璫忘王。

仄聲 《鵲橋仙》帳上傍丈。

三、支微齊

平聲 《臨江仙》菲泥西携詞時，《臨江仙》飛稀西歸啼〔回〕，《鷓鴣天》歸詞厄非衣飛，《鷓鴣天》厄辭奇機池瓶，《朝中措》醫

炊虀絲癡,《朝中措》癡梯機疑虀,《浣溪沙》飛低肥披歸,《訴衷情》池飛衣遲低時,《柳枝》時離杯垂違歸,《朝中措》奇輝衣肥知,《浪淘沙》遲迷時移伊醫培籬,《減字木蘭花》為癡,《減字木蘭花》詩兒知〔杯〕,《減字木蘭花》知眉時西,《清平樂》〔梅〕肌微。

　　仄聲　《念奴嬌》外碎地戲事子此底,《洞仙歌》歲會似計醉世,《木蘭花》綴至意異使醉,《驀山溪》蕊裏李底醉悴外,《驀山溪》妹是洗寄佩淚二睡,《驀山溪》世事水蕊醉裏李,《驀山溪》淚喜洗細外似氣履意,《感皇恩》地綴味醉事戲意歲外,《青玉案》瑞施蕙李裏致意醉,《蘇幕遮》計契睡事歲蔽醉地,《減字木蘭花》李外醉淚,《減字木蘭花》李外醉淚,《減字木蘭花》李外醉淚,《減字木蘭花》醉淚,《減字木蘭花》子裏止尾,《減字木蘭花》袂外,《減字木蘭花》醉睡,《減字木蘭花》水退醉淚,《清平樂》翠外水起,《洛妃怨》會事,《相見歡》事淚,《相見歡》事水,《相見歡》事是,《千秋歲》瑞子體字事滯地歲醉蕊,《如夢令》睡味戲戲戲事,《如夢令》紀四會會會歲,《定風波》字佇淚指。

四、魚　虞

　　平聲　《清平樂》疏輿書。

　　仄聲　《聒龍謠》宇許古去縷顧女路,《聒龍謠》去露與舞素住醑路,《水龍吟》去顧注暮許處羽苦雨,《念奴嬌》處翥舉佇聚付舞去,《木蘭花》去住宇縷聚路,《驀山溪》住雨暮語處路數,《蘇幕遮》去處暮雨處苦路主,《踏莎行》步去雨覷侶路,《一落索》住語去暮處數,《桃源憶故人》住苦慮去路悟古處,《卜算子》雨注縷去,《卜算子》路樹雨鼓,《如夢令》雨數處住住去,《減字木蘭花》住去,《減字木蘭花》去雨縷住,《清平樂》住去路處,《清平樂》雨誤處縷,《菩薩蠻》苦悟去語,《洛妃怨》佇素。

五、佳　灰

　　平聲　《烏夜啼》催梅杯開,《沙塞子》梅催〔池〕〔歸〕,《西

江月》開懷才排,《浣溪沙》杯〔宜〕〔枝〕〔詞〕摧,《燕歸梁》開
〔吹〕雷臺催來徊,《相見歡》梅開苔催回,《減字木蘭花》來杯,《減
字木蘭花》催開。

　　仄聲　《減字木蘭花》礙在,《西江月》礙在。

六、真文元侵

　　平聲　《風流子》春〔明〕津雲神塵魂昏,《臨江仙》雲親春
沈人身,《鷓鴣天》尊神春嗔因人,《南歌子》春新裙茵塵人,《定風
波》春塵身〔情〕人,《南鄉子》身新頻門〔盈〕茵恩痕,《南鄉子》
昏門顰裙薰痕魂春,《西江月》〔青〕神新春,《浣溪沙》人昏春勻裙,
《鷓鴣天》〔聲〕人新砧〔零〕巾,《菩薩蠻》門昏人門,《鷓鴣天》
眞茵人新塵尋,《鷓鴣天》雲春人塵〔聲〕〔平〕,《朝中措》門尋人
春昏,《騰騰慢》雲紛尊巾人〔興〕深〔平〕,《訴衷情》春雲恩新尊,
《朝中措》門尋人春昏,《采桑子》雲塵巾根〔平〕人,《行香子》
沈侵針顰新昏魂塵尋,《長相思》〔晴〕陰雲痕人人〔情〕〔平〕,《西
江月》雲心新親,《水調歌頭》陰心金音斟今尋魂,《菩薩蠻》沈深
心尋。

　　仄聲　《卜算子慢》緊盡暈問〔病〕枕信正陣,《減字木蘭花》
聽恨,《西江月》〔靜〕穩,《西江月》聽〔靜〕,《卜算子》信近〔騰〕
飲,《桃源憶故人》陣恨甚問暈沁盡近,《相見歡》韻品。

七、寒刪先覃鹽咸

　　平聲　《滿庭芳》寰歡寒山竿瀾軒官間,《鷓鴣天》殘寒山頑
閑間,《鷓鴣天》丹寬閑謾間還,《朝中措》間看鞍顏衫,《相見歡》
間珊山閑顏,《水調歌頭》旋傳娟言蟾邊躚圓,《西江月》緣年鈿前,
《浣溪沙》殘寒干酸看,《望海潮》川川〔坤〕天閑千然煙前間年,
《臨江仙》年眠川然天仙,《鷓鴣天》川煙眠前肩年,《鷓鴣天》天
氈賢躚娟弦,《鷓鴣天》顛年牽氈眠天,《朝中措》彈殘歡鸞寒,《朝
中措》彈殘歡鸞寒,《朝中措》看寰官寒間,《浣溪沙》閑間鸞顏歡,

《浣溪沙》難闌歡環看，《訴衷情》歡彈殘寰言寒，《臨江仙》拈闌山還言箋，《采桑子》安簾山鬟殘寒，《浣溪沙》官山閑環鸞，《減字木蘭花》干寒殘山，《減字木蘭花》山帆言船，《減字木蘭花》言船，《減字木蘭花》山帆言船，《減字木蘭花》殘煙，《減字木蘭花》監慚閑年，《減字木蘭花》寒酸，《減字木蘭花》天年仙船，《清平樂》干寒厭，《昭君怨》寒殘。

仄聲《水龍吟》亂散勸剪滿粲宴轉，《洞仙歌》綻晚暖羨殿燕，《鵲橋仙》遍點怨殿，《鵲橋仙》綻晚眼畔泛見，《驀山溪》遍燕亂苑限怨晚，《桃源憶故人》轉暖院軟展淺遠，《卜算子》岸晚點遍，《鼓笛令》暖轉盞點念短絆斷，《謁金門》戀殿卷暖殿怨燕遠，《感皇恩》遍泛晚見艷遠間看晚，《杏花天》燕遍怨晚卷碾扇面，《踏莎行》線宴亂願健淺，《漁家傲》染健漫扇勸散減轉伴燕，《桃源憶故人》雁怨淺看院轉遍見，《減字木蘭花》扇晚見燕，《減字木蘭花》晚燕，《減字木蘭花》滿算，《清平樂》見晚遍怨，《昭君怨》斷怨，《定風波》線見，《西江月》淺見，《相見歡》見掩，《相見歡》晚散，《相見歡》亂散。

八、蕭肴豪

平聲　《西江月》朝梢銷迢。

仄聲　《蘇武慢》照好惱抱少笑了島，《一落索》曉照老了少草。《漁家傲》調抱悄照早了少老少草，《憶帝京》教妙巧惱老曉好俏，《桃源憶故人》到曉掃道耗照少草，《洞仙歌》表教笑到妙少，《感皇恩》好笑帽倒曉少到草老，《杏花天》曉峭了草杏少耗到，《點絳唇》草巧老少好笑倒，《點絳唇》早沼討到好帽笑，《柳梢青》照草少渺嘯，《卜算子》好早草老，《西湖曲》好帽道了倒笑，《西江月》曉草，《減字木蘭花》老笑，《減字木蘭花》老笑妙到，《清平樂》少老道笑。

九、歌

平聲　《朝中措》河羅娥波歌，《浣溪沙》蛾歌多梭何。

仄聲　《驀山溪》過個坐可破臥，《卜算子》鎖趖可我，《減字木蘭花》我墮，《減字木蘭花》我個大坐，《減字木蘭花》我坐，《減字木蘭花》可我過破，《清平樂》妥破作那。

十、麻

平聲　《芰荷香》花沙車斜華霞涯撾槎琶家，《朝中措》涯花霞茶家，《訴衷情》鴉華茶瓜涯家，《減字木蘭花》琶家。

仄聲　《好事近》灑怕假耍，《減字木蘭花》酢醡假謝，《昭君怨》榭架。

十一、庚青蒸

平聲　《水調歌頭》冥明〔尊〕情更傾盈生，《相見歡》聲沈城更燈，《相見歡》瀛庭笙輕醒，《臨江仙》陰〔雲〕城明聲橫，《沁園春》心〔人〕〔眞〕情扃〔存〕成庭兄清，《水調歌頭》仝清情甖橙斟盈明，《鷓鴣天》燈層明甖橫〔人〕，《鷓鴣天》清青〔君〕汀〔魂〕明，《戀繡衾》平仝〔雲〕驚生，《西江月》林聲心輕，《減字木蘭花》惺行情明，《減字木蘭花》行迎生坑，《減字木蘭花》更明亭屏，《清平樂》輕行鶯，《清平樂》寧晴明。

仄聲　《漁家傲》徑〔陣〕整影靜艇映醒定憑，《桂枝香》定橫井〔緊〕〔鬢〕整〔穩〕艇影〔聽〕省〔問〕，《西江月》定命。

十二、尤

平聲　《雨中花》楸州留游劉侯流周，《水調歌頭》游頭留樓流憂愁州，《水調歌頭》樓秋舟游浮洲酬不，《木蘭花慢》秋愁疇悠幽頭收留州流，《浪淘沙》秋頭收愁憂州樓流，《沙塞子》愁秋浮流《相見歡》秋愁頭休留，《相見歡》樓秋流收州，《昭君怨》休流。

仄聲　《桃源憶故人》後袖就皺透候晝瘦，《點絳唇》奏候有瘦

酒壽久,《減字木蘭花》酒瘦。

十三、屋　沃

入聲　《杏花天》曲局縮玉竹宿足續。

十四、覺　藥

入聲　《好事近》卻蕚樂落,《好事近》藥縛覺樂,《點絳唇》索薄落角著雀掠。

十五、質陌錫職緝

入聲　《滿江紅》石碧色白客宅適策北,《鵲橋仙》客碧息迹,《鵲橋仙》日濕客得,《夢玉人》客借碧摘翼適敵得,好事近濕碧瑟息,《好事近》力濕碧迹,《好事近》宅笛磧息,《好事近》的億迹北,《好事近》碧色敵得,《憶秦娥》碧客客夕急息息得,《憶秦娥》急白白雪摘憶憶色,《憶秦娥》窄客客迹隔識識北,《卜算子》失立逼急,《好事近》客側夕識,《柳梢青》迹客碧北得,《柳梢青》集客得碧夕,《雙鸂鶒》碧鶒力磧笛息得覓,《春曉曲》急瀝瑟,《念奴嬌》戚食客迹益識息惜,《菩薩蠻》碧濕夕憶,《菩薩蠻》色陌客側,《菩薩蠻》客色壁碧,《菩薩蠻》急濕笠碧。

十六、物月曷點屑葉合洽

入聲　《念奴嬌》〔白〕〔客〕〔隔〕雪蝶月歇折,《念奴嬌》月闋掣接雪絕發說,《念奴嬌》葉切徹月結設滅咽,《念奴嬌》〔色〕葉〔客〕〔白〕接闋歇月,《踏歌》闋發徹切結訣月越蝶說別節,《醉落魄》疊雪葉說越歇月,《柳梢青》別發月〔也〕說,《柳梢青》熱歇絕月闋,《柳梢青》潔發別悅月,《生查子》節雪切說,《如夢令》節月〔客〕〔客〕〔客〕說,《如夢令》月辣雪雪雪葉,《如夢令》月蠟葉葉葉雪,《如夢令》坼折說說說熱,《好事近》絕疊別雪,《好事近》節雪月滅,《憶秦娥》列節節發雪熱熱悅,《十二時》葉咽絕折節,《好事近》蝶月別葉,《好事近》葉蝶結疊,《點絳唇》葉發別〔客〕徹

絕月。

三

從《樵歌》用韻情況，可見其分部恰爲十六條，正與《韻記》所述朱敦儒所擬詞韻相合，可視爲其詞韻書之復原。茲列表於下：

韻部	平　聲	仄　聲	入　聲
一	東冬	董腫送宋	
二	江陽	講養漾漾	
三	支微齊	紙尾薺寘未霽	
四	魚虞	語麌御遇	
五	佳灰	蟹賄泰卦隊	
六	眞文元侵	軫吻阮寢震問願沁	
七	寒刪先覃咸	旱潸銑感儉豏翰諫霰勘艷陷	
八	蕭肴豪	筱巧皓嘯效號	
九	歌	哿個	
十	麻	馬禡	
十一	庚青蒸	梗迥敬徑	
十二	尤	有宥	
十三			屋沃
十四			覺藥
十五			質陌錫職緝
十六			物月曷黠屑葉合洽

從上表我們可見詞韻的特點：詞韻參照詩韻，將宋以來通行的《廣韻》系統的《禮部韻略》韻部進行合併，即將平聲三十部合爲十二部，將上聲與去聲各三十部合爲十二部，將入聲十七部合爲四部；詩韻只分平仄，入聲包括在仄聲內，詞韻則分平聲、仄聲和入聲三類；仄聲韻包括上聲和去聲，入聲韻單獨使用。詞韻韻部的簡化與上去聲合用，這是其寬於詩韻之處；詞韻入聲單列一類，不得

與仄聲相混，而且每一詞調有用韻的特殊規定，這是其嚴於詩韻之處：所以不宜簡單地說詞韻寬於詩韻。我們將朱氏的十六條與戈載《詞林正韻》十九部進行比較，可發現它們有很大的差異，這表現在：灰韻在朱氏是單獨爲一部的，並未與支微韻合併；閉口韻侵和覃鹽咸部在朱氏韻裏已經分化而不存在；入聲韻的葉合洽部在朱氏韻裏已與物月曷黠屑合併；戈載於第三、四、五、八、九、十、十二部後所附入聲派入三聲，這皆在朱氏韻中不存在。現代詞學家宛敏灝說：

> 我想，唐宋詞的用韻情況，已是一個無可改變的事實，現在研究它，無論是吸取前人用韻的優良經驗，或是爲著瞭解當日韻部分合的情況以至方音差別，都應該把這些資料看得同等重要，不能以意取捨，是甲而非乙。我們首先要從思想上認識唐宋人依照口語協韻的做法是正確的，才不至懷著復古成見而譏彈前人用韻失檢〔註3〕。

《樵歌》用韻正體現了宋代詞人依照口語協韻的習慣，表現了詞韻與詩韻的區別。這與我們所瞭解的宋人用韻實例相符，當然排除某些使用方音協韻和入派三聲的個別例子。因此它可視爲朱氏所擬詞韻十六條之復原，重現了宋詞用韻的眞實。

近世學者很重視朱敦儒的詞韻，語言學家們還研究了《樵歌》的特殊用韻現象，認爲朱敦儒已打破三系陽聲韻的界限。我國中古音裏以 ng、n、m 三個聲母收音的附加鼻聲韻母被稱爲三系陽聲韻。《禮部韻略》裏屬於第一系 ng 的韻目有東冬江陽庚青蒸，屬於第二系 n 的韻目有眞文元寒刪先，屬於第三系 m 的韻目有侵覃鹽咸。在詩韻中此三系陽聲韻目是不能混淆的，須各目單獨使用，但在宋詞中卻往往打破了三系的界限，這突出地表現在朱敦儒的詞作裏。語言學家黎錦熙研究了《樵歌》之後得出結論：

> 統計《樵歌》三卷中用附聲韻的詞凡八十六首，除屬

〔註3〕 宛敏灝：《詞學概論》第 133 頁，上海古籍出版社，1987 年。

於元寒韻不計外，就有四十二首⋯⋯除這十二首（小令）外，其餘二十九首中或庚青與眞文不分，或眞文與侵不分，或寥寥數韻中竟將庚青、眞文、侵三系通押起來〔註4〕。

例如朱敦儒的《行香子》即是三系韻通押的：

> 寶篆香沉。錦瑟塵侵。　　日長時、懶把金針。裙腰暗減，眉黛長顰。看梅花過，梨花謝，柳花新。　　春寒院落，燈火黃昏。悄無言、獨自銷魂。空彈粉淚，難托清塵。但樓前望，心中想，夢中尋。

全詞共九個韻字，屬庚青的有顰，屬眞文的有新、昏、魂、塵，屬侵的有沈、侵、針、尋。類似的例子還有一些，如黎錦熙所統計，但能否據此而斷定：宋詞中「那時的普通語音連這三個界限也打破了」呢？從考察朱敦儒用韻後，我們會發現具體情形是較複雜的。m 系陽聲韻又稱閉口韻，發此音頗爲困難，而且韻較窄，所以在宋代語音中已發生變化，遂分化入其他兩系了。例如朱氏將閉口韻侵部的尋、深、沈、侵、針、陰、心、金、音、斟、今合入眞文部，亦偶爾將少數侵部韻字與庚青蒸同押；又將閉口韻覃鹽咸與寒刪先合併，因而閉口韻實已消失。關於眞文與庚青蒸，朱氏詞中如眞文中混入明、青、盈、情、聲、零、平、顰、晴等韻字，庚青蒸中混入尊、人、眞、存、君、魂、雲；這僅是偶爾的通押，就其整個用韻情形來看，這兩部仍是獨立的。所以關於宋詞中三系陽聲韻的實際情形應是 m 系韻分別並入其他兩系，ng 與 n 兩系陽聲仍不相混，仍是獨立的。

關於宋詞入聲韻。陶宗儀記：「然見所書十六條，與周德清所輯，小異大同，要以《中原》之音，而列入聲四韻爲準。」戈載對這段文字的理解有誤，將「而列入聲四韻爲準」誤爲「外列入聲四部」，則入聲四部在十六條之外，以致其《詞林正韻》列十四部，

〔註4〕　黎錦熙：《論宋詞三系附聲韻母》，見《樵歌》附錄，商務印書館，1933年。

外列入聲五部，共十九部。近世詞學家吳梅將入聲韻增加三部，爲八部，詞韻遂有二十二部〔註5〕。朱氏關於人聲韻的分部乃根據現實語音情形，即與 m 系陽聲韻相應的入聲緝並入質陌錫職，葉合洽並入物月曷黠屑。這樣入聲四部實爲 ng 系和 n 系相應之入聲各列兩部，反映了入聲在宋代語音中的變化。語言學家唐鉞認爲：

> 我的淺見以爲入聲失卻收聲是因爲「詞」（指入樂的）盛行的原故。……詞既是備歌唱的，那末入聲在詞中就不能保有他的原有性質。因爲歌唱時，字音要延長，纔可以協樂，可以悅耳。入聲的收聲是暫聲，不能延長。所以要除去收聲，只留他收聲前的音，使他可以延長。入聲無論在詞中哪一部分都要有延長的可能，但是押韻的入聲，唱時延長尤其利害。所以入聲失卻收聲大概從做韻腳用的時候起頭〔註6〕。

入聲韻在朱氏詞韻中獨立存在，而且不與其他韻部混押，也不存在派入三聲的現象。這非常有力地證實了唐鉞的推測是不能成立的。

朱敦儒在南宋之初概括宋詞用韻的實際情況，擬訂詞韻十六條，它雖未能流行，而在元末散佚無考，但是他在詞作中是按其所擬詞韻規則用韻的。茲據陶宗儀《韻記》提供的線索，對《樵歌》用韻進行考察，使朱氏詞韻十六條復原。它在很大程度上反映了宋人詞韻眞實，體現了一些規律，爲我們解決詞韻分部、三系陽聲韻和入聲韻等詞學的疑難問題，提供了新的事實依據。由此應引起我們對《詞林正韻》確定的標準作出重新的評價了。

〔註5〕 吳梅：《詞學通論》第 16～21 頁，商務印書館，1933 年。
〔註6〕 唐鉞：《入聲演化和詞曲發達的關係》，《東方雜誌》第 23 卷第 1 號，商務印書館，1926 年。

江西詞派辨

　　江西詩派最能代表宋詩藝術特色，它是宋代文學中一個很典型的文學流派。宋詞發展過程中是否存在一個「江西詞派」呢？現代詞學家劉毓盤於一九二二年著的《詞史》裏認爲江西詞派是早於江西詩派的。他說：「晏歐二家則以專力爲之。晏家臨川，歐家廬陵；王安石、黃庭堅皆其鄉曲小生，接足而起，詞家之江西派，尤早於詩家。」〔註1〕《詞史》在現代詞學中屬於奠基之作，其「江西詞派」說影響深遠。這以後的詞學家們每有論及，並將「江西詞派」的範圍逐漸擴張〔註2〕，此說應是宋詞研究中很具理論意義的問題，因其是說明宋詞存在流派的一個依據；同時也是具方法意義的問題，因其可見出我們是怎樣以現代文藝學的視角來認識古代文學的現象。然而在新世紀之初詞學界對百年詞學研究回顧時竟忽略了它。我以爲宋詞發展過程中是不存在「江西詞派」的：茲擬就「江

〔註1〕　劉毓盤：《詞史》第 86 頁，上海群眾圖書公司，1931 年。
〔註2〕　參見吳梅：《詞學通論》第 69 頁，商務印書館，1933 年；朱祖謀《映庵詞序》，載《映庵詞》，中華書局，1939 年；陳匪石《聲執》（1949年），見《詞話叢編》第 4961 頁，中華書局，1958 年；馬群《〈名儒草堂詩餘〉探索》，《文史》第十二輯，中華書局，1981 年；劉慶雲《江西詞派之詞學觀論略》，《中國韻文學刊》，1995 年第二期；劉揚忠《唐宋詞流派史》第 185～209 頁，第 544～561 頁，福建人民出版社，1999 年。

西詞派」說產生的歷史背景，關於北宋和宋末元初的江西詞派問題
試爲辨析。

一

「江西詞派」之說是後世詞學家們比附江西詩派而產生的。北
宋元祐時期（1086～1093）著名詩人蘇軾與黃庭堅的詩盛行於世，
時稱「蘇黃」。蘇詩博大精深，以意爲勝，才氣橫溢，變化無窮，人
們不易學習。黃詩則工力較深，風格獨特，藝術精湛，有法可循，
所辟途徑狹而易行，故爲一時詩壇所宗尙。黃庭堅關於詩歌的社會
作用、藝術表現方法和藝術高境探求，皆從創作實踐中總結出具有
指導意義的理論。黃庭堅是江西人，在其影響下江西詩人如謝逸、
謝薖、洪朋、洪芻、洪炎、饒節、徐俯、汪革、李彭、江端本，還
有其他地方的一些詩人皆學習山谷詩。他們形成了共同的藝術風
格，表現出相同的創作傾向。因此北宋後期詩人呂本中作《江西宗
派圖》列二十五位詩人，標誌江西詩派的形成；此派在南宋初年風
靡詩壇，標明爲「江西詩派」的詩集大量刊行〔註 3〕。南宋後期江
西詩派的影響仍然存在，嚴羽將它作爲宋詩的代表而進行嚴屬的批
評。他談到宋詩的發展時說：「至東坡、山谷始自出己意以爲詩，唐
人之風變矣。山谷用功尤爲深刻，其後法席盛行，海內稱爲江西宗
派。」（《滄浪詩話・詩辨》）嚴羽是主張詩歌以盛唐爲法式的，極力
反對江西詩派，自此導致歷時數百年的唐宋詩之爭。我們無論從歷

〔註 3〕　南宋陸九淵見到「江西詩派一部二十家」（《象山先生全集》卷七）；
　　　　陳振孫著錄《江西詩派》一三七卷，續派十三卷，「自黃山谷而下凡
　　　　二十六人」（《直齋書錄解題》卷十五）；傅增湘《江西詩派本東萊先
　　　　生詩集三卷外集三卷書後》云：「此集每卷咸題『江西詩派』四字，
　　　　知即江西詩派之叢刻也。考居仁（呂本中）曾作《江西詩派圖》列
　　　　後山以次二十五人，而己居其末，意黃氏（汝嘉）皆有刻本。余生
　　　　平所見，尙有《倚松老人集》殘本二卷，行格字體與此集同，即前
　　　　題『詩派』四字及慶元黃汝嘉一行亦無不同。」（《藏園群書題記》
　　　　卷十四）

－186－

史文獻或是從現代文藝學的角度來看，江西詩派作為宋詩的一個流派是無疑義的。明代茶陵詩派的領袖李東陽及前後七子皆力主「詩必盛唐」之說，使明詩喪失特色。清代初年論詩注重學識，黃宗羲提倡學習宋詩，吳之振、呂留良、吳自牧編輯《宋詩鈔》，乾隆十一年（1746）厲鶚輯撰《宋詩紀事》；他們推動了學習宋詩的熱潮。在此過程中江西詩派再度成為學習的典範。厲鶚之詩宗宋而長於寫景，開創了浙派。他也是清詞一大家，為浙西詞派的重要成員，著有《絕妙好詞箋》，提倡雅詞。「江西詞派」之說最初即是厲鶚提出的。他於《論詞絕句十二首》之九云：

　　　　送春苦調劉須溪，吟到壺秋句絕奇。不讀鳳林書院體，
豈知詞派有江西〔註4〕？

　　須溪為劉辰翁之號，壺秋為羅志仁之號，他們皆是元初的宋遺民。詩原注：「鳳林書院體，元鳳林書院詞三卷，多江西人。」盧陵（江西吉安）鳳林書院於元代初年編輯刊行《名儒草堂詩餘》三卷〔註5〕，收錄宋末元初詞人六十三家，詞二百零三首。其中可考為江西籍者三十三人，詞一百零二首。這無論詞人與作品皆占全編的半數，它與宋代江西詩派的情形有一些相似之處。厲鶚對宋代詩派實際上是持懷疑態度的，他於《查蓮坡蔗塘未定稿序》云：「自呂紫微作江西詩派，謝皋羽序睦州詩派，而詩於是乎有派。然猶後人瓣香所在，強為臚列，在諸公當日，未嘗斷斷然以派自居也。」（《樊榭山房文集》卷二）宋代詩派的存在是有文獻與事實依據的，厲鶚對此已表示懷疑，則「詞派」並不見於宋元文獻，他絕不可能斷言宋末元初有詞派的存在。因而他所謂「詞派有江西」僅是於小詩的偶然比附，並未再作闡釋，乃屬一時的戲言。後世詞學家卻因此受到啟發，以為實有江西詞派。晚清以來詩壇興起學習江西詩的風尚，

〔註4〕　厲鶚：《樊榭山房文集》卷七，《四部叢刊初編》本。
〔註5〕　鳳林書院編：《精選名儒草堂詩餘》三卷，《叢書集成初編》據《粵雅叢書》本排印。

形成了「同光體」。此派理論家陳衍追溯同光體淵源說：

道（光）、咸（豐）以來，何子貞紹基、祁春圃寯藻、魏默深源、曾滌生國藩、歐陽磵東輅、鄭子尹珍、莫子偲友芝諸老，始喜言宋詩，何、程、莫皆出陳春海侍郎恩澤門下，湘鄉詩文字，皆私淑江西，洞庭以南言聲韻之學者稍改故步。（《石遺室詩話》卷一）

陳衍及民國初年的遺老們皆繼何紹基、魏源、曾國藩等宗法江西詩：當此之際，詞學家馮煦深受感染，他論宋初之詞說：

宋初大臣之爲詞者，寇萊公、晏元獻公、宋景文、范蜀公與歐陽文忠公，並有聲藝林，然數公或一時興到之作，未爲專詣。獨文忠與元獻，學之既至，爲之亦勤，翔雙鵠於交衢，馭二龍於天路。且文忠家廬陵，而元獻家臨川，詞家遂有江西一派〔註6〕。

這就以爲北宋初年存在江西詞派。從此在詞學史上有了北宋江西詞派與宋末元初江西詞派兩說。它們成爲現代詞學家們江西詞派說立論的重要依據。

我們在宋元文獻中沒有發現關於「江西詞派」的記述。從對「江西詞派」說的追溯，可見是由於宋以後唐宋詩之爭，而以江西詩派所體現的宋詩的藝術特點愈益突出，故在清代宗宋詩風尚隆盛之時，遂萌生了「江西詞派」之說。詞人或詞學家們因宋代有龐大的江西詩派，聯想到江西籍的詞人而輕率地名之爲「江西詞派」。關於這種簡單的比附，見仁見智，以致此派的基本成員、產生與流行的時間，以及共同的藝術風格等等，皆難有一種共識。江西詞派之說所建立的理論與史實的基礎是非常脆弱的，似乎沒有深入探討的必要，然而經過現代詞學家們的演繹與發揮，卻使它具有了一定的學術影響。

〔註6〕馮煦：《蒿庵論詞》，《詞話叢編》第2585頁，中華書局，1986年。

二

中國文學的發展自北宋開始具有文學流派意識，明清以來各種文學流派迭起，爭領一代風騷。同時代的系列作家的共同文學傾向在社會化過程中產生一定影響而形成一種文學潮流。文學流派是某一文學潮流的體現者，它有某種組織形式或聯盟，有新的理論綱領。某個時代僅有一些風格相近的作家，甚至形成了一股文學思潮，但如果沒有一定的組織形式或聯盟，也沒有提出新的理論綱領，那麼他們相互之間偶有交往，仍然是不具備文學流派條件的。作家風格，群體風格，文學思潮，文學流派，它們之間在概念上有聯繫，但各有特定的內涵，絕不是等同的。宋代文學中詩與詞的體性和社會功能是相異的。宋詩出現過種種流派，宋詞卻無流派；宋詩確有江西詩派，宋詞則無江西詞派。現代詞學中關於北宋江西詞派之說存在兩種意見：一是認爲晏殊、歐陽修、王安石、黃庭堅構成派，因他們都是江西籍的著名詞人；二是認爲晏殊爲領袖，歐陽修與之同派，晏殊之子幾道自然屬於此派，而宋祁與王琪雖非江西籍，但因與晏、歐有交往亦被列入。我們且從這些詞人的社會關係、美學傾向、藝術風格等方面試作考察，以判斷他們是否曾結爲一個宋詞流派。

晏殊於北宋天聖八年（1030）知禮部貢舉，歐陽修參加禮部考試爲第一。這樣歐陽修出自晏公門下，深感知遇，存在政治與學術的聯繫；然而他們的交誼卻頗爲疏遠。慶曆元年（1041）晏殊於西園會飲，魏泰《漢臨隱居詩話》記述云：「晏元獻作樞密使，一日雪中退朝，客次有二客，乃永叔（歐陽修）與學士陸經。元獻喜曰：『雪中詩人見過，不可不飲酒也。』因置酒共賞，即席賦詩。是時西師未解，永叔句有『主人與國同休感，不惟喜樂將豐登。須憐鐵甲冷透骨，四十餘萬屯邊兵。』元獻快然不悅。」自此他們不甚和諧。歐陽修在政治上支持新政，在文學上是詩文革新領袖，故與政治上保守、文學上傾向西崑體的晏殊存在嚴重分歧。關於詞的藝術風格，雖然詞史往往將他們作爲北宋初年承襲南唐婉約詞風的代表人物，

但馮煦以爲歐公「其詞與元獻同出南唐，而深致過之。宋至文忠文始復古，天下翕然宗之，風尚爲之一變。即以詞言，亦疏雋開子瞻，深婉開少游」（《蒿庵詞論》）。歐陽修晚年詞作如《朝中措》、《漁家傲》、《采桑子》等，已出現以詩爲詞的傾向，即以詩題、詩法入詞，嘗試對詞體的革新。這是他在詞風方面與晏殊的差異。晏殊被譽爲北宋倚聲家之初祖，卻未建立過詞派，也未被推舉爲詞壇領袖。

王安石於慶曆二年（1042）登進士第，曾拜謁晏殊。王銍《默記》卷中云：「王荊公於楊寘榜下第四人及第。是時晏元獻爲樞密使，上令十人往謝。晏公俟眾退，獨留公，再三謂曰：『廷評乃殊鄉里，久聞德行鄉評之美。況殊位備執政，而鄉人之賢者取高科，實預榮焉。』又曰：『休沐日相邀一飯。』荊公唯唯。既出，又使直省官相約飯會，甚殷勤也。比往時，待遇極至。飯罷又延坐，謂荊公曰：『鄉人他日名位如殊坐處，爲之有餘矣。』且嘆慕之又數百言，最後曰：『然有二語欲奉聞，不知敢言否？』晏公言至此，語欲出而擬議久之。晏公泛謂荊公曰：『能容於物，物亦容矣。』荊公但微應之，遂散。公歸至旅舍，嘆曰：『晏公爲大臣，而教人者以此，何其卑也！心頗不平。』」王安石初入仕途，雖然受到晏公的賞識，他僅出於禮節應酬而已。嘉祐元年（1056）晏殊已下世，歐陽修出使契丹回朝，王安石前往拜謁。歐公作《贈王介甫》，有「翰林風月三千首，吏部文章二百年。老去自憐心尚在，後來誰與子爭先」之句，甚爲獎許。王安石《奉酬永叔見贈》，有「摳衣最出諸生後，倒屣常傾廣坐中」表示感激之情。然而不久王安石執政並施行新法，歐公反對新法，感到不適應新的政治形勢而引退。韓琦撰《歐陽公墓誌銘並序》云：「熙寧元年（1068）秋，遷兵部尙書知青州事，充東京東路安撫使。時散青苗錢法初行，眾議皆言不便，朝廷既申告誡，公猶請除去二分之息，令民止納本錢，明不取利。又請先罷提舉管勾官，然後可以責州縣不得抑配。不報。三年（1070）夏，除檢校太保宣徽南院使判太原府河東路經略安撫使，公累上章辭丐易蔡州，大略以久疾

昏耗，不任重寄。復曰：『時多喜新奇，而臣思守拙；衆方興功利，而臣欲循常。』執政知終不附己。」次年歐公致仕。王安石於晏殊和歐陽修爲晚輩，但交往甚少，情誼疏遠，尤其在變法以來與歐陽修在政治上有所鬥爭。從文學傾向來看，王安石是主張詩文革新的，與晏殊並無文學聯繫。王安石詞今存二十餘首，其名篇《桂枝香》蒼涼沈鬱，氣象博大，而《雨霖鈴》、《南鄉子》、《浪淘沙》、《望江南》皆以議論爲詞，其餘作品大致抒寫閑退曠達之懷，僅有五首小詞較爲婉約。它們與晏、歐詞風格迥異。因此從政治關係，文學傾向和詞的藝術風格而言，王安石均是獨立自主的，不可能與晏、歐同派。

黃庭堅雖是江西人，但他出自蘇軾門下，爲「蘇門四學士」之一，無論在政治、文學和詞風方面皆是蘇軾的追隨者。他與晏、歐是無關聯的。他曾爲晏幾道的《小山詞》作序，稱其詞「寓以詩人之句法，清壯頓挫，能動搖人心。士大夫傳之，以爲有臨淄（晏殊）之風耳。罕能味其言也。」(《彊村叢書》本《小山詞》)他見到二晏詞風是有區別的。晏幾道約於天聖八年(1030)生於京都開封〔註7〕，僅祖籍江西，若以籍貫而論，歸人江西詞派已屬勉強了。

王琪，字君玉，華陽（四川雙流）人。天聖三年（1025）因上時務二十事，除館閣校勘，在京都與晏殊相識，遂成爲最親密的詩文朋友。葉夢得《石林詩話》卷上記天聖五年（1027）：「晏元獻公留守南郡（河南商丘），王君玉時已爲館閣校勘，公特請於朝，以爲府簽判；朝廷不得已，使帶館職從公。外官帶館職自君玉始。賓主相得，日以賦詩飲酒爲樂，佳時勝日，未嘗輒廢也。晏殊有《示張寺丞（兑）王校勘（琪）》詩，其中名句「無可奈何花落去，似曾相識燕歸來」，又重出於《浣溪沙》詞。王琪有《聞盜紅梅種遺晏同叔》詩。他們經常詩酒唱酬。王琪今存詞有《定風波》一首和《望江南》十首，皆留連光景之作，風格婉約，但他們並無創立詞派之意，將

〔註7〕 夏承燾：《唐宋詞人年譜》第 226 頁。古典文學出版社，1957 年。

詞視爲小道而已。

宋祁，雍丘（河南杞縣）人，天聖二年（1024）出自晏殊門下，曾同歐陽修參與修纂《新唐書》。宋祁詞今存六首，屬於傳統婉約詞。李之儀《跋吳思道小詞》論及北宋詞云：「良可佳者，晏元獻、歐陽文忠、宋景文，則以其餘力遊戲，而風流閒雅，超出意表，又非其類也。」（《姑溪居士文集》卷四十）李之儀意在說明，宋初柳永和張先改變了花間詞風，雖有成就，但皆有不足之處。他很推崇晏殊等三位名公以餘力爲詞而有很高的藝術造詣，但未認定他們風格相同，也並未認爲他們是一個詞派。

以上七位詞人，無論將晏殊、歐陽修、王安石和黃庭堅組爲一個詞派，或將晏殊、歐陽修、晏幾道、王琪和宋祁組爲一個詞派，都是缺乏史實和邏輯依據的。這幾位作者中僅晏幾道以詞稱，其餘名公皆以政治、文章或詩歌著稱。他們偶爾作詞以爲遣興娛賓之用，而且不將它們收入文集，因此從未考慮提出關於詞體文學的創作理論，或者藉以掀起一種文學思潮而對詞壇產生重大影響。我們不宜從北宋詩文革新運動或文學流派的觀念來認識詞體文學現象。女詞人李清照於北宋後期論及宋初諸名公之詞說：「至晏元獻、歐陽永叔、蘇子瞻，學際天人，作爲小歌詞，直如酌蠡水於大海，然皆句讀不葺之詩爾。」（《苕溪漁隱叢話》前集卷三十三）這肯定了他們詞的成就，但指出它們有違詞的體性及音律之處。南宋初年王灼說：「王荊公長短句不多，合繩墨處，自雍容奇特。晏元獻公、歐陽文忠公，風流蘊藉，一時莫及，而溫潤秀潔，亦無其比。東坡先生以文章餘事作詩，溢而作詞曲，高處出神入天，平處尙臨鏡笑春，不顧儕輩。或曰長短句中詩也。爲此論者，乃是遭柳永野狐涎之毒。」（《碧雞漫志》卷二）我們且不去評論兩家論詞之是非，應見到他們都沒有發現北宋名公之間有一個詞人群體或結爲一個詞派。我們可以斷言，所謂北宋有一個江西詞派並早於江西詩派之說是難以成立的。

三

如果說北宋江西詞人作爲一個詞派的條件尚不具備，則宋末元初江西詞人們似乎曾構成很典型的詞派。這依據是《名儒草堂詩餘》入選的作者們是宋遺民或大部分是江西的愛國志士和宋遺民；他們的詞中比較明顯反映愛國思想的約六十多首，在藝術上有共同的風格，形成了一個詞派。他們的詞是激昂的呼喊，直陳其事，直抒胸臆，以詠懷言志爲目的，不計較文字之工拙。其審美傾向是與稼軒詞派的藝術傳統有關係的，所以從流派淵源來追溯，宋末元初江西詞派應被視爲南宋主流詞派一稼軒派的餘響。當我們具體考察《名儒草堂詩餘》入選的詞人和作品並以文學流派的標準以檢核時，可以證實這個「江西詞派」也是不存在的。

元刊本《名儒草堂詩餘》卷上署有「廬陵鳳林書院輯」。厲鶚於清初見到此本，跋云：

> 元鳳林書院《草堂詩餘》三卷，亡名氏選至元、大德間諸人所作，皆南宋遺民也。詞多淒惻傷感，不忘故國；而於卷首冠以劉藏春、許魯齋二家，厥有深意。至其採擷精妙，無一語凡近，并陽老人《絕妙好詞》而外，渺爲寡匹。余於此二種，心所愛玩，無時離手。每當會意，輒欲作碧落空歌，清湘瑤瑟之想。雍正甲辰四月十七日。

因此厲鶚有「不讀鳳林書院體，豈知詞派有江西」之句。此後詞學家們關於宋末元初江西詞派的論述，基本上以《名儒草堂詩餘》爲依託並沿襲厲鶚的思路。

自詞體產生以來，文人們皆以詞之爲體甚卑。北宋中期蘇軾改革詞體，楊繪的詞話名爲《時賢本事曲子集》，標示所集之曲子詞乃「時賢」所作。古時賢人指德才並美者，藉以譽社會名公。《名儒草堂詩餘》乃借用南宋流行的詞選集《草堂詩餘》之名，故又別稱《續草堂詩餘》。編者將此集冠以「名儒」則表示入選作者乃是著名儒者，「小詞」竟與「名儒」相連了。鳳林書院乃教授儒學之處，怎麼會

編詞集？這關係著此集的編輯旨要。中國古代具有學校性質的書院始設於唐代後期，在宋代迅速發展，至元代初年各州邑已書院林立了。「書院由聚書、藏書開始，逐漸又進而發展了著書、編書、校書、刻書、傳書等項事業，又成爲學者講學說書、士子求學讀書的教育機構。它不但以大學著稱，而且又是學術研究和學者以文會友的重要場所」〔註8〕。自南宋以來，書院是學習和傳播新儒學——理學的基地，元代初年的理學家們正是在艱苦的文化條件下藉以傳承和發揚儒學傳統的。書院裏主要學習儒家經典，此外也學習歷史、詩文和帖括。某些書院因主持者——山長的治學傾向，而於課程有所偏重。書院奉祀的對象大致以理學家爲主，也有祀文學家、政治家及本地歷史名人的。元初廬陵的學者多主持書院，如劉辰翁曾爲濂溪書院山長，趙文爲東湖書院山長，劉將孫爲臨江書院山長。此外如彭元遜與劉辰翁多有唱和，趙功可爲趙文之弟，江西高安的姚雲文爲撫建兩路儒學提舉。他們既是當地名儒，又是詞人，皆與鳳林書院關係密切。《名儒草堂詩餘》選人了他們較多的作品。因此可推知鳳林書院存在重視文學的傾向。宋代以來書院已有編輯並刻印書籍的風尚，現在我們可考知的即有：宋代建安書院刊行的《周易玩辭》十六卷，宋嘉定十七年江西白鷺洲書院刊行的《漢書》一百二十卷和《後漢書》九十卷，宋鄂州鵠山書院刊行的《資治通鑒》二百九十四卷，元大德撫州路臨汝書院刊行的《通典》二百卷，元大德三年廣信書院刊行的《稼軒長短句》十二卷〔註9〕。書院編刊儒家經典和史籍是用之教學並以廣流傳的。廣信書院當即江西鉛山之稼軒書院，編刊稼軒詞以紀念當地名人亦是適宜的。鳳林書院編選詞集的意圖是什麼呢？《名儒草堂詩餘》總目後之題記簡述了編選之緣起：

　　唐宋名賢詞行於世，尚矣。方今車書混一，名筆不少，

〔註8〕 李才棟：《白鹿洞書院史略》第2頁，教育科學出版社，1989年。
〔註9〕 見王肇文編：《古籍宋元刊工姓名索引》，上海古籍出版社，1990年。

而未見之刊本。是編輒欲求備不可，姑摭拾所得，才三百
餘首，不復次第，刊為前集。江湖太寬，俊傑何限。儻有
佳作，毋惜緘示，陸續梓行，將見愈出而愈奇出。

　　編者收錄了江西名儒作品，也以信緘方式徵集了外地時賢作
品，以之表明元王朝統一中國後文教事業的興盛。此編的結集約在
延祐年間（1314～1320），這時元王朝統一中國已經三十餘年，詞體
的音樂文學性質和艷科特色在宋亡以來已逐漸喪失而成為一種古典
的文學形式。漢族的儒者們習用詞體詠懷言志、託物抒情，旨趣與
風格趨於雅正。書院的山長們有的以詞見稱於世，因此他們可以編
集時賢名儒的詞以作為士子學習詩文的參考教材，亦刊行以適應讀
者之需。我們試將六十二位作者的社會因素略為考察便可見其社會
成分的廣泛性。其中事跡可考者如劉秉忠和許衡乃元朝臺閣的名儒
重臣；文天祥和鄧剡是南宋愛國志士；杜仁傑、楊果和曹居一是由
金人仕於元朝的文人；滕賓、詹玉、姚雲文和彭履道是由宋人仕於
元朝的文人；薛昂夫（回紇人）乃元朝官員；高信卿為金之遺民；
劉辰翁、彭元遜、羅志仁、趙文、趙功可、危復之、王夢應和劉將
孫為宋遺民。可見《名儒草堂詩餘》人選的作者以元初名儒劉秉忠
和許衡為首，既有由金入仕於元的文人，也有由宋人仕於元的文人；
既有宋末愛國志士，也有南宋遺民。他們的社會政治經濟地位懸殊，
然而皆是當時文壇頗為知名的文人。此足以表明編者並未帶有某種
明顯的政治傾向，但人選作者半數為江西人，頗有宏揚鄉邦文化之
意。如果以為作者皆宋遺民，或大部分為宋遺民，則是非常不確切
的判斷。

　　我們從作品內容來看也並不具明顯的政治傾向。它們既有元朝
大臣名儒歌頌新朝的，也有宋遺民寄託故國之思的；既有詩酒酬唱
之作，亦有湖山田園之作；既有傷春感舊，又有贈妓艷情：所以內
容是很豐富的。詞集的壓卷之作是元王朝開國重臣劉秉忠的《木蘭
花・混一後賦》：

望乾坤浩蕩，曾際會好風雲。想漢鼎初成，唐基始建，生物如春。東風吹遍原野，但無言紅綠自紛紛。花月留連醉客，江山憔悴醒人。　　龍蛇一屈一還伸，未信喪斯文。復上古淳風，先王大典，不費經綸。天君幾時揮手，倒銀河直下洗囂塵。鼓舞五華鸞鸞，謳歌一角麒麟。

這歌頌中國統一後如萬物逢春的新景象，而且以爲元王朝直接繼承了中國漢唐的正統。作者也見漢文化衰退的現象，但堅信一個昌明的盛世將會來臨。此集以之壓卷，確能體現編者「方今車書混一，名筆不少」之大旨。文天祥是當地著名歷史人物，編者在劉秉忠和許衡之後選錄了他的一首《沁園春・至元間留燕山作》：

爲子死孝，爲臣盡忠，死又何妨？　　自光岳氣分，士無全節；君臣義缺，誰負剛腸？罵賊睢陽，愛君許遠，留得聲名萬古香。後來者、無二公之操，百煉之鋼。　　人生翕歘云亡。好烈烈轟轟做一場。使當時賣國，甘心降虜，受人唾罵，安得流芳！古廟幽沉，遺容儼雅，枯木寒鴉幾夕陽？郵亭下，有奸雄過此，仔細思量。

此詞表現了作者的愛國熱忱與民族氣節，當與其《正氣歌》同讀。編者選錄南宋志士與遺民之作，以喚起南方士子故國之思的民族情感，使此集發生一定的社會作用。這些「淒惻傷感，不忘故國」的作品如劉辰翁《蘭陵王・丙子送春》、《寶鼎現・丁酉正月》，高信卿《大江東去・滕王閣》，羅志仁《金人捧露盤・丙午錢塘》、《霓裳中序第一・四聖觀》、《風流子・泛湖》，姚雲文《摸魚兒・艮岳》，趙文《瑞鶴仙・劉氏園西湖柳》、《八聲甘州・和孔瞻懷信國公韻因念亦周弟》，李琳《木蘭花慢・汴京》，王學文《摸魚兒・送汪水雲之湘》，劉天迪《一萼紅・夜聞南婦哭北夫》，彭泰翁《拜星月・祠壁宮姬控弦可念》等約二十餘首：它們是此編中思想價值最高的和最有影響的作品。然而絕大部分作品卻是抒寫流連光景和閒適情趣的。此外還有一些艷情之作如：

朱樓曾記回嬌盼。滿座春風轉。紅潮生面酒微醺。一
曲清歌、留住半窗雲。　　大都咫尺無消息。望斷青鸞翼。
夜長香斷燭花紅。多少思量、只在雨聲中。（蕭允之《虞美人》）
　　一笑相逢，依稀似是桃根舊。嬌波微溜，悄可靈犀透。
　　扶過危橋，輕引纖縴手。頻回首，何時還又？微月黃
昏後。（劉天迪《點絳唇・書事》）

　　像這樣的作品尚有楊果的《太常引》（長淵西去接連昌），杜仁傑
的《太常引》（碧櫥冰簟午風涼）、《朝中措》（汴梁三月正繁華），謝
醉庵的《浣溪沙・贈琴娃》，黃水村的《解連環・春夢》，蕭允之的《點
絳唇・記夢》，劉天迪的《鳳栖梧・舞酒妓》等，它們皆屬於傳統的
艷科。從對內容的粗略分析，我們很難確認這是宋遺民的群體合唱，
爲南宋愛國主義文學留下了一串凄壯高亢的尾聲。

　　關於《名儒草堂詩餘》的藝術風格，我們從大多數作品來看，
它們的審美趣味趨向於雅正。南宋以來豪放詞的悲壯激烈與粗獷恣
肆的作風被克服了，傳統婉約詞的穠摯綿密與晦澀柔靡的習氣被揚
棄了；可以說很難見到典型的豪放或婉約的詞。彭元遜的作品入選
二十首，爲諸詞人之冠。他的風格頗有代表性，如《徵招・和煥甫
秋聲君有遠遊之興爲道行路難以感之》：

人間無欠秋風處，偏到霜痕月杪。細雨船篷，日夜風
波未了。忽潮生海立，又天闊江清欲曉。孤迥幽深，激揚
悲壯，浮沉浩渺。　　行路古來難，貂裘敝，匹馬關山人
老。錦字未成，寒到君邊書到。料倚門回首，更兒女燈前
駭笑。早斟酌萬里封侯，怕鏡霜催照。

此詞境界闊大而意象衰颯，以行路難而寓意世途的艱難，詞語
平易而頗含蓄，筆力老健。又如其《蝶戀花》：

微雨澆春餘潤氣。新綠惜惜，乳燕相依睡。無復卷簾
知客意，楊花更欲因風起。　　舊夢蒼茫雲海際。強作歡
娛，不覺當年似。曾笑浮花並浪蕊，如今更惜棠梨子。

詞的意象優雅，抒寫傷春感舊之情，歸於清泚，詞意空靈含蓄。

以上兩詞都消解了豪放與婉約的界限，大致沿襲南宋末年周密、張炎、王沂孫等詞人的途徑。劉辰翁的詞取徑較闊，但集中選入的仍是雅致、含蓄、樸質的作品。這應是宋末元初詞的時代風格。此種富於時代特色的風格是在宋末元初特定歷史文化條件下形成的，亦體現了編選者的美學趣味。南宋著名詞人辛棄疾在中年以後定居江西上饒，又移居附近的鉛山。他對當地的文學創作是有影響的，所以宋末元初江西詞人輩出。然而若以爲《名儒草堂詩餘》的作者們無論愛國思想與豪放風格皆淵源於辛棄疾，而且是南宋主流詞派——稼軒派的餘響，這是與藝術眞實相違的。集中所選文天祥《沁園春》那樣以議論爲詞，悲憤慷慨之作，僅是惟一的孤例。此外我們很難從眾多作品中再找到與稼軒豪放詞相似的。

在《名儒草堂詩餘》的作者之間存在一些交往關係。文天祥與鄧剡曾共起義軍抗擊元蒙，趙文曾入文天祥軍幕，羅志仁作詩文歌頌文天祥，劉辰翁與彭元遜多有唱和，宋遠與滕賓、周景、劉將孫、蕭烈於南昌分韻唱和，趙功可與詹玉作詞唱和，顏奎與劉辰翁唱和，尹濟翁與劉辰翁、滕賓唱和。這些皆屬一二友人間的政治與文學的交往。六十餘位作者是分散於若干社會文化圈的。他們的作品入選於集內是具偶然性的，並無一個統一他們的組織形式。江西籍作者的交往較密，但並未推舉出詞壇領袖，也未形成組織。從這些詞人的社會關係與文學活動而言，他們之間尚無詞派意識。

從上述可見，我們不宜認爲鳳林書院編選《名儒草堂詩餘》具有明顯政治傾向，或是具有一種組織的形式，編選者亦未提出新的詞學理論；作品的內容是豐富的，它們包含的社會意義很複雜；作品雅正、含蓄、樸質的風格體現了宋末元初的時代特色，然而並無自覺的藝術傾向，在藝術淵源上與稼軒詞並無直接聯繫。因此，我們很難斷言這六十餘位不同社會地位、不同政治傾向的詞人曾經結爲一個詞派，亦很難從中選擇出幾位宋末愛國志士和遺民而認定他們結爲一個群體並形成流派。

　　無論北宋江西詞派和宋末元初江西詞派，其說皆出於與宋代江西詩派的比附，因江西詩派自清代以來的影響，某些詞學家們試圖在宋詞中找出一個江西詞派與之對應。此說雖然在歷史上與邏輯上皆不能成立，但宋詞與宋詩作爲同時代的文學，相互間在藝術方面可能存在某些交融的。這可如鄧魁英說：

　　　　在宋代詩壇上形成過一個以黃庭堅爲首的江西詩派，
　　而在詞的創作領域中則出現了周邦彥、辛棄疾、姜夔等許
　　多作家。這些詞人的創作，雖然都有各自的風格，都有不
　　同的成就，但在用典和融化古人詩句這一藝術手法上，都
　　不同程度地體現著江西詩派的影響。」〔註10〕

　　江西詩派與宋詞的關係僅此而已。宋詞發展過程中詞人個體風格是多種多樣的，某些詞人具有獨創的藝術風格，於是在詞壇上自成一家，成爲名家或大家。他們的審美趣味、抒情方式、表現技巧和藝術風格皆有特點，形成穩固的個體風格，宋人稱之爲「體」，標誌詞人風格的成熟。宋代詞人和詞論家們雖然具有風格類型的概念和群體風格的意識，也重視個體風格的批評：這固然是構成文學流派的要素，然而宋詞在發展過程中始終沒有使這些因素演進爲一個詞派。北宋晏殊和歐陽修等未形成江西詞派，宋末元初以廬陵爲主的江西籍詞人也未形成江西詞派；這並不意味著否定這些詞人的成就，也並不意味著否定江西詞壇的繁盛。宋詞無流派，無愧其爲時代文學；江西作者未形成流振，無愧其爲優秀詞人。我們不必爲此而感到遺憾。

〔註10〕　鄧魁英：《宋詞與江西詩派》，《江漢論壇》，1984 年第 2 期。

北宋倚聲家之初祖晏殊

　　宋王朝建立後繼續完成了中國的統一，社會相對安定，經過幾十年的休生養息與恢復發展生產，到了眞宗與仁宗兩朝時出現經濟文化繁榮興盛的局面：「四海一家同樂」（《喜遷鶯》〔註1〕），「千門萬戶樂昇平」（《拂霓裳》）。這是有宋一代的太平盛世。晏殊（公元991～1055年）就是這個時期湧現出的文學家。他少年時代便以神童而被薦於朝廷，此後青雲直上，逐漸成爲政界和文壇的重要人物，吸引和團結了許多賢明的政治家與優秀的文學家，參與並支持了慶曆新政的改革活動，而最難得的是「富貴優遊五十年，始終明哲保身全」〔註2〕。他的文學成就是大大超過了政績的，時人以爲「晏元獻公文章擅天下，尤喜爲詩」〔註3〕。其文集共二百四十卷，詩逾萬首，但大都散佚；詞集《珠玉集》則自宋以來廣爲流傳：因此，在人們心目中晏殊竟是一位專業的詞人了。

　　作爲新興的文學樣式的詞，曾在晚唐、五代盛極一時，而在北宋開國以來的幾十年間，詞的創作卻轉入了低潮，詞壇冷落，青黃

〔註1〕　見晏殊：《珠玉詞》，以下凡引晏詞均只標詞調名。
〔註2〕　歐陽修：《晏元獻公挽辭》，《居士外集》卷六。
〔註3〕　歐陽修：《六一詩話》。

不接；直到眞宗與仁宗的時代才同時出現了三位大詞人——晏殊、柳永和張先，標誌著宋詞走上了自己發展的道路。

這三位詞人雖然同時代，而且柳永和張先比晏殊約長二歲或數歲，但由於晏殊在政治與文學方面早熟，詞的創作活動開始較早，在文人中影響最大，以致他稱柳永爲「賢俊」（門生），而張先爲其詞集作序。所以清人馮煦認爲他是「北宋倚聲家初祖」﹝註4﹞；近世詞曲家吳梅也說：「宋初如王禹偁、錢惟演輩，亦有小詞……雖有佳處，實非專家，故宋詞應以元獻爲首。」﹝註5﹞因此，晏殊堪稱宋詞史上第一位眞正的詞人。宋詞的序幕是由他揭開的。

我國古代的詞論也具有明顯的崇古傾向，表現在評價宋初詞人時往往以其逼近「花間」、紹繼南唐而備加推許，特別在談及晏殊詞時便只見它「仍步溫韋」、「不減延巳」，使其藝術個性爲陳古的泥塵和色調所淹沒。晏殊是繼往開來的詞人，他繼承唐、五代詞的創作經驗和成熟的表現技巧。這是進行新的創作的首要條件，否則難以趕上和超越前人的水平。晏殊詞在內容方面所表現的花間尊前、遣興娛賓、流連光景，在藝術形式方面的用調、詞語、表現技巧等，都保持著唐、五代詞的一些特點。如：「紅蓼花香夾岸稠，綠波春水向東流，小船輕舫好追遊」（《浣溪沙》）；「青梅煮酒鬥時新，天氣欲殘春，東城南陌花下，逢著意中人」（《訴衷情》）；「越女采蓮江北岸，輕橈短棹隨風便，人貌與花相鬥艷」（《漁家傲》）。這些詞眞率、自然、婉麗，有花間詞人韋莊、歐陽炯、李珣等的特點，還帶著江南民歌的某些風味。又如：「無端一夜狂風雨，暗落繁枝，蝶怨鶯悲，滿眼春愁說向誰」（《采桑子》）。詞構思纖巧，詞情淒婉，雅致含蓄，都近似馮延巳詞風。這些都非晏殊詞的基本方面。作爲宋代的第一位大詞人，晏殊在詞史的意義不是在於近似唐、五代詞，而是在於他創新。他在藝術上的創新，不僅表現了其個人的特色，也反映了

﹝註4﹞ 馮煦：《蒿庵論詞》。
﹝註5﹞ 吳梅：《詞學通論》第68頁，商務印書館，1933年。

時代精神和新的社會審美的心理特點。

二

　　北宋太平盛世的兩位歌手——晏殊和柳永，他們在作品中一從上層社會方面、一從都市下層民眾的角度反映了這個時代的社會生活。在他們的作品中再現了我國當時的社會昇平景象。我們因爲我國古代曾有過當時世界上高度物質文明與精神文明而自豪，古代作者們形象生動地描繪的某個歷史時期繁榮興盛的治世圖景也就值得我們加以肯定。

　　「太平無事荷君恩」（《望仙門》）。晏殊中庸的政治態度、注重現實生活的傾向、溫和安詳的心境，完全與其所處的昇平社會環境和優裕的貴族生活相協調的。在他的詞裏不再見到唐末與五代「天下岌岌」，文人們於「危苦煩亂之中」所流露的悲傷凄惶的情緒和縱情聲色的頹廢心理；我們見到的已是一個昇平富庶、閒適恬靜的藝術境界。如他在《玉堂春》所描述的貴族和仕女在帝都郊外春游的情形：

　　　　帝城春暖。御柳暗遮空苑。海燕雙雙，拂颺簾櫳。女伴相携，共繞林間路，折得櫻桃插鬢紅。　　昨夜臨時微雨，新英遍舊叢。寶馬香車，欲傍西池看，觸處楊花滿袖風。

　　朝廷值「天下無事，許臣僚擇勝宴飲。當時侍從文館士大夫爲燕集，以至市樓酒肆，皆供帳爲遊息之地」〔註6〕。後來眞宗皇帝「詔禁中外群臣，非休暇無得群飲廢職」〔註7〕。詞中的貴族和仕女們在春濃景媚之時愉快地遊樂，香車寶馬，尋芳選勝，這正是昇平環境中的典型社會現象。詞人還在《破陣子》中描繪了昇平環境中幸福的少女們：

〔註6〕　沈括：《夢溪筆談》卷九。
〔註7〕　《宋史》卷七。

　　　　　燕子來時新社，梨花落後清明。池上碧苔三四點，葉
　　　底黃鸝一兩聲。日長飛絮輕。　　　巧笑東鄰女伴，采桑徑
　　　裏逢迎。疑怪昨宵春夢好，元是今朝鬥草贏。笑從雙臉生。

　　這些幸福的少女，她們沒有閨怨、沒有春恨、沒有苦惱，也沒
有感傷，敏銳地感受到春天帶來的新鮮活力，悠閒地玩著古代少女
們傳統的鬥草遊戲。「笑從雙臉生」，最生動地表現了她們的天眞、
可愛和正品嚐著生活的甘美。以上兩首小詞是詞人偶爾對現實生活
的客觀描述，但他是更長於自我抒情的，以工緻的景物描繪，含蓄
地表達細膩的內心感受，而且往往達到意與景諧、情景交融的地步，
創造出一種美妙的藝術境界。且看其《浣溪沙》：

　　　　小閣重簾有燕過。晚花紅遍落庭莎。曲欄干影入涼波。
　　　　一霎好風生翠幕，幾回疏雨滴圓荷。酒醒人散得愁多。

　　初夏午後酒醒之時，亭園寂靜。燕子從小閣的簾幕之間飛去，
遲開的花朵悄悄落在庭前的莎草上，欄干的倒影映在池裏，疏雨滴
在新出水面的荷葉上。這一切都寫的是動景，但卻正如古詩「蟬噪
林愈靜，鳥鳴山更幽」一樣，是極幽靜的環境中纔可能產生的現象，
而也是最閒適、最細心的人才能觀察感受到的，所以這實際表現的
卻是恬靜之境。作者的「愁」是屬於那種安適生活中暫時的寂寞所
引起的淡淡的閑愁。它是貴族士大夫們生活中小小的調劑。晏殊的
另一名作《踏莎行》與此境相似，而卻表現得更爲細緻：

　　　　小徑紅稀，芳郊綠遍。高臺樹色陰陰見。春風不解禁
　　　楊花，濛濛亂撲行人面。　　　翠葉藏鶯，朱簾隔燕。爐香
　　　細逐遊絲轉。一場愁夢酒醒時，斜陽卻照深深院。

　　詞寫春夏之交，庭園中一時的感受。園中的小徑，春花顯得稀
疏，是春歸了；遠處郊野新綠遍滿，樹蔭掩映著朱樓高臺，柳絮悠
揚地飄飛；這表現了由於時節進入初夏而感到氣候宜人和萬物旺盛
的內心喜悅之情。日長人困，斜陽的光線照在深深的院落，裊裊的
爐香好似輕輕地追隨細細的遊絲盤旋：這是一個幽靜雅致的世界，

是作者精神安靜和對現實感到適意的反映。詞的末尾也依然流露著清淡的愁緒，然而卻更襯托出舒適、悠閒、優裕的生活，因為閒暇、夢後、酒醒、宴樂之餘才會有這種閑愁的。作者是從自己現實生活的感受而創造的藝術形象中間接地歌頌了他所生活的北宋昇平之世。

盡管晏殊在創作中沒有擺脫晚唐、五代以來傳統的艷科題材，也寫男歡女愛和離情別緒，但卻作了新的處理。它沒有晚唐、五代詞的庸俗的色情描寫和輕佻淺薄的情趣，而是表現得風流蘊藉、樂而不淫、哀而不傷，尤其是著重由此顯示了優雅、溫厚、高尚的情操。這是晏殊在傳統的題材中所具的新的特質。他也有擬託女子語氣的代言體，即所謂「作婦人語」者，如《浣溪沙》：

閬苑瑤臺風露秋。整鬟凝思捧觥籌。欲歸臨別強遲留。

月好謾成孤枕夢，酒闌空得兩眉愁。此時情緒悔風流。

這是寫歌妓於華堂盛筵歌舞侑觴之後所感到的淒涼情緒。她後悔不該在筵席上整鬟凝思、臨別遲留、風流多情，暗示對於這種生活的厭倦。其盛傳於世的《玉樓春》，宋人就指出它是「作婦人語」的：

綠楊芳草長亭路。年少拋人容易去。樓頭殘夢五更鐘，
花底離恨三月雨。　　無情不似多情苦。一寸還成千萬縷。
天涯地角有窮時，只有相思無覓處。

關於這首詞的含義曾有過一番爭議。據說：「晏叔原（名幾道，晏殊幼子）見蒲傳正曰：『先君平日，小詞雖多，未嘗作婦人語也』。傳正曰：『綠楊芳草長亭路，年少拋人容易去，豈非婦人語乎？』晏曰：『公謂年少為何語？』傳正曰：『豈不謂其所歡乎！』晏曰：『因公之言，遂曉樂天詩兩句云，欲留年少待富貴，富貴不來年少去。』傳正笑而悟。然如此語，意自高雅爾。」〔註8〕就詞意而言，蒲傳正的理解是確切的；小晏欲為其父諱，引白居易詩句而偷換了「年

〔註8〕　胡仔：《苕溪漁隱叢話》前集卷二六。

少」的概念，含混地將「年少」解釋爲青春不駐之意，以致蒲傳正亦迷糊而非有所悟。南宋趙與時關於此詞云：「蓋眞謂『所歡』者，與樂天『欲留年少待富貴，富貴不來年少去』之句不同，叔原之言失之矣。」〔註9〕顯然就全詞而言，是不能認爲其所寓乃青春不駐之意的。詞是寫貴家少婦的春恨：年輕人輕易地拋家遠離，使她諳盡長夜的寂寞和春歸的悽苦。詞的下闋少婦的內心獨白，表述她纏綿的相思之情：無情的人是不能理解多情人的，一寸的相思之情在多情人的心中會變成無法排解的千萬縷的思緒，天涯地角有窮而相思之情卻是無盡的。這首詞深受人們喜愛，除了它巧妙的構思和眞情感人之外，尤其「妙在意思忠厚，無怨懟口角」〔註10〕，表現了貴族婦女溫柔多情的特點，因而很符合上層社會的審美理想。晏殊不用這種「婦人語」方式而直抒情思的詞，則更能體現作者的藝術個性。如其《撼庭秋》：

> 別來音信千里。恨此情難寄。碧紗秋月，梧桐夜雨，幾回無寐。　　樓高目斷，天遙雲黯，只堪憔悴。念蘭堂紅燭，心長焰短，向人垂淚。

詞寫深夜無寐的相思之苦，抒情對象則是極爲隱秘模糊的，雖然作者是有明確的抒情對象，而卻沒有必要點明它，又恰恰利用了令詞短小含蓄的特點，表現了細緻而深厚的情感。結尾的紅燭「心長焰短，向人垂淚」，所寫的物與情高度地融合了；這苦澀的情語表達了「空有相憐意，無有相憐計」的矛盾的心理。另一首佳作《鵲踏枝》是寫離情別緒的：

> 檻菊愁煙蘭泣露。羅幕輕寒，燕子雙飛去。明月不諳離恨苦。斜光到曉穿朱戶。　　昨夜西風凋碧樹。獨上高樓，望盡天涯路。欲寄彩箋兼尺素。山長水闊知何處。

詞寫清曉的離恨：因爲離別之後思緒煩擾，一夜睡眠未穩，拂曉的月光還斜穿入華麗的內室，它似乎不知離情之苦；簾幕之間燕

〔註9〕　趙與時：《賓退錄》卷一。
〔註10〕　黃蓼園：《蓼園詞選》。

子雙飛，反襯著人的孤獨，勾起相思；室外的菊和蘭籠著晨煙、帶著清露，好似懂得人的心情而在悄悄愁泣；獨上高樓，凝思遠眺，發現夜來西風吹落梧葉，愈添蕭索凄涼之意；望盡天涯，不知人在何處，沒有必要和不可能再通音問了。這是一場曖昧之戀的結束。作者沒有按照時間和行動的自然順序來抒寫，而是室內、室外、樓上、清曉、昨夜，在時間與空間上的有意的錯亂和混淆，恰當地表達了脈脈的溫情、綿綿的思緒、細膩的感受和情感的優柔矛盾。這些正是富於高度文化教養的貴族士大夫的心理特點，所以它特別為文人欣賞，真有一唱三嘆的藝術效果。

如果我們細細尋繹《珠玉詞》，將其中那些最感傷的情詞串連合觀，是不難發現它們含有悼亡的意義。從這類詞中可以見到作者在情感上有著不可癒合的創傷。晏殊「初娶李氏，工部侍郎虛己之女；次娶孟氏，屯田員外郎虛舟之女，封鉅鹿郡夫人；次王氏，太師尚書令超之女，封榮國夫人」〔註11〕。前兩位夫人都早死，後一位王夫人娶於中年。從宋人關於晏殊出姬之事的記述看來，這位王夫人乃性非和順者〔註12〕。晏殊的一些詞裏有著對早逝的夫人的深厚悼念之情。其《木蘭花》云：

玉樓朱閣橫金鎖。寒食清明春欲破。窗間斜月兩眉愁，簾外落花雙淚墮。　　朝雲聚散真無那。百歲相看能幾個。別來將為不牽情，萬轉千回思想過。

鎖住的朱閣是亡人生前的住處，寒食清明之日往往引起詞人的傷痛，他深感人生的聚散無有憑準。「百歲相看」即夫妻百年偕老之意，非其妻子莫屬；而世間百年偕老者畢竟太少，暗示其人已亡。詞的結尾，表示不願為舊情所牽而卻又千回萬轉地思想。同調的另一首先寫暮春時節，下闋云：「美酒一杯誰與共，往事舊歡時節動。不如憐取眼前人，免使勞魂兼役夢。」每到暮春，總思念往時共飲

─────────────

〔註11〕 歐陽修：《晏公神道碑銘並序》，《居士集》卷二二。
〔註12〕 事見宋無名氏之《道山清話》。

美酒的「舊歡」。這「舊歡」絕非侑觴者而是共飲者。爲安慰自己而努力去「憐取眼前人」，免使夢魂常常重溫舊情。《鳳啣杯》的悼亡之意也很明顯：

> 留花不住怨花飛。向南園、情緒依依。可惜倒紅斜白一枝枝。經宿雨，又離披。　憑朱檻，把金巵。對芳叢、惆悵多時。何況舊歡新恨阻心期。滿眼是相思。

詞借花落春歸、情景悲切而暗寓悼亡。「留花不住」，惜其早去而無法挽留；「舊歡新寵」明寫續弦後情形，對新念舊，一睹舊景便「滿眼是相思」。按照這條線索，便可理解晏殊的名篇《浣溪沙》了：

> 一曲新詞酒一杯，去年天氣舊亭臺。夕陽西下幾時回？
> 無可奈何花落去，似曾相識燕歸來。小園香徑獨徘徊。

又是暮春時節，節序景物依稀似舊，夕陽西下了，那人能再回來嗎，顯然永遠不能再回來了。對於舊情的纏綿思念，因此在這可紀念的小園香徑獨自徘徊，不忍離去。「無可奈何花落去，似曾相識燕歸來」是傳唱千古的名句，爲作者最得意的佳構，並重出於其詩《示張寺丞王校勘》，它不僅僅表現一般的傷春，更蘊含著深厚的念舊之情。另外在《破陣子》詞裏，作者也表達過類似的情感：「重把一尊尋舊徑，所惜光陰去似飛。風飄露冷時。」在這些詞裏，作者對其執著思念的抒情對象寄與了最美好、最誠摯、最深沉的情感，表現了優美的情操和高尚的品格。因此，它們能引起古今人們的激賞甚至產生某種共鳴。清人陳廷焯論晏殊詞云：「即以艷體論，亦非高境」，「不過極力爲艷詞耳，尚安足重」〔註13〕。無論從晏殊「作婦人語」之詞、自我抒情之詞、悼亡念舊之詞而論，雖然可以按傳統的習慣視爲「艷體」，但它確已具有許多爲傳統艷科所不及的更爲深刻普遍的意義和新的藝術高境。惜乎陳氏未暇深究。

晏殊詞中多次表現了及時行樂的思想，如「座有嘉賓尊有桂，

〔註13〕 陳廷焯：《白雨齋詞話》卷一。

莫辭終夕醉」（《謁金門》）；「有情無意且休論，莫向酒杯容易散」（《木蘭花》）。他曾對張先說過：「人生行樂耳。」在其早年初入仕時尚「奉養若寒士」，中年以後位顯祿高，生活漸漸奢侈佚豫，甚至還很欣賞在詩中所表現的「富貴氣象」了。據宋人說：「晏元獻喜賓客，雖早富貴，而奉養極約，惟未嘗一日不宴飲，而盤饌皆不預辦，客至旋營之。頃見蘇丞相子容（頌）嘗在公幕府，每見有佳客必留，但人設一空案一杯。既命酒、果實疏茹漸至，亦必以歌樂相佐，談笑雜出。數行之後，案上已粲然矣。稍闌即罷，遣歌樂曰：『汝曹呈藝已遍，吾當呈藝』。乃具筆札，相與賦詩，率以為常。」〔註14〕這種場合下自然少不了遣興娛賓之詞，其中便多有表現及時行樂者。晏殊不是倖為沉湎歌酒以逃避政治鬥爭的目標，當時的政治生活並無巨大的動盪，沒有佯狂避世的必要。那個時代雖然朝野昇平、繁盛富庶，而最高統治集團卻因循保守、反復無常，一度激起社會希望的慶曆改革很快就煙消雲散，秩序依舊，所以這實際上是那些具有遠見的政治家所感到的無所作為的時代。貴族士大夫們優遊卒歲、歌舞宴飲，這似乎才是生活中最真實的東西。晏殊詞正反映其時代的這種情緒，如《采桑子》：

> 春風不負東君信，遍拆群芳。燕子雙雙。依舊嘟泥人
> 杏梁。　　須知一盞花前酒，占盡韶光。莫話匆忙。夢裏
> 浮生足斷腸。

　　燕子重來，年光如駛，浮生如夢，於是盡量在花間尊前留住美好的時光。在這對於現實生活熱烈的眷戀之中也含蘊著一些消極感傷的情緒。它一方面來自仕宦生涯的感慨，一方面是由情感創傷所引起的。總的看來，晏殊一生富貴顯達，但盡管謹小慎微也曾遭到三次罷官貶黜，所以他在《喜遷鶯》詞云：

> 花不盡，柳無窮。應與我情同。觥船一棹百分空。何
> 處不相逢。　　朱弦悄，知音少。天若有情應老。勸君看

〔註14〕　葉夢得：《避暑錄話》卷二。

取利名場。今古夢茫茫。

名利場中起落傾軋，變幻無常，晃如一夢，還是尊前才感到真實。又如《木蘭花》：

> 燕鴻過後鶯歸去。細算浮生千萬緒。長於春夢幾多時，
> 散似秋雲無覓處。　　聞琴解佩神仙侶。挽斷羅衣留不住。
> 勸君莫作獨醒人，爛醉花間應有數。

浮生短促，離別良多，無法挽留住仙女似的伴侶，只有花酒中可以暫時忘卻和排遣。詞人將其對社會和人生的體驗，以優美的筆調、真誠的坦露，企圖表明現世、仕宦、情感都是虛幻的，只有物質的享受才是最真實的人生哲理。雖然有這樣或那樣的淡淡閑愁和輕微感傷，但很快就在花間尊前與歌筵舞席之中獲得精神與感官的滿足而慢慢消失了。人散酒醒之後又感到一切合諧而幽靜，恢復了閑適的心境。晏殊「生於太平世、長於太平世、死於太平世」，而且可謂善處太平世。他在詞中努力追求閑適恬靜中的現實人生歡樂，實際上也反映和歌頌了北宋太平世的，還側面反映了這個太平世投下的一點陰影。

三

晏殊是一位多愁善感的詞人，他與物有情，感受纖細，溫厚纏綿，風流蘊借，一時莫及。如其「心心念念，說盡無憑，只是相思」（《訴衷情》）；「無窮無盡是離愁，天涯地角尋思遍」（《踏莎行》）；「天涯地角有盡時，只有相思無覓處」（《玉樓春》）：這些都真實地表現了作者的個性。因此，使人們很難相信晏殊會是與「純情的詩人」相對立的「理性的詩人」〔註15〕。按詩人的性格將詩人分為「理性的」與「純情的」，這在理論上缺乏可靠的依據。人的性格頗為複雜，而詩人在作品中所表現的性格又具多樣性，因而很難簡單地分為絕

〔註15〕　參見葉嘉瑩：《大晏詞的欣賞》，《迦陵詞論叢稿》，上海古籍出版社，1980年。

對的兩類。如果爲了彌補這種分類的缺陷而對「理性的」加以限定爲：「詩人之理性該只是對情感加以節制，和使情感淨化昇華的一種操持力量，此種理性不得之於頭腦之思索，而得之於對人生之體驗與修養。」但這也不能自圓其說。文學藝術在表現情感時必須經過「淨化和昇華」，正如作家表現生活時「不是把生活底庸俗的相片畫給我們看，而是要把生活描畫得比現實本身更完滿、更動人、更令人信服。要把所有的事實統統說出來是不可能的⋯⋯選擇是不可避免的」〔註16〕。藝術家在表達情感時也必須加以節制，這是一條藝術的基本法則，否則由情感的盲目驅使將會出現惡劣的形象。比如表演藝術家「聲嘶力竭的叫喊，無不令人覺得厭惡；過於匆促、過於激烈的動作，很少給人以高尚之感。總之，既不應該讓我們視之刺目，又不應該讓我們聞之刺耳；在表達激烈的熱情時，只有避免一切可能引人不愉快的東西，這種激動的熱情才能給人以強烈的印象」〔註17〕。至於詩人的「理性」與其「頭腦之思索」更是不可能分開的，它是「頭腦之思索」的產物，而即使對人生之「體驗」也得經「思索」而得。很明顯，「藝術界創造的最有意思的東西不是直覺的、幻象的和不動腦筋的東西」〔註18〕。從這樣缺乏堅實基礎的按詩人性格分類的理論出發，關於晏殊「做爲一個理性的詩人」其作品幾點特色的分析也就不夠確切了。例如，以爲其詞的主要特色是「表現的一種情中有思的意境」。這「思」被解釋爲「理性」，使它與藝術形象和情感分離。關於作家的思想與作品的客觀思想、作品的思想性與作品的思想深度等概念全被混淆了。事實上「情中有思」並非是作爲「理性的詩人」晏殊詞的特色，它乃是一般藝術的特點。「藝術既表現人們的感情，也表現人們的思想，但並非抽象地，

〔註16〕 〔蘇〕季摩菲耶夫：《文學概論》第156頁引莫泊桑語，平明出版社，1953年。
〔註17〕 〔德〕萊辛：《漢堡劇評》第29~30頁，上海譯文出版社，1981年。
〔註18〕 〔蘇〕盧那察爾斯基：《論文學》第300頁，人民文學出版社，1978年。

而是用生動的形象來表現。藝術的最主要的特點就在於此。」〔註19〕
關於晏殊詞的另一特色，即「感傷中的曠達懷抱」，如所舉的《采桑子》便很難說明此種特色。詞云：

> 時光只解催人老，不信多情。長恨離亭。淚滴春衫酒易醒。　　梧桐昨夜西風急，淡月朧明。好夢頻驚。何處高樓雁一聲。

這首詞在構思上是珠玉詞中習見的順序顛倒。上闋抒寫離別之情，曲折深蘊。時光易逝，本應珍惜情誼，占盡韶光。而離別之恨卻難以相信人之多情。這是特殊情感氛圍中出現合情的反語，不是「不信多情」，而是情深難捨，所以才遷恨於離亭，滴淚春衫。下闋倒敘離別之前夜痛苦不安的情緒。梧葉西風，高樓淡月；以秋夜之蕭瑟來襯托臨別前之淒黯，而冷清寂靜之中忽然一聲孤雁的悲鳴。這絕不是「以其超脫高遠」爲結，卻是驚心動魄的離恨之高潮。從這首詞描寫的離別感傷之中，是看不出作者有「曠達的懷抱」。晏殊的大多數情詞都有輾轉思念的綿綿情意，並不曠達。他在一些詞中表現的及時行樂和對某些愁緒排遣處置，反映貪戀現實物質享受，胸多執滯，甚至還欣賞自己的「富貴氣象」，也偶有「富貴語」，並未超脫人生、遺棄世俗。他不是眞正的胸懷曠達者。

王國維先生曾特別欣賞晏殊的「昨夜西風凋碧樹，獨上高樓，望盡天涯路」。以爲其意「悲壯」，又以爲是「詩人之憂生也」，還喻爲「古今成大事業、大學問者」之第二種境界〔註20〕。當然，「以哲理解說大晏詞」並非不可，但由摘句法將句子與整體作品割裂開來，根本不從整體作品來理解其意義；結果，這些句子成了評論者隨心所欲的「哲理解說」的例子，使其原來面目全非。假如原作者有知，會感到啼笑皆非的。這種摘句法是不足取的。晏殊的詞固然包含有某些人生哲理，我國古代許多詩人的作品都有這種現象，卻不能據此認爲他

〔註19〕　〔俄〕普列漢諾夫：《論藝術》第4頁，三聯書店，1973年。
〔註20〕　王國維：《人間詞話》。

們就是「理性的詩人」，僅僅以「哲學」來「解說」文學作品，是非常片面的。這樣，很難把握作家作品的真正特色。

由文學侍從之臣出身的晏殊，有深厚的文學修養，掌握了高度的藝術技巧。他在繼承唐、五代詞藝術經驗的基礎上，以明淨雅致的語言，深刻而纖細的內心體驗、曲折精巧的構思、利用了令詞收斂濃縮的抒情藝術形式的優長，間接地反映和歌頌了北宋的太平盛世，表現了優美高尚的情操和對現實人生的眷戀。這就是晏殊詞的特色。它反映了中國封建社會後期貴族士大夫的社會審美理想和審美趣味，所以尤其為當時和後世的文人所欣賞和喜愛。宋人便以為晏殊詞「溫潤秀潔」〔註21〕，為「本朝之冠」〔註22〕。一般說來，它的藝術性是高於其思想性的，體現了我國古典藝術的完美性。其精美圓熟的藝術表現和雅致含蓄的傾向，展示出宋詞的一些新的特色，其許多詞在宋代令詞中是可以稱為典範的。自宋以來，珠玉詞就受到我國人民的喜愛，許多名篇還是膾炙人口的，真是我國古代文化遺產中精美瑩潔的珠玉。我國人民是能欣賞它的美妙的。

〔註21〕　王灼：《碧雞漫志》卷二。
〔註22〕　曾季狸：《艇齋詩話》。

柳永的俗詞與雅詞

　　北宋時陳師道說「柳詞骫骳從俗」（《後山詩話》），蘇軾則發現柳詞中也有「不減唐人高處」者（《侯鯖錄》卷七引）。近世詞家夏敬觀先生以爲「耆卿詞，當分雅、俚二類」（手批《樂章集》）。我們今天讀柳永的詞也可明顯地見到它確實存在著俗與雅兩類作品。這種情況眞實地反映了柳永較爲曲折的創作道路。

　　柳永的創作活動主要是在北宋眞宗天禧至仁宗皇祐的三十五年間（1017 至 1051 年）。這個時代經過了宋初休養生息，恢復生產，經濟與文化已呈現繁榮興盛的局面：「太平時，朝野多歡民康阜」（《迎新春》）。柳永出自具有深厚儒學傳統的仕宦之家，家鄉福建建寧崇安縣也「自唐以後，文風蔚起」。所以他像許多士子一樣在家鄉習成舉業、度過青少年時代便到京都參加考試，以期踏入仕宦之路。柳永初到帝都汴京，於天禧二年（1018 年）作的《玉樓春》五首，歌頌昇平、慶賀趙禎冊爲皇太子，表現出無比歡欣的心情。這位青年才子自信有「凌雲詞賦，擲果風標」（《合歡帶》），對於前程充滿美好希望，以爲「仙禁春深，御爐香裊，臨軒親試；對天顏咫尺，定然魁甲登高第」（《長壽樂》）。可是他卻屢試不中，後來又於「臨軒放榜」時被「深斥浮艷虛美之文」的宋仁宗黜落。本來柳永到汴京已受到都市生活的薰染，而在入仕之路已絕的情形下便懷著偏激的情緒，鄙棄功名利

祿，留連坊曲，自稱「奉旨塡詞」，走上了民間通俗文藝創作的道路。

宋眞宗天禧年間，汴京的在籍人口約爲五十五萬。加上皇室、宮女、遊宦、客商、貢士、商販、守軍、少數民族和外國使者，總共約爲百萬，而在仁宗朝更有增加。「其人烟浩穰，添十數萬眾不加多，減之不覺少，所謂花陣酒池，香山藥海，別有幽坊小巷，燕館歌樓，舉之萬數」（《東京夢華錄》卷五）。這個封建都市中的手工工匠、小商小販、民間藝人、商旅、流民、船工及各種下層勞動人民，他們構成一個龐大複雜的市民階層。由於市民階層的擴大，都市性的通俗民間文藝也發展起來，眾多的瓦市演出各種伎藝成爲市民群眾的遊藝娛樂場所。詞的演唱不僅在京瓦伎藝中佔據重要地位，歌妓們還活躍在歌樓酒館。當時「民間新聲甚眾」，「新聲巧笑於柳陌花衢，按管調弦於茶坊酒肆」。淺斟低唱這種形式最受市民喜愛，甚至還強烈吸引著士子和封建士大夫們。柳永本愛作詞，兼擅音樂，他失意無聊，在汴京便陶醉於淺斟低唱之中，過著放浪的生活：「南堂夜燭，百萬呼盧，畫閣春風，十千沽酒；未省宴處能忘管弦，醉裏不尋花柳。」（《笛家弄》）柳永不可能長期在歌榭舞臺揮金如土的。他數次下第，流困京華，很快失去經濟來源，或者其家庭因其放浪不求仕進而斷絕供給，以至最後只得爲教坊樂工和民間歌妓塡寫新詞，備他們演唱而求得經濟資助。因此，他爲流行的新聲，主要是爲節奏緩慢的長調塡寫市民們喜聞樂見而又通俗易懂的詞。它在內容上描繪都市的繁華，備述羈旅行役之苦，訴說男歡女愛，抒寫離情別緒，表現被遺棄的下層婦女的痛苦，贊美歌妓的色藝。這些詞在藝術上鋪敘展衍，曲盡形容，情節生動，層次清楚，聽來有首有尾；又長於即景生情，工於點染，總有一二優美警句特別動人。柳永受到了廣大市民群眾的歡迎，尤其受到歌妓們的歡迎，他「藝足才高，在處別得艷姬留」（《如魚水》）。歌妓是以小唱爲特殊職業的女藝人。柳永所接觸的是民間歌妓。她們是賣藝的，社會地位雖極卑下，在愛情上卻是自由的。因爲柳永能同情她

們、尊重她們、爲她們創作新詞，便能得到她們的友誼與愛情。這位詞人同時是歌妓們才藝的權威性品評者，歌妓們希望贏來他的讚美。宋人羅燁說：「耆卿居京華，暇日遍遊妓館。所至，妓者愛其有詞名，能移宮換羽，一經品題，聲價十倍。妓者多以金物資給之」。（《醉翁談錄丙集》卷二）這樣，詞人不得不遍遊京都歌館，而且還曾漫遊過江南，輾轉於蘇州、杭州、揚州等都市，「未名未祿，綺陌紅樓，往往經歲遷延」（《戚氏》）。但這個時期卻帶來了柳永創作的豐收，大量的表現市民生活情趣的通俗慢詞顯示出柳詞嶄新的藝術面貌。

宋人葉夢得說：「景祐中，柳三變爲睦州推官」（《石林燕語》卷六）；又說他「舉進士登科，爲睦州掾」（《避暑錄話》卷下）。宋人彭百川《太平治迹統類》卷二十九有仁宗景祐二年六月詔，關於郭勸彈劾呂蔚薦柳永在睦州任未成考之事的記載，可見柳永確於景祐元年（一○三四年）登進士第，亦證吳曾所說柳永「景祐元年方及第」（《能改齋漫錄》卷十六）屬可信。這時詞人約四十餘歲，自釋褐入仕，他的生活與創作發生了重大轉變。宋代地方官署都有官妓侍宴歌舞，卻不許官員與她們有私，否則會因「逾濫」而受到彈劾與處分，至於政府官員與民間私妓爲「濫」更在嚴禁之列。如《宋會要輯稿》載：景祐元年三月右正言劉煥「頗爲逾濫」而降官（職官六四之三二）；康定元年九月詔令規定，曾「因宴飲伎樂只應偶有逾濫」者，磨勘轉官「須經十年以上後來不曾更犯罪」方許引見（職官十一之二）；熙寧四年八月司封員外郎晏成裕因「嘗褻服狎遊里巷」被黜官（職官六五之三六）。柳永入仕後不得不結束前期放浪生活，也不得不結束俗詞的寫作：「道宦途踪迹，歌酒情懷，不似當年」（《透碧霄》）；「名宦拘檢，年來減盡風情」（《長相思·京妓》）。在他初仕爲睦州推官時，由於勤於職守，改變了生活作風，到官月餘，知州事呂蔚便破格舉薦。這次舉薦並未成功，而且由於前期生活與創作造成統治階級對他的不良印象，以致磨勘轉官也受阻礙。柳永原名

三變，改名爲「永」後方得轉官，仕至屯田員外郎。在後期創作中，柳永有不少歌頌皇恩與粉飾昇平之作，如「帝居壯麗，皇家熙盛，寶運當千。端門清晝，觚稜照日，雙闕中天。太平時、朝野多歡」（《透碧霄》）；也有抒寫遊宦的矛盾心情，如「奈泛泛旅迹，厭厭病緒，邇來諳盡宦遊滋味」（《定風波》）；在睦州推官任時描寫江南景色：「桐江好，煙漠漠。波似染，山如削。繞嚴陵灘畔，鷺飛魚躍」（《滿江紅》）；在任定海鹽監時描寫海上景色：「遙山萬疊雲散，漲海千里，潮平波浩渺」（《留客住》）。這些都是去掉了俚俗趣味的較雅的詞，某些句子也不乏「唐人高處」。這時詞人對雅詞特別有興趣，當他在官署聽到官妓演唱市井俗詞時甚至表示了惋惜的情緒：「畫樓晝寂，蘭堂夜靜，舞艷歌姝，漸任羅綺。訟閑時泰足風情，便爭奈雅歌都廢」（《玉山枕》）。他的審美趣味前後竟如此相異了。

柳永的雅詞、尤其是慢詞的鋪敘的藝術表現方法和巧妙謹嚴的結構對宋代文人詞產生了重大深遠的影響。他的俗詞遭到封建士大夫們嚴厲的指摘，認爲它「以俗爲病」、「詞語塵下」、「聲態可憎」，但是其內容、表現方式以及語言，實際上對文人詞發生著潛移默化的作用，開啓了寫通俗白話詞的風氣。柳永的俗詞和雅詞對宋詞的發展都有著積極的意義。柳永從寫俗詞到寫雅詞的轉變，表現了他由封建仕宦之家的叛逆者成爲都市通俗文藝的專業作家，而最後又回到封建士大夫行列的曲折歷程。封建都市生活與市民階層的社會意識曾經對柳永有深刻的影響，入仕後這種影響雖被抑制，可是我們在其後期作品中還見到他對早年生活的回味和神往。從柳永整個詞的創作而論，他的成就主要是在俗詞方面。盡管他後期寫了許多雅詞，然而在人們的印象中，柳永始終是一位風流的、才華出眾的、爲下層民眾喜愛的詞人。

柳永事跡補考二題

　　近十年來學術界發表了許多關於北宋著名詞人柳永的考辨文章，但有些困惑的問題至今仍未解決，而且頗有爭議。這是很正常的學術現象。《四川師範大學學報》1989 年第二期刊出了署名「思嘉」的《從〈話柳永〉說到其他關於柳永的話》，認為拙著《柳永》（1986 年上海古籍社出版）和《柳永事跡考述》（見拙編《柳永詞賞析集》，1987 年巴蜀書社出版）中兩個「確實不該出的亂子」，是屬於「普通的知識」性的錯誤，而且以為「後果是相當嚴重的」。看來這兩個「亂子」是學者們最忌諱的「硬傷」了。但細心的讀者不難發現，思嘉的指摘尚未完全落到實處，尤其是缺乏充分的證據，所以我以為尚有商榷的必要。

關於柳永「國儲」的解釋

柳永《玉樓春》五首聯章，其四云：

　　　　星闈上笏金章貴，重委外臺疏近侍。百常天閣舊通班，
　　九歲國儲新上計。　　太倉日富中邦最，宣室夜思前席對。
　　歸心怡怡酒腸寬，不泛千鍾應不醉。

　　詞中的「國儲」自來有兩種意義：一指皇太子；一指國家的糧食儲備。柳永所用的應是前一意義。我以為此詞「是為慶祝趙禎冊為皇太子而作。趙禎生於真宗大中祥符三年四月，天禧二年八月群

-219-

臣請眞宗立皇太子以爲國建儲，九月眞宗冊趙禎爲皇太子。這年趙禎虛齡九歲。建儲之事關係著國家命運，故應大慶。詞中借冊皇太子盛事，歌頌了眞宗皇帝的賢明，如重視監察職務的委任、疏遠身邊侍從、爲國家作出長遠大計、宣室求賢等等」（《柳永》第9頁）。我所依據的史實見於《宋史》卷八、《續資治通鑒長編》卷九二、《宋大詔令集》卷二五，文繁不引。的確，香港三聯書店1985年6月出版梁麗芳女士的《柳永及其詞之研究》，大致也是這樣解的。可是我的《柳永》完稿於1985年3月，當時不可能見到梁女士之著，尤其是我向來很難去查閱海外書，而更關注國內古典文學的研究成果。當然對「國儲」這樣的解釋，最初並不是我，也更不是梁麗芳，而是福建師範大學的林新樵。林先生的《柳永生卒小考》發表於《福建師範大學學報》1981年4期，其中有這樣一段：「此詞當寫於眞宗天禧三年，據畢沅《續資治通鑒》載，是年（天禧二年）秋八月眞宗立六子受益爲皇太子。更名禎……立儲之時，仁宗始九歲，詞中『九歲國儲新上計』正是寫建儲大事。《續資治通鑒》又載，天禧三年夏六月王欽若有罪罷，以寇準同平章事，且前此在大中祥符八年五月曾廢內侍省，故有『重委外臺疏近侍』之句。」林先生另有《柳永詞初探》（收入《文學遺產增刊》第16輯，1983年中華書局出版）也對柳永此詞作了同樣的解釋。我採用林先生的解釋時也注意到「國儲」有兩種意義，之所以未將它作國家的糧食儲備解釋，根據有三點：第一，「百常天閣舊通班，九歲國儲新上計」是對偶句，上句言高大宏偉的宮殿裏官員合班全依舊制，朝儀整肅；下句即言建儲之事。下闋「太倉日富中邦最，宣室夜思前席對」又是對偶，上句言國家糧食充足，下句言國家重視求賢。以上四句各言一事。柳永五首聯章的《玉樓春》中間四句全都各言一事。所以解釋「國儲」時，絕不應將下闋的首句硬扯在一起，變成「九歲國儲新上計，太倉日富中邦最。」若這樣不顧詞體結構和句群關係，當然會誤認爲「國儲」是指太倉糧食充足了。第二，「國儲」在一般情形下是用

以指皇太子的，這個詞語對研究文史者並不生疏，如《漢書》卷七一《疏廣傳》云：「太子國儲副君」。天禧二年八月，宋真宗《皇太子辭免恩命第三表批答》即有「願建儲闈，以隆國本。」稍後宋英宗治平三年的《建儲赦》亦云：「王者承天立極，莫不思長世之圖，爲建國儲，所以正萬邦之本。」（《宋大詔令集》卷二五）柳詞「國儲」就是宋代文獻中的「爲國建儲」，這應是無疑義的。因此，柳詞「九歲國儲新上計」確指立九歲的趙禎爲皇太子「爲國建儲」之事。第三，「上計」也有兩種意義：一指高明的計策，如《戰國策》樂毅報燕王書「夫免身全功，以明先王之迹者，臣之上計也」；一指戰國、秦漢時每歲終各地方官本人或遣吏至京都上計簿，將全年人口、錢、糧、盜賊、獄訟等事報告朝廷。如果將柳詞之「上計」理解爲「上計簿」以便將「國儲」解釋爲糧食儲備，那麼這「上計簿」是古制又是例行公事，就不應當稱「新上計」；而且只談糧食一項不能算作「上計簿」的，因爲「上計簿」是一個專門的術語，有其特定的內容，所以柳詞「新上計」是指真宗晚年多病時群臣要求將九歲的趙禎立爲皇太子，這確是關係國家命運的新的高明決策。晉太安元年齊王冏關於議建儲的表曾說：「今者後宮未有孕育，不可庶幸將而虛天緒，非祖宗之遺志，社稷之長計也。」（《冊府元龜》卷二五六）宋治平三年《建儲赦》所謂「王者承天立極，莫不思長世之圖」，亦即「社稷之長計」之意。既然建儲爲社稷之長計，真宗天禧二年冊立皇太子則不失爲高明的上計了。如果按照這樣解釋，則此詞當作於天禧三年，而且說明柳永此時已在北宋都城東京了。

關於《宋故郎中柳公墓誌》的質疑

明代萬曆《鎮江府志》卷三六記述了柳永墓誌銘的出土情形及殘文：「近歲，水軍統制羊滋，命軍兵鑿土，得柳墓誌銘並一玉篦。及搜訪摩本，銘乃其侄所作。篆額曰：『宋故郎中柳公墓誌』。銘文磨滅，止百餘字可讀，又云『叔父諱永，博學，善屬文，尤精於音

律。爲泗州判官，改著作郎。既至闕下，召見仁廟，寵進於庭；授西京靈臺令，爲太常博士。』又云：『歸殯不復有日矣。叔父之卒，殆二十餘年云。』」

我以爲「它的眞實性是很值得懷疑的」（詳見拙文《柳永事跡考述》）。思嘉則認爲：「其實這塊殘碑並無可疑，唐圭璋先生早已在柳永事跡新證裏引用過了。『很值得懷疑』適足以見出懷疑者空疏而已。」唐圭璋先生是拙編《柳永詞賞析集》供稿人之一，他對我的「懷疑」並未表示反對意見。思嘉斷定唐先生引用過的材料便不容許懷疑，這恐非唐老之本意。

地方志的資料來源是很複雜的：有據地方文獻的，有引用史傳的，有用筆記雜書的，有據地方傳聞的，有編者實際考察搜集的。《鎮江府志》的這段記述，從其敘述方式看顯然不是引用的文獻資料，而是編者經過瞭解搜訪後所得。這段文字的表達技巧並不高明，以致某些詞義和句意含混矛盾，致使我們感到困惑。例如「近歲，水軍統制羊滋，命軍兵鑿土，得柳墓誌銘並一玉篦。及搜訪摩本，銘乃其侄所作」。這裏表述的時間應有三個：一是墓誌銘出土的時間；二是出現「摩本」及其在社會上流傳的時間；三是方志編者搜訪「摩本」，則已事隔許多年了。那麼，「近歲」所指的絕不可能是三個跨度較大的時間，總不能既指出土的時間，又指「搜訪摩本」之時。因此應這樣理解：南宋時羊滋命軍兵鑿土，得柳永墓誌銘；到了近歲搜訪摩本，始知其銘文乃其侄所作。搜訪到「摩本」則是在明代萬曆間編鎮江志之時了。又例如「銘乃其侄所作。篆額曰『宋故郎中柳公墓誌』。銘文磨滅，止百餘字可讀」云云，柳永之侄是墓誌銘的作者。「誌」與「銘」是墓誌銘的兩個部分，文體有別。柳永之侄絕不可能只作「銘」而不作「誌」。誌文稱「叔父諱永」當然是柳永之侄所作。既然「銘」與「誌」都是他作的，而編者卻說：「銘乃其侄所作」。可見這「銘」實兼指「銘」與「誌」，即上文中的「柳墓誌銘」。「銘文磨滅，止百餘字可讀」，這「銘文」從句法理解是主語，

按意義理解是指碑刻文字。既然「銘文磨滅」，爲何又「止百餘字可讀」呢？在敘述上顯然矛盾。因此應爲：文字大半磨滅，止百餘字可讀。以下所引的便是殘文了。如果說這句是謂墓銘磨滅了，墓誌尚有百餘字可讀，那麼又如何來解釋「銘乃其侄所作」呢？又如何來分析這個句子結構呢？可見這段文字裏「銘」與「銘文」因編者敘述時概念含混，致使發生歧義。

思嘉說：「柳永《宋史》無傳，也沒有宋人爲他寫過一篇完整的傳記，只有一些零星片段，不盡不實的記載，一定缺漏甚多，地下出土文物恰好塡補這些缺漏。」這「地下出土文物」當然就是柳永墓誌銘殘碑了。我國從漢代起，作僞的「出土文物」便不少。考古學家對出土文物是需要進行科學的嚴格的鑑定。我們所讀到的這塊「地下出土文物」，既無實物，又無摩本，也不見於題錄，僅是一則地方文獻資料而已，因此是可以對它鑑定的，也可以對它存疑的。宋代史籍和宋人筆記雜書中關於柳永的記述算是較多的。根據這些文獻已經可以確考柳永一生的主要仕歷。他曾中進士，初仕爲睦州團練使推官，歷昌國縣鹽監、華陰縣令，官至屯田員外郎。自來墓誌銘對墓主的仕歷記敘最詳，本應如數家珍。這塊「地下出土文物」也著重記述了柳永的仕歷，可是所記的沒有一點與宋代文獻的記載相符；而且可確考的柳永仕歷，又偏偏一點也不見於這塊「地下出土文物」之中。如果說這是因爲殘文之故，爲何偏偏殘缺可考的仕歷，而保存了不可考的呢？墓誌云「叔父諱永」，這也不準確。柳永原名三變，後改名永，爲何不提及？這些情形能不令人懷疑殘碑記述文字的眞實性嗎？如果要使人不懷疑這塊「地下出土文物」的眞實，必須找到可靠的證據，即使一條也能說明問題。可是思嘉找不到一條證據，僅僅旁敲側擊是不能說明什麼問題的。我願借用思嘉的話：「文獻不足徵的情形下，還是存疑比較穩當吧！」